恶魔少年

[日]药丸岳 著　刘姿君 译

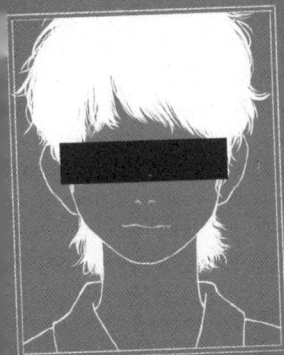

天 使 の ナ イ フ

薬丸岳

海南出版社

·海口·

《TENSHI NO NAIFU》
© Gaku Yakumaru 2008
All rights reserved.
Original Japanese edition published by KODANSHA LTD.
Publication rights for Simplified Chinese character edition arranged with
KODANSHA LTD. through KODANSHA BEIJING CULTURE LTD. Beijing, China
Simplified Chinese translation copyright © 2022 by Dook Media Group Limited

图字:30-2022-059号

图书在版编目(CIP)数据

恶魔少年 /(日)药丸岳著;刘姿君译. -- 海口:
海南出版社,2022.12
ISBN 978-7-5730-0821-3

Ⅰ.①恶… Ⅱ.①药… ②刘… Ⅲ.①长篇小说—日
本—现代 Ⅳ.①I313.45

中国版本图书馆CIP数据核字(2022)第199879号

恶魔少年
EMO SHAONIAN

作　　者	〔日〕药丸岳	
译　　者	刘姿君	
责任编辑	胡守景	
执行编辑	徐雁晖	
特约编辑	齐海霞　　王 品	
封面设计	陈绮清	
印刷装订	大厂回族自治县德诚印务有限公司	
策　　划	读客文化	
版　　权	读客文化	
出版发行	海南出版社	
地　　址	海口市金盘开发区建设三横路2号	
邮　　编	570216	
编辑电话	0898-66816563	
网　　址	http://www.hncbs.cn	
开　　本	890毫米×1270毫米 1/32	
印　　张	8.75	
字　　数	211千	
版　　次	2022年12月第1版	
印　　次	2022年12月第1次印刷	
书　　号	ISBN 978-7-5730-0821-3	
定　　价	45.00元	

如有印刷、装订质量问题,请致电010-87681002(免费更换,邮寄到付)
版权所有,侵权必究

目 录

序章

女儿爱实在哭。

正在准备早餐的桧山贵志连忙探头看向卧室，爱实的衣服扔了一地。看到爱实正在翻衣柜最下层的抽屉，桧山才忽然想起。

"爸爸，小桃子呢？"

桧山在女儿伤心眼神的注视下动弹不得，怀着歉疚指了指阳台。小桃子是女儿最喜欢的卡通兔子，印有小桃子图案的T恤是爱实的朋友，对爱实的重要性仅次于和她念同一所幼儿园的阿勉。已经连下了好几天的雨，T恤却一直挂在晾衣架上淋雨。

爱实望着阳台，更是放声大哭。她心里一定在想：好狠心的爸爸，竟然让自己重要的朋友在外面淋雨。

桧山趁着爱实吃早餐的时候，拿吹风机将小桃子吹干。看样子，今天也和早餐、报纸无缘了，但看着女儿脸颊上满足的酒窝，他便觉得那些根本不算什么。

最近只要一看到爱实的表情，桧山就能对她的心思了如指掌，不管是笑的时候、哭的时候、鼓着腮帮子的时候，还是默不作声的时候。不久之前，爱实的一举一动还让他手忙脚乱。幼儿的行为如此令人费解，就连身为父亲的自己也毫无头绪，但如今他已经很了解爱实了。桧山自己"嗯"了一声，微微点了点头。

"再过十年，你就又搞不懂她了。"

三天前的早上，桧山上班时碰巧和住在隔壁的松本先生一起到车站，松本先生这么抱怨着。当时他口沫横飞地说："最近和女儿讲话，都会怀疑这家伙真的和我是同一个人种吗？应该说，她其实是来自某个外星球的生物才对。"

桧山也曾在公寓门口见过松本先生的女儿几次。她正在和女子高中的朋友说话，但完全听不出她说的是哪一国话。桧山有点受打击，因为自己也才刚满三十岁而已。她们无论发色、肤色或是眼睛的颜色都各不相同，尽管穿着同样的校服，却像是国际学校的学生。

松本对桧山露出不怀好意的笑容。不过桧山完全无法想象爱实染金发、把肌肤晒成褐色、戴起蓝色隐形眼镜的样子。

桧山很喜欢爱实白里透红、弹性十足的脸颊，也喜欢抚摸时光滑得仿佛能吸住手心的柔软发丝，还有看着桧山时那闪动着各种光芒的漆黑大眼睛。

桧山凝视着储物柜上的相框。相框中的祥子仿佛看穿了桧山的心思般微笑着。他在心中对着祥子的微笑喃喃地说："放心，你放心吧！就算十几年后爱实以那副打扮回家，我也不会惊慌失措的。"

只要了解爱实的心，就不会有任何不安。只要爱实会哭、会笑、会生气、会嘟嘴，就能感觉到爱实在身边，感觉得到女儿的体温。

但是，有时爱实露出的表情，会让桧山全身冻结。只要看到爱实望着空气、仿佛静止般的双眼，桧山便觉得一阵寒意爬上脊背，喉咙深处不断战栗，一时之间连怎么呼吸都忘了。

爱实究竟看着那片虚空里的什么？会不会是视网膜上映出了无意识中印刻在脑海的那桩惨剧？

每当看到爱实那样的表情，桧山都会坚定地想：要多待在爱实身边，父女俩要度过许多欢乐时光，尽可能让她淡忘那段记忆。

那可怕的记忆恐怕至今仍深植于爱实的意识深处吧。

第一章　罪

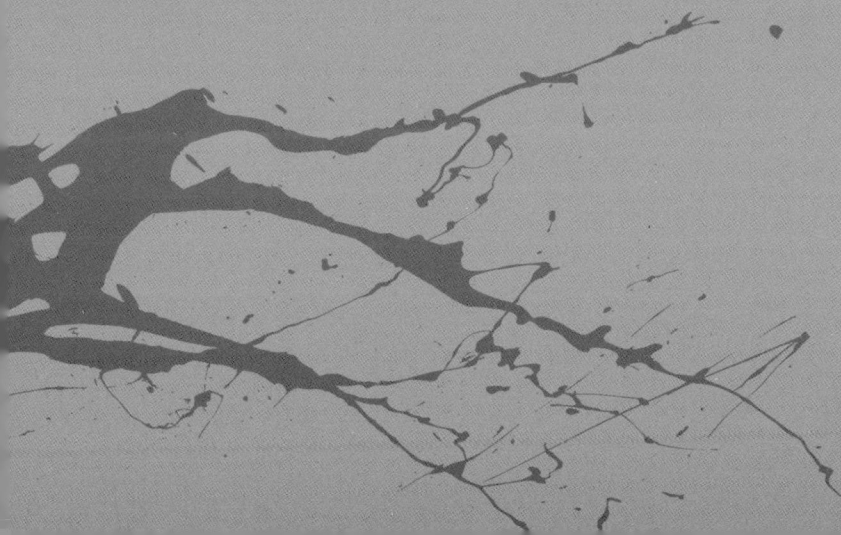

1

快9点了，通勤高峰已渐渐过去，由于已经放暑假，从莲田往大宫的宇都宫线比平常空。有一个座位，桧山便让爱实坐下，自己则抓住前方的吊环。

只有在这一刻，桧山才会相信自己的选择确实没错。假如自己是上班族，恐怕很难拥有像这样和爱实一起出门的生活吧。

只不过，看着车窗外的雨景，桧山的心情不禁有些忧郁。因为店里的营业额在下雨天总是直线下滑。尽管是一家小店，但桧山既是店长也是老板，日常营业和管理兼职工等大小事，都让他有操不完的心。

车内响起一阵奇怪的声音。三个少年正在前方的车门附近喧闹。他们大概才初一或初二，穿着白色短袖校服，衣角从黑色长裤中邋遢地露出来。

都已经放暑假了，这个时间还要去学校吗？他们无视桧山的目光，其中两人正热衷于手持式游戏机，不时发出刺耳的叫声。另一个人可能是无聊吧，双手拉住两只吊环，模仿体操选手。

坐在他们眼前那个穿西装的中年男子，将手中的报纸大大摊开在面前，仿佛在祈祷这场肆虐横行的台风赶快过去。

爱实盯着少年们看。看到爱实的表情，桧山觉得脊背一阵发凉。即使是像他们那样，在大人眼中看来天真无邪的少年，在爱实眼中，或许也拥有十足的恶魔气质。

不，就连大人也害怕他们吧。那个用报纸遮住脸的上班族、坐在旁边的中年妇人，还有桧山本人也是，也许他们都害怕那群少年隐藏在无邪之中的什么。他同时也感到愤怒，对像自己这样虽然装作面无表情，却对不明的恐惧感到畏怯，只能得过且过、无力做些什么的大人们感到愤怒。

为了让爱实的视线离开那些少年，桧山指指车厢内的广告。那是丰岛园泳池的广告。

"后天爸爸放假，要不要去游泳池玩呀？"

爱实伸长脖子认真看着广告，然后抬头看着桧山，"嗯"了一声，用力地点了点头。

"爸爸好久没开车了，开车没问题吗？"

"那搭电车去好了。"

感觉到平常的光芒又回到爱实的双眼，桧山这才放了心。

走出人潮交错的大宫车站大厅，户外依然细雨霏霏。爱实撑着小红伞，小跳步走在被雨淋湿的人行道上。能和小桃子一起上学，就算是雨天，爱实也一样有好心情。

爱实念的幼儿园位于紧邻大宫车站前闹市区的商办大楼三楼。进入那整幢都是玻璃帷幕、外观有些拒人于千里之外的大楼后，两人便在铺满大理石的庄严大厅等候电梯。

桧山本想让爱实就读有庭院、符合国家标准的幼儿园。因为就算有再多色彩缤纷的玩具、再多育婴师画的可爱卡通人物，仍无法抹消困在水泥墙里的封闭感，但是这个地区，希望就读符合国家标准幼儿园的人数远远超出招生名额。青草绿幼儿园唯一的美中不足之处就是没有庭院，除此之外，无论硬件设备还是经营内容都让桧山很满意。

电梯门开了，一个看似要出门跑业务的上班族快步而出。

"路上小心。"

爱实挥手说，上班族也报之一笑，对爱实挥着手离开。

桧山对爱实意料之外的人际关系有些吃惊。

出了电梯，一来到走廊上，在青草绿幼儿园门前迎接孩子们上学的育婴师早川美雪便注意到他们，朝她们挥手。美雪穿着休闲的白色马球衫和牛仔裤，外面套着小桃子围裙。

眼尖的爱实一看到美雪，便松开桧山的手，喊着"美雪老师早"，朝她跑过去。

"爱实早啊。"美雪蹲下来，温柔地抚摸爱实的头。

桧山从后面看着这场每天早上都要进行一次的仪式。

美雪爱怜地抚摸爱实的黑发，她的手指又细又长，指甲却剪得很短，与手指的优雅并不相称。不仅是指甲，美雪全身上下毫无装饰，有着现在年轻女孩少见的朴素。戒指也好、耳环也好、首饰也好，凡是比自己皮肤硬的东西，一概排除。平时脂粉未施的脸给人低调的印象，但正因为毫不修饰，清爽的笑容才更显得耀眼。

桧山偶尔会想象美雪打扮起来的模样，这是无聊人父的一点小乐趣；她打扮起来一定能吸引男人的目光吧。但是，即使能够想象，他却不想真的看见美雪打扮起来的样子。因为美雪的清纯朴素，比任何甜香都更吸引孩子们。

丢下父亲，一直与美雪大谈小桃子的爱实，回头对桧山说："爸爸，你还在呀？会迟到哟。"

桧山苦笑。尽管有点舍不得，桧山还是对美雪说"爱实就麻烦老师照顾了"，对爱实挥挥手。

"小心慢走。"美雪微笑着目送桧山离开。

桧山进了电梯，照例有些嫉妒美雪。美雪很了解爱实喜欢什么：小桃子、阿勉，以及爱实喜欢吃什么、喜欢哪些歌。美雪和爱实在一起的时间比自己长，也了解自己所不了解的爱实。

但是，他同时也心存感谢，并且感到安心，因为美雪知道他们的经历，若是爱实的言行举止出现了命案后遗症的征兆，她一定也能够敏锐地察觉吧。

穿过站前闹市区，来到银行与办公大楼林立的大马路。沿着大马路走，不久就会看到位于冰川参道路口的招牌。以自由女神为图像的"百老汇咖啡"招牌，在雨中显得朦朦胧胧。

放在露台上的桌椅被雨打湿了，好似弃置一旁的大型垃圾般，散发着寂寥的气息。桧山从正面入口走进店内。

"欢迎光临——"误以为是客人的兼职工福井健大声招呼。一看到是桧山，福井便露出苦笑："店长早。"

"店长早。"福井身边的新人兼职工仁科步美，也将视线转向桧山，以僵硬的笑容向他打招呼。

"早。"桧山开朗地回应，走向紧张地站在收款机前的步美，"大致上都习惯了吗？"

"是的。嗯……可是……"步美垂着眼回答。她拿着笔和笔记本，大概正在把福井教给她的工作内容做成笔记。

"工作慢慢学就好，最重要的是要早点跟同事混熟。"

桧山为了缓解步美的紧张，柔声说着，然后从收款机里拿了办公室的钥匙，对站在洗碗槽旁边的兼职工铃木裕子说：

"铃木，你和仁科同年，麻烦你多照顾她了。"

裕子用充满睡意的脸冷冷地回应了一下。

店内以深蓝色为基调，摆放了许多观叶植物，墙边也设置了舒适的皮沙发和椅子。在全国一百五十家百老汇咖啡连锁店当中，这家大宫店设计得特别宽敞舒适。桧山打开厕所对面的办公室。

百老汇咖啡是发源于纽约百老汇的自助式咖啡店。只要两百多日元便能品尝到正统咖啡，再加上各种符合年轻人追求时尚心态的花式咖啡，转眼间便成为全美备受欢迎的咖啡连锁店。印有自由女神商标图案的杯子和招牌，不时出现在好莱坞电影当中，在对流行敏感的日本年轻人之间也形成话题，十年前代官山一号店创立之后，很快便在日本扩展到一百五十家连锁店的规模。

桧山在九年前与百老汇咖啡日本总部签下加盟合约，当时他才大学刚毕业。在总部接受店长培训、亲自寻找店面，店内装潢也是由他监工的。准备工作耗时将近一年，但总算在二十四岁之前实现了开店的目标。

这家大宫店虽然不在闹市区内，但平日有在附近办公大楼上班的上班族，周末假日也有人带着亲友前往距此步行十分钟左右的冰川神社和大宫公园，相当热闹。不过一到下雨天便生意惨淡。

敲门声响起，福井端着托盘进来。

"我可以休息一下吗？"

听到在办公桌前安排兼职排班表的桧山说"辛苦了"，福井便把手上的托盘放在桌上，将一只咖啡杯递给桧山。

"仁科怎么样？"桧山问喝过咖啡、正在大嚼三明治的福井。

"没问题啊。她有认真做笔记，也学得很快。"

"是吗。不过，她的表情会不会太僵硬了点？"

仁科步美是两周前刚来的兼职工，直到现在，面对桧山时她的表情仍然很紧张。

"会吗？可是，这是她头一次做兼职，应该只是紧张而已吧？"

桧山点点头。的确，步美和其他兼职工聊天时会露出可爱的笑容。服务业最重要的就是笑容，但愿她能早点习惯工作，经常露出那种笑容。

"没问题的！"吃完三明治的福井拍着胸脯保证。

访客是刚过2点半的时候来的。当时，中午的高峰时段已过，兼职工轮流休息，桧山也终于有空吃迟来的午餐。

福井从吧台打内线电话说"有客人找店长"。

桧山一面想着会是谁，一面盖上吃到一半的便当，走出办公室。来到营业厅，他便看到两名穿西装的男子正在收银台前跟步美点餐。

身材高挑的年轻男子用一脸"随便，什么都可以"的表情站在那里，而头上夹杂着白发的中年男子则看着菜单，对着步美问东问西。

年轻男子注意到桧山，拍拍中年男子的背。中年男子回头，看到桧山。

一看到他的脸，桧山便感到胸口一阵疼痛，停下脚步。

年轻男子露出仿佛不想让桧山离开般的眼神，正要从胸口掏东西出来，中年男子伸手制止了他。

"好久不见。"

桧山缓缓将早已硬塞到意识一角的记忆拉回来。

"您是埼玉县警局的……"

听到桧山好不容易才开口说出来的话，站在收银台旁边的步美睁圆了双眼，看着眼前的中年男子。

"我是三枝。这位是大宫署的长冈。不好意思，百忙之中突然来打扰。"三枝利幸微笑着说。

虽然想多少回应三枝温和的目光，但脑中来去的记忆实在令人心痛，桧山的表情似乎下意识变得有些扭曲。

"其实是刚好经过这附近，不知道你过得怎样。方便的话，稍微聊聊好吗？"三枝以过意不去的语气说。也许他对自己身为不祥记忆的元凶有自知之明吧。

亲切和蔼的中年男子特地来访，桧山也不好意思一口回绝。

"好啊，当然方便。"

桧山一答应，三枝便转身面对在收银台的步美："那就一杯热咖啡，然后我要一杯小姐刚才说很好喝的焦糖香草卡布奇诺。"

"我请客。"

桧山以眼神要步美别收钱，但三枝说"不用不用"，硬把钱推给不知如何是好的步美。然后他要长冈端着托盘，自己率先走入咖啡厅后方。

他在客人不多的店里选了较里面、四周又有观叶植物形成死角的位子，与长冈并肩坐下。桧山则面对两人而坐。

"后来过得怎么样？"三枝仿佛刻意等桧山喝了咖啡、稍稍喘息，才露出沉稳的笑容问道。

"还可以。"后来的生活实在不是三言两语能够道尽的，但为了回应三枝的关心，桧山挤出些许笑容。

"是吗，那我就放心一点了。"

三枝这么说着，用汤匙舀了杯子里的香草冰激凌，一面舔，一面笑着说真好吃。坐在旁边的长冈依旧以僵硬的表情喝着咖啡，一副基于义务，不得已才喝的样子。

白发增加了不少啊，这么近看着三枝，桧山再次为四年的岁月感慨。而且三枝脸上的皱纹好像也加深了。

这也是难免的吧。眼前这个人每天都必须面对死不瞑目的被害者和家属的恸哭。到目前为止，他究竟看过多少血泪呢？那件命案对桧山而言是一生顶多一次的噩梦，对这个人而言，却是每天不得不重复的现实。就算是工作，但不得不过这种日子，应该也是痛苦万分吧？现在的桧山稍微会这么想了。

自己曾对他说过一声谢谢吗？当时的桧山愤恨到几乎发狂，完全无法想到这理所当然的事。

"对了，令爱现在几岁啦？叫什么名字来着？"

"爱实，四岁了。"

"对对对，爱实小妹妹。有没有什么不对劲的地方？像是后遗症之类的症状？"

"没有，托你的福，她很好。现在在幼儿园的育婴师和一些好心人身边平安长大。"

"是吗，那太好了。发生那件事之后，我最担心的就是这一点。当然，不难想象桧山先生有多心痛，但我认为，只要有令爱在，桧山先生就一定能够重新振作起来。"

"谢谢。"

这是桧山的真心话。对三枝而言，桧山遭遇的只不过是天天发生的案件之一，桧山只是每天都要面对的被害者家属之一，三枝却对女儿如此关怀，真令人高兴。

"对了，这家店营业到几点啊？"

三枝突然改变话题。

"到晚上8点。"

"那么8点一到，桧山先生就马上回家？"

"没有没有，打烊之后要和兼职工一起打扫，打扫完8点半左右。接下来我还要结账、写日报表、向总部下单订食材，离开店里都超过9点半了。之后才能去幼儿园接女儿。"

"结账、订货这些，都是桧山先生自己来？"

"是啊，因为现在没有别的全职员工。虽然也有会做这些的兼职工，但我现在把开店的工作交给他，所以没有轮休的时候，我都是自己一个人负责的。"

"真是辛苦啊。那么，8点半之后就剩桧山先生一个人在店里吗？"

"是啊。"桧山点点头，内心有一丝异样的感觉。这种突兀感是哪里来的？桧山若无其事地观察两人的模样。这一看，才发现坐在三枝旁边的长冈已不再是刚刚那种事不关己的样子，上半身还微微前倾。

"你常去大宫公园吗？"三枝又改变了话题。

"是啊。"桧山简单回答。

大宫公园是距离这家店步行约十分钟的县立公园，位于冰川神社后方，占地广大，有供人划船的人工湖及小型动物园，旁边还设有足球场、棒球场等，在埼玉县内也是首屈一指的赏樱胜地，一到春天便挤满观光客。天气好的时候，桧山会把爱实从幼儿园带出来一起吃中饭。

"其实，昨晚大宫公园发生了命案。"

三枝沉着的表情一变，神情显得严肃。

"命案？"桧山望着三枝，又问了一次。

"是的，所以我们今天一直在这附近打听消息。"

三枝的视线一直停留在桧山身上，就像偷偷分享八卦的邻居太太一样，装出亲密的样子，等着看桧山的反应。

桧山这才想起，昨晚关店后，拿钱到车站前的夜间银行去存的时候，曾听到警笛大响。

"喔，原来是这么回事啊。"

"怎么了？"

三枝问，还把身子往前探，桧山便说出听到警笛声的事。

"那是什么时候的事？"

"我想是快10点的时候。"

"那时候，桧山先生是一个人吗？"

"是啊。"

桧山不明白三枝这么问的用意，一边回答一边感到讶异。但三枝完全不在乎，接着说："被害者是9点45分左右，被公园管理处的巡逻人员发现的。颈动脉被刀子割断，因失血过多而死。巡逻人员也在8点半的时候巡逻过，已证实当时并没有看到被害者。我想，被害者恐怕是在8点半到9点45分遇害的。"

三枝的口吻像是要桧山去想象他不愿想象的惨状似的。为何要对一个无关的人说这么多呢？从三枝渐渐变得纠缠不放的视线中，桧山开始感觉出闲聊之外的用意。

或许是察觉桧山的表情变得讶异，三枝喝了口卡布奇诺，顿了一顿，缓缓地说：

"遭到杀害的是泽村和也。"

"啊？"

看到桧山的反应，三枝与长冈对看一眼，再一次，慢慢说着：

"如果说'少年B'的话，会不会比较容易想起呢？"

这个字眼在桧山脑海里鲜明地亮起。"少年B死了？"

"被杀了。"三枝牢牢地盯着桧山的眼睛。

桧山在心中反刍这句话的意思，片刻之后，他才总算明白他们的来意。他被骗了，被眼前这亲切的表情骗了，被他关心爱实的假动作骗了。他们只是来确认他的不在场证明而已。

"这么说来，你不知道少年的名字吗？"

"案发的时候不知道。"桧山再度点燃了涌上心头的愤怒，"警方不是什么细节都不肯透露吗？家庭法院[1]也一样，什么都不肯透露！《少年法》修正之后，我才知道他们的名字。"

2001年4月，《少年法》修正条文实施，才首次加上"被害人等可阅览与誊写有关记录"的条款。换句话说，在此之前，在《少年法》保护犯罪少年健全成长的宗旨之下，少年的个人资料受到严密的保护，众多的被害者与家属无法得知案件的详情和少年的姓名资料。

刑警会来到这里，就表示桧山曾于《少年法》修正后提出申请，阅览那些少年的记录一事，已在警方的掌握之中。

眼前这两名刑警紧盯着桧山不放。

少年B被杀了。

就算听到这个消息，桧山也没有任何感想，不高兴，不悲伤，也不痛心，只是在脑海一角冷静地思考着：警方在怀疑自己。这是当然的，桧山痛恨他、有杀害他的强烈动机，而且他还是在桧山没有不在场证明的时间，在这附近遇害的。

桧山试着想象他的死状，希望至少能做出一点痛心的表情，但

---

1 日本法院之一，专门负责家庭纠纷事件的审判、调解以及少年保护案件的审判。——编者注（本书中注释如无特别说明，均为编者注）

他连这一点都办不到。因为桧山就连他是个什么样的少年都不知道。

三枝望着无言的桧山好一会儿，喝完卡布奇诺，催促长冈站起来。

"打扰了。这里的饮料真好喝，我们以后还会再来光顾的。"

桧山失神地看着三枝他们离开店里，耳中响起阴郁的节奏。那是午后由低垂的乌云落下的雨滴所形成的滴答雨声。

三枝他们走了之后，桧山胸口的疼痛依旧没有平复。不，随着时间的推移，疼痛更加剧烈，还伴随着无法抑制的痛楚。

他受不了在办公室内发愁，便到吧台处理客人的点餐，但无论他如何集中精神工作，当时的记忆仍在桧山心中奔流汹涌。

桧山好不容易熬过了几个钟头，打扫完毕让兼职工回家。拉下铁门，他累瘫似的坐在椅子上。

桧山在只剩下间接照明的昏暗店内点起一根烟。

尼古丁渗透了过度敏感的神经。只要一个不注意，压抑的记忆似乎就会泉涌而出，但此刻他已经没有力气去抗拒从无底洞里满溢出来的记忆了。

桧山心中总是存在着两个时间：一个是那起命案发生后便静止的时间，一个是案发后他不得不度过的这三年又十个月的时间。桧山总是在这两个时间轴之间来来去去。无论多少时光流逝，静止的时间都不会成为过去，永不褪色，总是能鲜明地唤醒当时的记忆。

2

即使拉开白布看着祥子的脸，桧山依旧没有丝毫现实感。闭着双眼的祥子怎么看都像尊蜡像，即便说她就是直到今早桧山还看着的那个祥子，他也无法相信。

桧山以食指缓缓抚摸祥子的脸颊，触碰着脸颊的指尖感觉不到今早上班前吻在那里时曾感到的体温、弹性和湿润。果然没错，这是个又僵、又硬、又冷的假人——桧山硬是这样告诉自己。

桧山走出太平间，一看到低着头坐在走廊长椅上的岳母前田澄子，以及她抱在怀里的婴儿，便奔上前去。澄子怀里的爱实睡着了。轻轻触摸爱实的脸颊，桧山感觉得到脉搏微微跳动所带来的肌肤温度。

一名站在走廊的男子朝桧山走来。这个自称是浦和署刑警的人说明了事情的经过。

下午1点左右，桧山所住那幢公寓的隔壁邻居太太买东西回来，听见桧山家传出爱实的哭声。平时只要爱实一哭，祥子便立刻去哄，当时爱实却一直哭个不停。邻居太太觉得奇怪，便去按门铃，但怎么按都没有人应门。这位太太与祥子素有往来，担心祥子会不会是病倒了，便试着转转门把，却发现门没锁。进门之后，看到祥子趴在西式房间里的婴儿床上。她觉得不对劲，跑到祥子身边，却发现祥子颈部大量出血，头垂在婴儿床内侧，已经断气了。

即使是听取刑警说明期间，桧山也好像在听朋友说电视剧的剧情一样，左耳进右耳出。桧山看看在一旁听刑警说话的澄子，澄子同样露出茫然若失的表情，无法接受女儿的死亡。

突然放声大哭的爱实，顿时将他拉回现实。爱实激动的哭声也让澄子的视线回到胸前。

"这孩子好像肚子饿了，我去喂她。"

澄子用失神的表情看了桧山一眼，然后抱着爱实，缓慢离去。

黄昏逼近，对向车道的车灯将坐在后座的桧山那阴郁的侧脸投射在车窗上。

"我们知道您现在没有那个心情，但为了尽快逮捕凶手，请您务必协助办案。"

也许是瞥见了桧山的表情，坐在旁边的刑警这么说。

为了确认有无窃盗损失，桧山应警方的要求，由刑警陪同返回公寓。根本谈不上什么心情不心情的，桧山还无法接受现实，只是看到爱实衣服上的血迹，恍惚地想着"得去拿替换的衣服才行"，就这样坐上了警车。爱实暂时拜托位于坂户的澄子家照顾。

北浦和熟悉的街景出现了。看到平常一心想早点回家而快步经过的风景，此刻桧山只希望时间就此停止，但这个心愿终究落空了。还来不及做好心理准备，警车便已抵达了他们的公寓。

宁静的住宅区一角亮如白昼，人声鼎沸。是好几辆停在公寓前的警车，以及围在四周看热闹的人群。

桧山在刑警左右护卫下进了公寓大门，只见许多警方的人来来去去。桧山朝其中一名正在对调查人员下令的中年男子看去，那名中年男子一看到桧山便走过来。那个人四十多岁，快五十岁了。和蔼的神情，以及与他的长相并不相配的锐利目光令人印象深刻。

"是桧山贵志先生吧？我是埼玉县警，我姓三枝。桧山先生想必感到十分悲痛。我们会尽全力逮捕凶手，还请您大力协助。"

桧山住的是位于一楼边间的107号室。他在三枝的催促下进门。

一走进玄关就是六坪[1]左右的客餐厅兼厨房，再进去是两间三坪大的西式房间。其中一间是桧山和太太的卧房，另一间则放着爱实的婴儿床。床边有一张小型的沙发床，祥子经常为了照顾爱实睡在这里。

屋里还有好几名刑警和看似鉴定人员的人。鉴定工作似乎已大致完成，到处都看得到采过指纹的痕迹。

"稍后也要麻烦桧山先生让我们采指纹。"

三枝客气地说。多半是为了过滤凶手的指纹所必须为之的。

桧山从进门那一刻便感觉到一股非比寻常的异臭，他随着这阵异臭往婴儿床所在的房间看去。一看到房里头，时间感便消失了，是夕阳将房间墙面照成橘色，桧山才这么想着，下一个瞬间便觉得全身血液猛烈逆流，一阵恶寒由头顶直穿脚底。

他摇摇晃晃、慢慢走进房间，原本以严肃表情进行现场勘验的调查人员开始散开，提心吊胆地看着桧山。

桧山抬头看垂挂在天花板上的旋转音乐吊铃，可爱的小熊上有喷溅的血迹。接着，他抬头望着天花板，到处都是一片又一片的陌生污渍，日光灯灯罩发出红色的光。缓缓低下头来，只见婴儿床的床单上留着一摊血。血从吸满了血的床垫滴落，染红了地毯。

亲眼见到这副惨状，桧山一瞬间动弹不得，刀割般的痛楚阵阵袭来。

祥子就是趴在这张婴儿床上死去的，看着睡在婴儿床上的亲生女儿直到断气。爱实在无路可逃的栅栏中，在从母亲身上流出的血泊中，用那双小小的眼睛看着母亲断气前的最后一刻。

一阵反胃的感觉突然涌上来，桧山忍不住打开窗户，将脸伸出阳台。徐徐微风将院子里整片草地的草香送进鼻腔。桧山在那里做

---

1 坪是面积单位，1坪约3.3平方米。

了好几次深呼吸。

"要振作啊……"

三枝关心地从背后对他说。

桧山微微点头，望着光线明亮的草地，觉得自己心中产生了一股不同于刚才的感情：憎恨。一股对凶手无法言喻的憎恨涌上心头。

桧山重新振作精神，把视线移回屋内。

在三枝的敦促下，桧山迅速确认衣柜里的东西。他集中视线翻看衣柜，一心只希望早点离开这里。柜子的抽屉虽然有翻动过的痕迹，但存折之类的东西并未失窃。

"地板上有一只钱包，应该是尊夫人的；里面只有零钱，大概是凶手把钱包里的纸钞拿走了。凶手似乎很慌，也许是婴儿哭声的关系。"

三枝的话，让桧山推测出祥子之所以趴在婴儿床上气绝的原因：祥子是想保护爱实，不让爱实遭到犯人的毒手吧？即使在临死之际，祥子心中所想的，仍然只有自己的孩子。桧山不禁强烈自责：祥子母女遭到攻击的时候，自己在做些什么？像往常一样在店里笑容满面地为客人煮咖啡、和兼职工闲聊。本来是为了保护家人才工作的，结果却根本无法保护她们。桧山为自己的无力感到痛心。

桧山在悔恨中拉开了另一只抽屉，里面放的是祥子的小东西。在记事本和祥子的信件当中，有祥子的存折。

桧山取出这本他头一次看到的存折。

"是尊夫人的吗？"

桧山对三枝的发问点点头。

"可以请您查看一下内容吗？"

三枝催促拿着存折犹豫不决的桧山。

桧山翻开存折。里面细小的印刷字体印着祥子的历史。

第一笔存款是1995年8月25日，来自百老汇咖啡大宫店的汇款。祥子从念高中夜间部一年级起，便开始在百老汇咖啡打工，算是百老汇咖啡的开店元老。从早上一直到傍晚上学为止，每周在百老汇咖啡工作六天，她的薪水几乎都直接存起来。从高中毕业到她辞职，这段时间超过三年半，每个月12万日元左右的存款有规律地增加，最后变成510万日元的巨款。

看到意想不到的金额，桧山回想起祥子的高中生活。祥子在一般人玩心最重的高中时代几乎不玩乐，也不穿时髦的衣服，一心工作，为了成为护理师的梦想用功念书。祥子这样的人生，居然让那种为钱杀人的畜生给断送了！祥子短短二十年的人生竟然就这样被别人夺走了！

桧山的视线留在存折的最后一行。

距今一个半月前的8月20日，存折显示提领了510万日元，只留下几百日元的尾数。

"怎么了吗？"

三枝似乎从桧山的表情中读出了什么，开口询问。

桧山既不知道祥子有这么一笔存款，也想不出这么一大笔钱究竟用到哪里去。他把这件事告诉三枝。

听了桧山的话，三枝的目光更加锐利了。

"可以借用一下吗？"

三枝从桧山手里接过存折，走向室内的另一位调查人员。

桧山的视线回到抽屉里。那一瞬间，强忍着的眼泪泉涌而出。看到抽屉深处用红色缎带绑起来的、他写给祥子的情书，桧山拼命回想当时的自己和祥子。

当下，他只想逃离眼前的现实。

桧山无暇沉浸于悲伤，命案发生后的第三天，便在北浦和的殡仪场举行祥子的守灵仪式。两家几乎都没有亲戚，因此守灵夜很冷清，但祥子夜校的同学和百老汇咖啡的打工伙伴都赶来了。

祥子所念的高中位于大宫，同学们也经常来店里玩，所以来吊唁的客人们大多都是桧山见过的。

桧山一一向来客鞠躬回礼。因为这件惨案发生得太过突然，来上香的人显然也不知道该向桧山说什么才好。

吊唁的行列停止了，桧山朝着灵位看过去。灵位前有一名女子望着祥子的遗照，一动也不动。

她的年纪大约和祥子相当，望着遗照，就这样站在那里。她的双肩不住颤抖，好不容易才上了香，但就连桧山也看得出来，她原本雪白的肌肤现在变得更加苍白。

女子忍住呜咽来到桧山面前，低头鞠躬。

女子的视线与缓缓回礼的桧山一对上，一直压抑着的什么便仿佛崩溃般让她当场哭倒在地，简直就像要被自己的眼泪淹没似的，不断痛苦啜泣。桧山不知如何是好，只好望着身旁的澄子。

澄子满脸疲惫，看起来似乎随时都会倒下，但仍以虚弱的动作扶着女子的肩膀。让女子站起来之后，便带她到了为了守灵而准备的房间。

看着澄子蹒跚的背影，桧山觉得这时候自己必须好好打起精神，便将视线转回上完香的客人，继续鞠躬回礼。

桧山在悲伤的打击中向最后一名前来吊唁的客人回了礼，接着便前往宴请客人的筵席。

留下来的客人清一色都是沉痛的表情。祥子的同学也好，打工的伙伴也好，大家都为死得太早、死得太没天理的祥子心痛不已。对杀害祥子的凶手的憎恨，更甚于失去祥子的悲伤，所有人都异口同声地咒骂凶手。

或许是敏感地察觉到室内充斥着杀伐之气，睡在角落婴儿床上的爱实大哭起来，听起来像是想比在场所有人更大声地为母亲申冤。一时之间，静悄悄的房间里只听得到爱实的哭声。

或许是受到爱实哭声的牵动，一直强忍着悲伤款待客人的澄子终于忍不住开始呜咽。桧山虽然看着婴儿床，身体却动不了，他连站起来走到爱实身边的力气都没有。他真想就这么伏地痛哭呢。

刚刚那名女子原本怯怯地坐在角落，这时她走近婴儿床，抱起爱实温柔地哄着，桧山和房里的人都默默地看着她。不久，爱实不哭了，发出了怕痒般的笑声。看到爱实开心了，桧山也挤出最后的力气站起来，向客人致辞，结束了筵席。

桧山走到抱着爱实的女子身边。

"今天真是谢谢你。"

听到桧山的话，女子抬起头来。大概是为了安抚爱实，刚才一直拼命扮出笑脸，她的眼睛红彤彤的。

"我刚才失态了，真对不起。"

"哪里，你为祥子这么伤心，祥子一定很高兴。"

爱实在女子的怀里，对桧山露出满足的笑容。

"你比我还会哄孩子。"

"因为我在幼儿教育学校上课。这是祥子的孩子吧？"

桧山点点头。

"叫什么名字呢？"

"爱实。就是爱的果实，祥子想的名字。"

女子听了桧山的话，沉默不语。

"不好意思，请问你和祥子是什么时候认识的？"

"对不起，没跟您自我介绍。我叫早川美雪。"话说到这里就断了。停顿片刻之后，才如咬紧牙关般接着说："……我和祥子是初中时期的朋友。虽然我们很久没见了，但昨晚我从新闻上得知命案的消息，坐立难安，无论如何都想来上香，所以向警方问到了这里。"

"原来如此，真的很谢谢你。原来你是祥子的初中同学啊。"

"不、不是的。"早川美雪连忙摇头。然后仿佛回忆起过去似的说："我们不同校，我的学校在所泽市。我记得祥子念的初中是在上福冈吧？我们都在川越的补习班补习……补习班下课以后，我常和祥子去吃东西，谈谈升学的烦恼，有事的时候也会一起商量。"

美雪一边想着祥子，一边对桧山讲起和祥子之间的往事。在补习班的交情顶多就是一周几天的短短几小时吧，但说不定意外地比每天在学校碰面的人更能培养出亲密的友谊。就拿眼前来看，今天的守灵就没有任何祥子的初中同学到场。从美雪刚才悲痛的样子看来，桧山可以想象她们两人友谊相当深厚。

虽然是难熬的一天，但能遇见早川美雪，对桧山而言是小小的安慰：能够遇见认识自己所不认识的祥子的人，能够听到自己所不知道的祥子的过去，而且又多了一个为祥子的早逝深深哀叹的人。

美雪也出席了隔天的告别仪式。桧山忙着进行紧密的仪式流程，美雪不但勤快地主动帮忙，还帮忙照顾爱实。

祥子的骨灰在七七脱孝之前都借放在澄子家中。桧山光是想起那个情景，就不想回到祥子遇害的公寓。澄子要他暂时住在坂户，桧山也认为澄子如今已经失去了独生女，若能看到外孙女的脸，应该能稍感安慰。

爱实才五个月大，她才不管桧山和澄子的心情，动不动就大哭。

但是，桧山相信，爱实的举动其实是拼命为因失去祥子而悲恸得什么都不想做、什么都不愿想的两人，拧上几乎快停止的发条。

命案发生一周后的10月11日下午3点，埼玉县的三枝刑警与浦和署署长来到坂户的澄子家拜访。上午桧山接到电话，知道两人要来，傍晚前就把店交给兼职工，在家里等待刑警们前来。因为他想知道后续的办案进度。

葬礼后的第二天他便到店里上班了。因为要是关在家里，他会不由自主地一直想着命案的事，搞不好会发疯。在兼职工们不知是同情还是困惑的注视中，桧山拼命装得像平常一样，希望能早点恢复之前的日常生活。

第一天，兼职工们十分在意桧山的一举一动，后来似乎也发现别刻意顾虑桧山，对他才是最好的，渐渐恢复了平日的模样，在工作空当和他谈起昨天电视的话题，也会互相开开无聊的玩笑。

即使是这种闲谈之间，桧山胸口的疼痛依然阵阵袭来，痛得让人好想蹲下。晚上独处的时候，疼痛更加剧烈，让他整夜都在剜心般的痛苦中饱受煎熬，必须用安眠药当止痛药，才能勉强过日子。

这种痛恐怕一辈子都不会消失，就像绝对无法摘除的病灶一样，每当想起那一天，桧山便觉得有人勒住他的胸口、拿刀凌迟他，觉得一颗心慢慢坏死。难道他这辈子都得这样活下去吗？置身于这般悲观与绝望的深渊中，只有看到爱实的睡脸时，他才会坚定地告诉自己：即使如此，也非得活下去不可。

桧山多希望得到能缓解这份绝望的特效药，就算只能缓解一点点也好。而所谓的特效药只有逮捕凶手。唯有让杀害祥子的凶手得到相应的惩罚，祥子和他自己才能获得一点安慰。日本的刑罚很轻，对凶手的判决恐怕难以让桧山满意，但即使如此，他还是希望让自己的愤怒和憎恨有个具体的对象可以发泄。

三枝与署长轮流在祥子的遗照前上香，合十礼拜。两人转过身来，隔着矮桌与桧山面对面。

澄子为两人端上茶后便急着想离开，但三枝叫住了她。

"前田女士也请坐。"

因为三枝这句话，澄子只好不情愿地在桧山身边坐下。她一定是不想看到、听到任何会让她想起已逝爱女的事。因为只要听到刑警说话，再怎么不愿意，也必须把心思放在命案上。

"刚才，我们也向祥子小姐报告过了……"三枝回头看了一下祥子的遗照，再转过头来，露出苦涩的表情对桧山他们说，"找到凶手了。"

听到三枝的话，桧山紧握的拳头开始微微颤抖。好不容易听到了这句话，他终于能够放心的感觉与内心深处再度涌现的憎恨互相交织，充斥全身。他想在情感的泥淖中拼命抓住什么，但一时半刻之间，什么话都说不出来。

"终于逮捕了凶手。"桧山终于找到了一句话。

"并没有逮捕。"三枝以遗憾的神情告诉他们。

桧山注视着三枝，不明白这句话的意思。

"我们找到的是就读于所泽市一所初中的三名初一男同学。害死祥子小姐的少年，都只有十三岁。"

十三岁的初中生……

桧山说不出话来。他茫然地望着三枝的脸，拼命解读他话里的意思，但祥子遇害的那个凄惨现场和"十三岁"这个字眼，不管怎样都无法在脑海中联系起来。

三枝的话似乎也让澄子受到打击，只见她绷着一张脸，盯着三枝不放。在她冻结的表情中，只有嘴唇微微颤抖。

"你是说，十三岁的初中生杀了祥子？"

桧山的视线回到三枝身上，半信半疑地问。

"是的。"

三枝开始平静地陈述事实。

"案发后，在现场所采集的指纹中并没有符合的前科犯，我们一直在公寓周边进行访查，也没有得到有力的目击情报。唯一的一条线索是案发的可能时间，在公寓后方，也就是阳台那一侧，那里有巷子。有附近居民提供了目击情报，说看到几名少年在那里玩接传球。我们认为那几名少年可能目击了命案的凶手，便着手寻找他们。这时在公寓四周搜寻凶手遗留物品的调查人员，在后面巷子的排水沟找到了类似校徽的东西，正好就是面向桧山先生房间阳台的那道墙那边。我们以这枚校徽为线索，造访了所泽市内的初中，查出一年级有三个同班的学生于命案当天同时缺席。我们便访查了这三名学生，从命案当时他们是否在现场附近开始，分别进行问话。"

三枝喘不过气似的小小吐了一口气。从上衣口袋里取出手帕，擦拭额头上的汗水。

桧山盯着三枝的目光充满了焦躁。

"一开始，三个人都不承认去过那里，我们以为他们因为是逃学，不愿意说实话。但是，当我们问起其中一名少年怎么没有戴校徽的时候，这位同学脸色突然发青，畏惧的样子很不寻常。看到他那个样子，我直觉认为他的畏惧并不单单是害怕逃学受罚。当天我们先行离开，今天早上又把三名少年叫来署里，再次详细询问。问了一个小时左右，其中一名少年开始哭着坦白。而且，三名少年的指纹也和在桧山先生家里找到的指纹一致，所以刚才署里已经以杀害桧山祥子的犯罪事实通报儿童咨询所[1]，对少年给予保护辅导。不是逮捕，是保护辅导。"

三枝最后的话，好像在吐露自己的无奈似的，语气听起来有些力不从心。

"保护辅导?"

桧山怀疑起自己的耳朵。他无法理解刚才的话发问道。但是三枝并没有订正说法。

他看着三枝的表情，全身开始发抖。虽然想忍住，却控制不了自己。

保护辅导、犯罪事实……

开什么玩笑。桧山失去了比什么都重要的祥子，对他而言，这些太过悬殊的字眼，无疑是为他心头的那把怒焰火上加油。

"桧山先生知道《刑法》第四十一条吗?"三枝开口。

"不知道。"

"根据《刑法》第四十一条，未满十四岁者的行为不予处罚。"

桧山以灰暗的心情注视着三枝。

"未满十四岁的少年没有刑事责任能力。即使做出触犯法律的行为，也不能说是犯罪，因此称为'触法少年'，是保护辅导的对象。"

"岂有此理!"桧山粗声怒吼。一闭上眼睛，残酷的命案现场至今仍烙印在眼底。那时候，满屋子铁锈般的血腥味至今仍附着在鼻黏膜上，挥之不去。"那不叫犯罪叫什么!"

"桧山先生的心情我们很了解，但法律就是如此。"

桧山用足以刺穿人的眼神瞪着三枝，虽然他也知道三枝不是他

---

1 日本的儿童咨询所是根据日本《儿童福祉法》第12条设立的儿童福祉专业机构。主要职能有未成年人各种问题咨询、心理指导、触犯法律行为判定和临时保护等。

该生气的对象。三枝并未避开这锋利的眼神，继续往下说：

"在办案阶段得知犯人未满十四岁时，便无法进行逮捕等强制措施。很遗憾，项目小组明天就会解散。"

"那些少年以后会怎么样？"桧山气得发抖，质问着，"可以不用问罪，当作什么都没发生过，就这样活下去吗？难道这个国家在承认符合特定条件的人可以杀人吗？"

三枝露出苦闷的表情，陷入沉默。

"就算判凶手死刑，祥子也不会回来，这我当然知道；可是竟然有人杀人却不会被判刑！要是不判他们的罪，就把祥子还给我。现在就把祥子还给我！"

桧山身子前倾，逼问三枝。

"这……"或许是承受不了桧山的视线，三枝微微低下头。

"祥子再也不会回来……"桧山无力地垂下肩膀，"他们杀了祥子，却不会被判刑。这种没天理的事，叫我怎么接受？"

"往后的事情会交由儿童咨询所来判断。由儿童咨询所进行调查，再决定是要将少年们送入管教机构让他们改过自新，或是送交家庭法院。这次由于情节重大，遇到这种状况，恐怕会送交家庭法院，依少年刑事案件处理。无论如何，往后相关行政机关会努力让少年们重新做人。"

对于三枝所说的"改过自新"这个字眼，桧山真想连口水一起狠狠吐出去。这些交错的话语形成完全没有价值的残渣，沉淀在桧山心中。

"如果那些少年重新做人，案子就算解决了吗？"

"我们很了解桧山先生无法接受的心情。"

"你懂什么！"

"我们也一样无法接受。"三枝用认命的眼神看向桧山，"但是，我们也只能祈求少年们往后为自己所犯下的罪反省，重新做人，好稍稍抚平桧山先生的伤痛。很遗憾，现在我也只能这么说。"

三枝垂下眼。

"那些人为什么要杀害祥子？"

桧山的话让三枝抬起头。

"由于是少年事件……无法透露详情，但是，"三枝的语气有些迟疑，"他们好像因为需要钱玩乐，想找没人的房子行窃，才进了桧山先生家。刚好在场的祥子女士看到少年们便大叫起来，他们就用带在身上的刀子威胁她，在纠缠当中……"

桧山想起祥子上半身无数的刀伤，以及颈动脉的伤口，心中一阵剧痛。

"存折里的五百万呢？"

"少年们表示不知情。我们也调查过三人的家，并没有使用这笔巨款的迹象；向银行调查的结果，也确认是祥子小姐亲自提取的。少年们因为需要钱好去游乐场玩，才造成这次的事件，因此我们认为将近两个月前提取的钱与这次的事件无关。我们还想请教桧山先生和前田女士，不知道你们有没有什么线索？"

桧山觉得讶异，看向澄子。有人从祥子的账户里提取超过五百万日元巨款的这件事，桧山在命案当天就已经告诉澄子了，但澄子也一无所知。

在桧山的注视下，澄子似乎也在仔细思考祥子提取的这笔巨款究竟去了哪里，多半是三枝的报告太过令人痛心，她垂下了眼。

三枝他们走后，桧山的愤怒与痛苦依旧无法平息。

杀害祥子的是几个十三岁的少年……

因为年龄，所以不会遭到判刑。而且有《少年法》当挡箭牌，桧山甚至无法得知他们的姓名、长相。愤怒找不到出口，在桧山内心翻腾，这怒气一天比一天强烈。

从少年们接受保护辅导的那一天开始，桧山的生活就发生了剧烈的变化。

祥子的命案在案发当时只是条小新闻，那天的晚报却把它当成头条大肆报道。因未满十四岁而无法以《刑法》制裁的重大犯罪更是带着强烈的冲击横扫全国。

少年们接受保护辅导当天傍晚，大批媒体为了拍摄桧山和澄子，蜂拥到澄子家和桧山的店门口。媒体因《少年法》的限制，无法取得凶手的资料，便极力想得到桧山和澄子这些被害者家属的发言。

桧山因连日的采访攻势身心俱疲。媒体无礼的发问，等于是在桧山失去祥子的伤口上撒盐。虽然不想理会那些日复一日毫不客气闯入别人生活的媒体，但桧山无法这么做。因为桧山无法从警方和家庭法院得到任何信息，媒体成了他唯一的情报来源。比起桧山这个命案当事人，毫不相干的记者反而更了解案情；桧山也是通过周刊报道，才头一次得知少年们犯案当日的行动。

光天化日下的惨剧　案发一周后的冲击

10月4日，经营餐饮业的桧山贵志（二十八岁）的妻子祥子（二十岁）女士于家中遭到杀害一案，11日埼玉县警方宣布，经过调查，已取得少年们的口供。

办案人员受到冲击也在情理之中，因为坦白的少年们都是初一的学生，年仅十三岁。11日，办案小组向儿童咨询所通报少年们的犯罪事实，已让三名少年接受保护辅导。

"三人供称，案发当天早上在所泽的游乐场玩，因缺钱玩乐，便产生入室行窃的念头。在找寻适合的住宅区和选定目标后，便在附近的巷子里开始玩接传球。"

办案人员表示，少年们以运动用品店买来的球当成掩护。

"他们故意把球丢进院子里，准备侵入民宅。万一有人在，被发现了，就可用'不小心把球丢进去'当作借口。桧山先生家位于公寓一楼，其中一人在翻墙时不慎掉落了校徽。"

结果，他们与在家的桧山祥子女士遇个正着，三人大为惊慌，便以刀恐吓祥子女士，并加以攻击。办案人员继续说道：

"桧山祥子双手上有许多防御性伤口，可知她曾经激烈抵抗。少年A持有兰博刀，少年B与少年C则持有工业用的大型美工刀。三人表示，由于四人缠斗，因此不知是谁造成了祥子女士颈动脉上的致命伤。"

为何十三岁的少年会持有兰博刀？据少年邻居与多名相关人士表示：

"少年A平日素行不良，经常顺手牵羊、恐吓年纪较小的学生，也经常遭到警方辅导。"

虽然少年A经常以兰博刀恐吓他人，但少年B与少年C均没有特别的违规行为，少年们就读学校的相关人士也对这起命案感到震惊。

"少年B与少年C在学校里并没有什么问题，是很认真的学生。尤其是少年C，他的成绩在整个年级也是顶尖的，印象中是很乖巧的学生，实在令人难以置信。"

儿童咨询所接到县警通报当天，便将少年们送往家庭法院，即日裁定少年接受观护安置，将少年移交少年鉴别所[1]。然而，全力展开调查的埼玉县警办案人员曾于项目小组解散当天懊恼地表示：

"他们不久就会无罪释放了。这已经不再是案件。虽然很不服气，却也无可奈何……"

社会无法对犯下这起残忍罪行的少年们追究刑事责任。年仅十三岁的他们，根据《刑法》第四十一条，视为"触法少年"（其行为触犯刑罚法律之未满十四岁少年），将根据《少年法》与《儿童福祉法》给予这些少年保护辅导。

失去妻子的桧山先生，将如何面对这样的现实……

（《周刊现实》 10月20日发行）

桧山对《少年法》或少年事件几乎一无所知，凡是找得到的相关书籍他都买来看。结果才知道，高度提倡保障少年健全成长的《少年法》，体现着令人难以置信的不平等。

其中频繁地出现"可塑性"这个陌生词语。这是在美术工艺领域中常用于形容黏土的词语。黏土具有可塑性，若是不满意做好的作品，可立刻毁掉再重做；换句话说，即使失败了也可以重新来过。

根据《少年法》的精神，孩子就像黏土一样。孩子的犯罪行为是尚未成熟的人格在环境的影响下发生的，因此犯了罪的孩子不应加以处罚，而要以教育性的方式加以指导，让孩子得到重塑。《少年法》便是建立在这样的理念上，认为孩子富于可塑性，因此只要有足够的帮助，便可重新做人。

---

1 少年鉴别所是根据《少年鉴别所法》设立的少年收容机构之一。主要负责收容家庭法院移交的少年，对其身心进行鉴别和再教育。

桧山认为，让犯了罪的孩子重新做人是有必要的，但是，那个理念却建立在对被害者和家属哀恸的蹂躏之上。

犯了罪的孩子被过度的人权意识无微不至地保护着。那么，遭到杀害的祥子就没有人权了吗？死了就算了吗？失去的生命、受伤的心，再也无法像黏土般重新来过。

杀死祥子的少年从儿童咨询所移送到家庭法院，接受少年法庭审理。

自从裁定由少年鉴别所收容后，一名担任少年辅佐人的律师便时常出现在电视上。由于家庭法院并不是处罚孩子的地方，所以在少年法庭中陪同孩子的人才会被叫作"辅佐人"。那位一脸心疼孩子的慈祥律师隔着眼镜露出怜悯的眼神，表示："真的是一起令人痛心的事件。"

他说"他们本人都深切反省""眼泛泪光"，描述和少年们会面时的情形，对着镜头呼吁大众以温暖的心支持少年们今后的改造教育和未来。

这些话绝非针对身为被害者家属的桧山而发。桧山认为，人权派律师只保护少年权利的这些发言，仅仅是为了应付谴责少年犯罪的媒体和社会而已。

由少年鉴别所收容的少年们，将接受家庭法院调查官的面谈。他们要调查的是触法少年的犯罪详情及动机、家庭环境、交友关系、过去的成长经历，还有性格和在校的生活状况等，以少年的身世调查为主。而少年鉴别所中的心理测验员又将本着医学、心理学、教育学、社会学与其他专业知识，对少年进行鉴定。

少年享有这么多的照护，被害者却什么都没有。少年法庭不同于刑事诉讼，没有检察官这类对加害者问罪的人。少年法庭是由法官、调查官、少年的辅佐人，以及少年的监护人，也就是仅由保护少年们的人士所组成的。

而且少年法庭的审理是不公开的，被害者及其家属甚至不能旁听。调查官既不会倾听桧山这类被害者家属的悲恸，被害方的痛苦也没有渠道传进法官耳朵里。所有的信息完全隔绝，被害者这边什么都不知道，开庭时既无法出席，亲眼看看加害少年的长相，也没有机会陈述意见。审理在桧山绝对无法窥见的密室中、在对桧山哭号的漠视中进行。

在这种环境下，少年们真的能理解被害者的痛苦，痛改前非吗？

不久之后，桧山身边便安静下来了。一旦发生了别的案件，媒体便全数从桧山身边消失。桧山虽然能稍微恢复正常的生活，但同时也感到空虚。祥子的命案大概会这样随着时间风化而去吧。不知不觉间，社会将忘却祥子的案件，也许将来哪一天，又会从哪里传出新的哭泣声。

少年们接受保护辅导的一个月后，正在店里工作的桧山遭到大举而来的媒体的包围。桧山正疑惑出了什么事，其中一名记者问：

"您听到判决结果之后有何感想？"

"啊？"桧山怀疑自己听错了，反问记者。

"您还没收到家庭法院的消息吗？少年的保护处分已经出来了。少年A和少年B分别接受儿童自立支援机构辅导，少年C则是接受保护观察处分。"

桧山茫然地听着记者的话。他什么都不知道，连今天法院要做出判决都不知道。结果，直到最后一刻，司法都对桧山这个被害者家属的存在不屑一顾。

但是，即使听到这个结果，自己也无可奈何。被害方连对这种结果表示异议、提出抗议的权利都没有。杀害祥子的少年已裁定安置辅导，仅仅受到跟夏令营没两样的管束。

　　可恨的分明是杀害祥子的凶手，但不知不觉中，桧山开始痛恨起警方、媒体和整个司法界。普通人过着平凡的日子，指望的也就只是小小的幸福，守护他们难道不是警方和法律该做的吗？

　　在电视摄影机的包围之下，桧山心底涌出了一股情绪，一股案发之后便一直在心底翻滚沸腾的感觉。

　　"请说说您现在的心情。"

　　听到记者这句话，桧山终于把这情绪吐出来了。就像吃了酸败的东西之后产生呕吐反射一般，把至今累积在心底那犹如呕吐物般的情感吐了出来。

　　"既然国家不处罚他们，那我就亲手把凶手杀了。"

3

　　桧山的视线回到香烟上。

　　烟已经烧到滤嘴，烟灰以危险的平衡停留在上面。看样子他只吸了一口，思绪便不知道去哪里神游了。

　　看看挂在墙上的钟，不知不觉已经10点了。三枝他们离开到现在已经过了六个钟头。他想得赶快去接爱实才行，却无法马上站起来。怕烟灰掉落，他缓缓将烟丢进烟灰缸，然后又叼起一根烟，点了火。

　　少年B……泽村和也死了。对桧山而言，他应该是个可恨的人。这是天谴吗？是天意的安排，让这个法律无法制裁的少年遭受报应吗？

桧山的思绪奔向那个连长相都不知道的少年。

泽村死去的那一刹那在想什么？看着自己的脖子被人割开、看到从自己体内喷溅而出的血，他是不是也感觉到祥子当时所受的痛苦？他知道自己的人生被迫落幕有多么令人不甘心吗？他断气时，是否体会到再也见不到重要的人的悲伤？

再怎么想那个少年，桧山都感觉不到任何痛心和感慨，唯有空虚。

他永远也听不到泽村谢罪的话，也看不到他忏悔的眼泪了。

桧山在雨中撑着伞快步走向青草绿幼儿园，赶到的时候已经超过10点30分了。

桧山打开门往室内看，在关了一半电灯的昏暗中，只有靠墙而放的办公桌灯还亮晃晃的，映出一个埋头工作的人影。这是常见的光景。

"对不起，我来晚了。"

桧山脱掉鞋子，换上室内拖鞋，一面踏上粉红色的地毯，一面对美雪这么说。

因为工作，桧山几乎每天都要很晚才能过来接小孩，所以在其他孩子回家后，大部分时候都只剩下爱实一个孩子，为此美雪便留下来加班。桧山总是对此感到过意不去。

"啊，桧山先生，你下班啦。"

美雪笑脸相迎。

"因为工作耽误了一点时间。对不起，总是给你添麻烦。"

桧山万般抱歉地低头行了一礼。

"请别在意。我也有事想做。"

桧山看向美雪面前的桌子。

画在图画纸上的小桃子兔兔正在刷牙。用马克笔和色彩缤纷的蜡笔所绘制的插图几乎让人以为是专业人士画的。

桧山佩服地看着那张插画，但不一会儿，视线还是转向了柔软的粉红色地毯。爱实裹着毛巾毯，就这样在摊着玩具和图画书的地毯上睡着了。

看到爱实平静的睡脸，桧山不由得露出微笑。

一定好梦正甜吧。他平常很少有时间陪爱实，真想就这样飞进她的梦中，忘掉一切。

桧山朝爱实露在毛巾毯外头的右手看。那只手宝贝万分地握着一样东西，小得足以完全握在爱实手中，上面还和她挂在脖子上的银色链子相连：一只坠子形的万花筒。银色的筒身比女人用的口红还小，以精细的金工刻着一个天使。

这只万花筒是祥子遗留给爱实的少数东西之一。那是祥子生下爱实后不久，不知道从哪里买来的。

桧山也记得小学劳作课曾经做过万花筒。他还记得他把三片细长的镜子粘起来，中间放入小珠子或花，做好之后就可以享受万花筒不可思议的奇妙世界。

桧山朝祥子买来的万花筒望进去，不由得啧啧称奇。这只小小的筒子里是一个精致而神秘的世界，完全不是小学的自制万花筒所能够相提并论的。只要一转动万花筒，烟火般的瞬间之美与梦幻便无限延伸，令人暂时沉浸在如宝石般的绚烂中不能自拔。

因为怕爱实误食，所以万花筒之前暂时由桧山保管，但去年爱实生日时，他告诉爱实这是妈妈送她的生日礼物而交给她。

果然不出所料，爱实也迷上了光的世界。从此之后，万花筒就成了爱实最心爱的宝物，平常总是挂在脖子上寸步不离，只会私下给重要的朋友和她喜欢的人看。

当然也给她最爱的美雪老师看过，以前美雪就半开玩笑地说过："我也想要一个一模一样的。"

为了感谢美雪如此照顾他们父女，桧山曾想找个和爱实一样的万花筒。百货公司和万花筒专卖店他都找过了，结果还是没找到同样的东西。询问店员后，对方说那恐怕是万花筒设计师的独创作品。桧山头一次知道有万花筒设计师这样的人，但从那精致繁复的手工以及温暖的手感来看，他也同意这确实不是量产的商品。

爱实看着万花筒的双眼总是闪闪发光。筒中的梦幻世界，令人暂时忘却人世间发生的种种纷扰烦忧。看着爱实的睡脸，桧山忽然想：祥子会不会预料到即将降临在自己和爱实身上的灾难呢？这当然是不可能的，但他的确从祥子送给爱实的礼物中感觉到祥子最后的爱。

爱实睡得很甜。叫醒她虽然可怜，但要撑着伞背着爱实走到车站，实在不是轻松的事。

"爱实，起床了。"桧山在爱实耳边低声叫喊。

"不用叫醒她也没关系，"美雪从后面对他说，"我也要回去了，我们一起走到车站吧。"

天上落下来的雨温温的。桧山稍稍放慢脚步，看看撑着伞走在旁边的美雪。她的右肩湿了一大片，一定是怕睡在桧山背上的爱实会淋湿的关系吧。

"真是不好意思。"桧山微微点头行礼。

"没关系。"美雪报以笑容，但看到桧山的脸，表情便显得有些担忧，"倒是桧山先生，你脸色好像不太好，是身体不舒服吗？"

"没有，我没事。"

桧山摇摇头，迈步向前走。在美雪清澈双眼的注视下，他觉得今天发生的事好像全让她看透了。

桧山一直烦恼着该不该把泽村遇害的事告诉美雪。他很想告诉美雪，好抒发一下自刑警来访便积在心中的忧郁和不安。美雪一定会对他说"不用把这种事情放在心上"。

"对了，听说昨天大宫公园发生了命案。报纸上有报道。"

美雪若无其事地说。

美雪并没有发觉那是泽村。那是当然的，因为美雪并不知道杀害祥子的少年姓名。

《少年法》修正后，桧山和澄子终于得以知道少年的姓名和案件记录。但是，条文上有规定，为保护少年的隐私，不得将所知的信息泄露给他人。而且少年们受到保护辅导时，美雪从报道中得知，犯罪少年们是她家当地所泽的初中生时，十分震惊。美雪家是开干洗店的，搞不好间接认识少年们的亲友也不一定。考虑到这一点，桧山便没有告诉美雪。

"附近竟然发生命案，好可怕啊。"美雪边走边继续话题。

"今天，警察来过店里。"

"咦！警察？"这似乎引起了美雪的兴趣。她看向桧山。

"是当时侦办祥子案子的刑警。"桧山看着前面，尽量平静地说，"遇害的据说是少年B。"

雨水打在桧山的额头上。回头一看，美雪一脸吃惊地站在原地。她望着桧山，好一会儿才回过神来，连忙跑向前帮他们撑伞。

"少年B，难道就是害死祥子的……"

美雪愣了一阵子，总算开口。

"没错，就是杀害祥子的少年之一。"

桧山不想让她看到自己的表情，又开始向前走。

"你说警察到店里去……"可能是因为心神不定，美雪的声音在发抖，"他们去做什么？"

"来确认我的不在场证明吧。"桧山看着美雪，很干脆地回答，"很可惜，那时候只有我一个人而已。我真不敢相信他居然被杀了，而且偏偏就在那附近，还是在我没有不在场证明的时候。"

"桧山先生，你是说警方怀疑你吗？"美雪关心地看着桧山，以愤慨的语气低声说，"真是岂有此理。"

"如果我是刑警，我也会怀疑。谁叫我在电视上说了那种话。"

桧山把视线从美雪身上移开。

4

窗外是久违的好天气。

桧山在闹钟响前三十分钟就醒了。他小心不吵醒爱实，起床后便走出房间，到门口拿报纸。他将待洗的衣物丢进洗衣机，坐在沙发上打开报纸喝着咖啡。

昨晚回家让爱实上床后，桧山便立刻翻开报纸。社会版上刊登了命案的消息：名叫泽村和也的十七岁高中夜校生在大宫公园遭到杀害。报道非常简单。

桧山看了那篇报道确认属实，想到明天之后的生活，再次感到忧郁。报道中当然完全没有提及泽村是祥子命案的加害者，但那只是没有写出来而已，媒体一定知道泽村和也过去犯下的案件吧。桧山认为，他们迟早会从泽村遇害联想到他。

抱着些许期待大略看过今天的早报，并没有泽村和也命案的相关后续报道。假如已经逮捕了凶手，烦闷的心情或许也能像今天的天气一样，稍微清爽一点吧。

"明天也会出太阳对不对？"爱实拉拉桧山的袖子说。

桧山盯着吊环的视线转向爱实。爱实正开心地望着车窗外一片晴空。

"爸爸，我昨天和美雪老师做了晴天娃娃哦。"

桧山挤出笑容。爱实一定非常期待明天到游泳池去玩吧。

"以后爱实每天都要做晴天娃娃。这样每天都会是好天气，生意就会很好。"爱实望着桧山盈盈一笑。

桧山看着爱实的笑容，察觉到爱实的言外之意。

原来自己从昨天三枝来访之后，脸色一直这么难看啊！爱实全部看在眼里，她一定是看到父亲愁眉不展，以为在担心每天的天气和店里的生意。

"是啊，生意一定会很好的。"桧山笑了。

看着爱实天真无邪的笑容，只觉一阵清风吹过心头，让他找回了平静。他从昨天起便一直担心的究竟是什么？自己根本什么坏事都没做啊！日本的警察很优秀，一定很快就会抓到杀害泽村的凶手。

在大宫车站一下车，桧山他们全身便沐浴在耀眼的阳光下。桧山把爱实送到青草绿幼儿园后抵达店里，笼罩在内心的湿气已经完全蒸发，烦躁不安也烟消云散了。

一走进自动门，凉爽的风便抚上桧山的脸。

"欢迎光临！"

早上的工作伙伴发出活力十足的问候。一看柜台，有五个人在排队。环视店内，几乎所有的位子都有人。

负责收银的步美似乎连看桧山一眼的时间都没有，专心听客人点餐。桧山一面看着点餐的状况，一面着手整理收款机旁在售的咖啡豆和杯子的陈列。

"桧山先生。"

后面突然有人叫他，桧山回头一看，毫不掩饰就变了脸，并不单单是因为闷热汗臭味的关系。

"好久不见。"

高大但不结实的贯井哲郎身上穿着被汗浸湿的衬衫，一张留着胡子茬儿、显得有些邋遢的脸出现在桧山面前。看样子，桧山的担心并非杞人忧天。

桧山忍着不发出啧的声音，冷冷回应："有何贵干？"

"好凶喔，我可是客人呢。桧山先生来之前，我已经续了三杯咖啡了。"贯井邀功似的举起杯子笑着，"好久不见了，想找桧山先生聊聊。"

他皱着鼻子笑的样子，令人联想到从深山来到市镇觅食的熊。那模样就像会出现在卡通里的人物，看起来虽然很好亲近，但是千万不能上当。

"没什么好聊的。"桧山从收款机里拿了办公室的钥匙，完全不看眼前的贯井，便往店后走。

"听说泽村和也被杀了。"跟在桧山后面的贯井站在店中央说。

"好像是。"桧山毫不掩饰自己的不满，"很遗憾，那跟我无关。虽然你一定很想把事情写得很有趣。"面对贯井，他尽全力讽刺。

贯井是个自由文字工作者。他是周刊的签约记者，也写了好几本与少年犯罪有关的书，但桧山对这个人写的书完全不感兴趣。贯井看起来比桧山年长几岁，但从事自由文字工作这种不安定的职业，看得出他必须为生活汲汲营营。他专门刺探别人的不幸，写一些满足大众好奇心的报道来糊口，桧山才不要成为这种卑鄙小人的俎上肉。

"真的吗？"贯井那双大大的眼睛望着桧山的脸。

"废话！跟我一点关系也没有。"桧山粗声说。

"泽村和也是在这附近遇害的，警方一定也来找过桧山先生了吧。你有提出不在场证明吗？"

贯井的脸上没有笑容，紧盯着桧山。

桧山知道四周的客人都在注意他们。

"跟我没有关系。"桧山丢下这句话，匆匆走向办公室。

"听说泽村已经离开所泽市，住在板桥那边，晚上在那边念高中夜间部，白天在附近的印刷厂工作。他为什么会死在大宫这个地方？"

打开门正要走进办公室的桧山第一次听到这个情报，忍不住回头。

"很难相信和那起事件完全无关——"

"这样的话，周刊一定会大卖吧？"桧山对贯井投以轻蔑的眼光。

"我希望不是你。"贯井用盯着洞穴中猎物的眼神看着桧山。

桧山用力甩上门，好杜绝那扰人的视线。

贯井头一次找上桧山，是那几个少年接受保护辅导后的十天左右。当时的桧山因连日的媒体攻势而疲惫不堪，这时，一个穿着皱巴巴衬衫和牛仔裤的可疑男子出现在门口，桧山还误以为他是听说别人的不幸前来传教的。

贯井递出只写有自家住址与电话的简洁名片，表示自己是调查少年犯罪事件的作家，希望能够听听被害者这一方的想法。

桧山让他吃了闭门羹。即便如此，贯井仍然不死心，来找了桧山好几次，以"想让世人知道被害者这一方的感受与想法"为由，不断说服桧山。

起初桧山不太想理他，但渐渐感觉到贯井与其他媒体之间明显的不同。电视台的采访小组毫不顾及桧山的时间和精神状态，只问他们想问的问题、拍他们想拍的画面，问完、拍完就走人，但贯井与他们不同，从来不催不赶，仔细倾听桧山说话。

终于，桧山开始对贯井一点一点地说出自己的感受，说祥子对自己有多重要，还有以如此悲惨的方式失去重要的人的悲伤。

至于《少年法》这部法律对被害者而言是多么不合情理，他也就此向贯井提出他的疑问：为什么光凭"身为未成年人"这一点就能够减刑？对被害者而言，无论加害者是成年还是未成年，失去的东西不会因此而有所改变。为什么从死于未成年加害者之手的那一刻起，被害者的生命价值便就此降低？为什么他不能知道有关加害少年的任何事情？为什么他不能知道少年们为何犯下那样的罪，他们现在又是什么样的心情？为什么他不能参与审理，甚至无法看到少年们的长相、不能向他们宣泄心中的痛苦？

贯井对桧山的话一一附和点头，以同情的表情记录下来，一副诚心接纳的样子。但是，桧山很快就领教到，那不过是自己的一厢情愿。

"既然国家不处罚他们，那我就亲手把凶手杀了。"

当八卦节目播出桧山发言的录像片段时，以评论者身份出席的一名女性教育人士发出强烈的谴责。只要一发生青少年犯罪，这名经常上电视的女性就会站在犯罪青少年这一边，她眼里从来就没有被害者，只会高声嚷嚷着要保护青少年。

贯井以另一位评论者的身份坐在她旁边。桧山虽然感到生气，仍期待贯井的发言。

"我能了解桧山先生的心情，但还是不应该说出这种话。"

贯井的发言令人心寒。

贯井为了迎合现场的气氛，弃桧山于不顾，令桧山大受打击。

他还以为贯井对他的感受有所共鸣，会在摄影机前代替被害者诉说他们的哀恸。他却只是一脸得意地发表一番论述。桧山觉得他被出卖了。

那时候，社会正掀起修正《少年法》的论战。起因是1993年发生的初中生死亡事件[1]。一名初中男生以倒栽葱的姿势死在体育馆内体育用品室的体操垫中。这起事件中，有七名同年级学生遭到逮捕和保护辅导，家庭法院与上级法院对于少年们的犯罪事实却做出了不同的判决。这起事件揭露了在少年案件审理过程中，所有事情由一位法官进行审理所导致的事实认定困难的问题；而且那几年，青少年的恶性犯罪让媒体不愁没有话题，也使得"即使是青少年，也应予以严惩"的修正《少年法》的呼声高涨。

日本律师联合会成立了少年司法改革对策总部，对这样的趋势

---

1 指1993年日本山形县明伦中学发生的一名男性学生死亡的事件。此案显示了校园霸凌的严重性，促成了日后《少年法》的修正。

予以强烈抨击。反对修法的律师与学者再三主张，青少年犯罪并未增加，严惩无法防止青少年犯罪，严惩派与保护派的争论也趋向白热化。

电视新闻和谈话性节目也一再上演严惩派与保护派的论战，而当中必定可见贯井的身影。贯井以熟悉青少年犯罪的文字工作者身份，和律师、教育人士、政治家同台，展开意见攻防战。

桧山总是冷眼看着电视上的贯井，因为他觉得贯井的发言没有一致性，既不赞成保护派的意见，也不偏向严惩派的意见，只不过是炫耀丰富的知识，挑保护派、严惩派双方发言的语病，指出他们之间的矛盾而已。

对贯井而言，青少年犯罪也不过就是糊口的工具罢了，纯粹是一种最赶得上潮流、最好赚的题材而已。桧山是这么认为的。同时也后悔自己一度对这种人敞开心扉，吐露自己的心声。

2001年4月，修正后的《少年法》正式实施。这部"二战"战败后，随即以美国版为蓝本出台实施的《少年法》，历经半个世纪，终于有了大幅变更。修正后的《少年法》有条件地纳入了对被害者公开信息、允许被害方进行意见陈述的相关规定，而且也部分同意检察官参与青少年案件审理，十四岁以上未满十六岁的少年也可能被追究刑事责任。若十六岁以上少年因为故意犯罪行为而导致被害者死亡的话，原则上将由家庭法院移送检察厅，接受刑事判决，这对青少年来说可以说非常严苛了。

在保护青少年立场一边的人们至今仍对这项修正表示异议，但桧山这些被害者家属则对于法律多少考虑到他们的权利而姑且认同。

只是，虽然被害者的权利获得某种程度的承认，但在桧山心中，仍然憋着一口气无法释怀。

从祥子遇害到《少年法》修正，经过了一年半的时间。这期

间，他听着严惩派与保护派的种种争论，只觉得好像有什么重要的
事情被撇在一旁，完全不曾在双方的论点中出现过。

敲门声响起，步美端着托盘进来。

"我可以休息一下吗？"

桧山抬起头来，对她说："啊，辛苦了。"

步美垂下视线，将托盘放在桌上，立刻从包包里拿出参考书翻
开。步美在休息时间似乎总是像这样用功。

桧山看着视线专注在参考书上的步美，想起两周前面试时的
情景。

其中一名兼职工因为开始找正式工作，只做到这个月，所以必
须招新的兼职工，步美就是这时来应招的。这次应招的除了步美，
还有两个人，其中一个是二十一岁的大学生，另一个是二十六岁的
自由打工者。步美希望暑假期间能每天工作八小时，但等开学之
后，希望每周有三天能从傍晚才开始工作；对店里来说，条件很难
配合。从雇主的角度来说，最理想的是像福井这种随时都能工作且
工作时长跟生活收入息息相关的自由打工者。

面试时，步美一直微微低着头说话，偶尔才偷看桧山一眼，从
她的神情能感觉到初入社会的迷惑，以及有所希冀的期待。桧山问
起打工的理由，步美回答将来想当护理师，所以想攒学费。因为至
今给父母添了太多麻烦，所以至少学费要自己出。

听了步美的话，桧山觉得这是一种缘分，因为当初祥子来这家
店面试的时候，也说过同样的话。不知是否因为紧张，步美的每个
表情都显得不太自然，但看到她谈起将来梦想时那真挚的眼神，桧

山产生了祥子就在眼前的错觉。最后，三个人当中，桧山决定录取步美。

"有什么事吗？"步美从参考书里抬起头来问桧山。

"啊，没有……"桧山连忙将视线移开，"今天人很多呢。收银的工作没问题吗？"

"嗯，还好。虽然要做的事很多，可是有福井帮忙。"

"他是老手了，也很会教。说到这，福井很欣赏你，说仁科既认真又可爱。"

桧山觉得拿起杯子喝东西的步美脸颊似乎有些泛红。

"好好用功吧。"桧山说完，离开了办公室。

店内已不见贯井的人影，来到柜台前一看，客人已经排到店外了。大概因为今天是放暑假到现在好不容易出现的好天气，准备到大宫公园游玩的人群都来买饮料外带。桧山连忙进了吧台。

桧山站在咖啡机前，负责收银的福井陆续把订单传过来。桧山默默地制作饮料。在吧台专心工作，也许就能甩开郁闷的心情。虽然这么想，但他也只是机械性地处理福井传来的点单，脑子里却思考着截然不同的事。

在意贯井所说的话也是没办法的事。泽村住在板桥，大宫与他的学校和工作都无关，为什么他会在这里被杀？这是偶发事件吗？还是他在大宫有朋友，来玩的时候偶然遇到强盗或杀人魔？或者又跟其他不良少年混在一起，跟另一群混混打群架吗？

这是桧山所能想到最乐观的推测。虽然他很想让这种安慰自己的想法停留在脑海里，但思绪的片段却擅自列举出可能怀恨泽村的人。

首先仍然非桧山本人莫属，其次是祥子的血亲澄子。祥子没有姐妹，祥子的父亲在与澄子离婚后，在祥子初中时便已去世。

桧山脑中浮现出为祥子之死而难过的人：高中夜校同学、在百老汇咖啡一起打工的伙伴，初中时代的好友早川美雪的脸也出现了。她一定也痛恨凶手吧。然而，他实在不认为这些人当中有谁会恨到去杀害凶手。更何况，知道泽村和也姓名的，就只有有资格阅览记录的桧山和澄子而已。

经过一番苦思，桧山趁没客人的时候，走向吧台后面的仓储区。他拿出手机，思索着开场白后，按下了按键。

5

桧山在川越站转乘东武东上线时，已经超过晚上10点了。车内挤满了脸颊泛红的醉客和下班的上班族，混合着蒸发的汗味与酒精味的浓重空气向桧山扑面而来。

爱实拉着桧山的袖子站着，困倦地揉着眼睛。坐在面前的一位小姐挤出一个爱实坐得下的空间。桧山向对方点头致谢，让爱实坐下。爱实一脸随时会睡着的样子。

打烊后，桧山匆匆把剩下的工作收拾好，便到青草绿幼儿园接爱实。

"爱实，我们现在去外婆家好不好？"

对于桧山突如其来的提议，爱实睁着惺忪的双眼，回答："坂户的婆婆？"

"是啊。很困吗？"

"我要去，可是明天要去游泳池，所以今天要早点睡喔。"

爱实再次确认。

桧山已经很久没有带爱实到澄子家了。虽然命案发生后曾暂时借住澄子家，但三周后便搬到莲田的公寓，后来每年大概只见两三次面。

电车进入埼玉县的乡村地带，行驶了十分钟左右。车窗外一片漆黑，桧山望着映在玻璃窗上的自己，思索着等一下见到澄子该怎么谈泽村的命案。

他不认为澄子与这次的命案有关。祥子遇害时，澄子对少年的情感与桧山的憎恨截然不同，他觉得那比较像忧心。祥子的命案刚发生时，每次遇到媒体要求他们发言，澄子便与桧山形成对照：态度平静、为犯罪青少年的未来感到忧虑。澄子的神情中见不到对凶手的憎恨，看来似乎一心只求少年们能真的重新做人。

桧山觉得澄子的这种态度有些反常。祥子遇害时她是那么悲伤，就算凶手是青少年，但澄子竟能如此宽容，令桧山略感讶异。

少年们的保护处分裁定后，桧山曾经考虑过对少年们的家长提起民事诉讼。在《少年法》修正之前，被害者家属若想知道案件记录，唯一的办法便是提起民事诉讼。而且案发后，少年的父母们一味逃避、不负责任，根本没有在桧山面前出现过，桧山希望能设法制裁他们。

钱，他不在乎，钱对于填补失去重要的人的悲伤毫无用处。这一点桧山有切身之感。

桧山初三的时候，双亲因车祸过世。

一个下雨的夜晚，双亲正走在斑马线上准备过马路，却遭大学生所驾驶的跑车撞击。父亲当场死亡，母亲也于一周后过世。身为独生子的桧山则由伯父收养。

过了一阵子，有保险公司的人来到伯父家。桧山问起："撞死父母的大学生不来吗？"那位保险业务员说他代表加害者来谈判，然后在客厅里与伯父促膝而坐，提出预估的理赔金额。

他们用不知道是霍夫曼计算法还是什么东西，就这么用算式加加减减计算出父母的人生价值，至于桧山本应和双亲拥有的幸福快乐，和他对父母的感情，则完全没有介入的余地。

听着伯父和保险业务员的对话，桧山只觉得完全待不下去。就算得到高额保险金，桧山的心既不会满足，也不会得到安慰。如果他能够看到肇事的大学生在双亲灵前流泪忏悔，自己的心会获得多大的救赎呢？至今他仍这么想。

这次绝对不放过他们。再度失去最爱家人的桧山咬着牙坚定地想：我不要保险公司代付那种就算付了也不痛不痒的金额，我绝对要向少年的家庭索取高额赔偿，让他们在衣食住行都无法满足的生活当中，一辈子为自己所犯下的沉重罪孽感到后悔。只有这样，桧山才能报仇。

他怀着这样的想法前往律师事务所，却深刻感受到法律在这方面对被害者的不公。

即使官司胜诉，获判损害赔偿，也几乎没有家庭能够在短时间内付得出赔偿金，结果只能以二十年或三十年分期付款，每个月支付数万日元而已。而且，加害者的家庭要不就是只付了前几年便消失无踪，要不就是判决结果一出炉便申请破产，不管赔偿金或慰问金均可免责。律师说几乎都是这几种形式。

此外，日本的法律对于不履行民事诉讼与和解的支付命令，没有任何惩罚规定，再加上加害者行踪不明时，被害者必须自己寻找。那位律师说，目前为止他实在看过、听过太多这种例子了。

而且，原告也必须承担极大风险。一旦提起诉讼，便会产生诉讼费、律师的委任费等大笔费用，也无法避免长期诉讼。虽然可依地方法院的职权取得家庭法院审理的事件记录，但又要付出高额的誊写费。也就是说，被害者家属必须花钱买案件的相关情报。

即使付出了庞大的金钱与时间，费心费力缠斗下来，对方也有数不清的路可逃，就是那些名为"不负责任"的路。

澄子反对提起民事诉讼，她说与其将精神耗费在漫长的诉讼程序，疏忽了对爱实的关怀，不如只想着爱实，将她养育成人，这样才能安慰在天上的祥子。

澄子的话让桧山丧失了斗志。他放弃了抗争，选择与爱实重拾平稳的日常生活。

尽管已经很晚了，澄子还是欢迎桧山与爱实的来访。好久没看到外孙女，端出西瓜的澄子脸上满是笑容。

爱实一面吃着西瓜，一面得意地说"明天我要和爸爸去游泳池"。外孙女开朗的笑容似乎也让澄子感到放松，微笑着说"真好呢"。看着这番情景，桧山有些内疚，因为他从澄子的笑纹中感觉到一丝阴影。虽然他在电话里什么都没说，但澄子似乎知道他的来意。

过了一会儿，大概是说话说累了，爱实倒在榻榻米上睡着了。澄子为爱实盖上毛毯，将盘子端到厨房的台子上。桧山的目光追随前往厨房的澄子的背影，寻找开口的时机。

"要不要来点啤酒？"

澄子似乎察觉到了桧山的心思，回头问他。表情是灰暗的。

"那我就不客气了。"桧山恭敬地回答。

澄子端来一大瓶啤酒和两只玻璃杯，然后往桧山的玻璃杯里倒酒。

"他们也来过这边了吧？"换桧山为澄子倒酒，他边倒酒边问。

"来过了，那位刑警先生，还为祥子上了香。"

他们并没有干杯。看澄子喝了啤酒，桧山也拿起杯子。三枝刑警，和啤酒一起吞下肚的名字，让喉头感到比平时更浓郁的苦味。

"他问了什么？"

"问了很多。祥子遇害的时候，明明什么都不肯说的。"仿佛有些难以启齿似的，澄子把视线从桧山身上移开，"也问了贵志你最近的状况。"

"泽村和也在大宫公园被杀了。"澄子点点头。

"真让人讶异。那位刑警先生问了我的不在场证明。那天晚上，正好有公司同事的欢送会。"

"所以已经确认过您的不在场证明了。"

桧山放心了。澄子是川越一家保险公司的业务员，在祥子还小的时候便离了婚，一手将祥子抚养长大。

"贵志你呢？"

澄子好像就是担心这一点，但桧山对她摇摇头。

"那个时间我一个人在店里。因为只要走十分钟就能到大宫公园，所以警方好像怀疑我。"

"真可笑。有这么可爱的孩子，怎么可能会去杀人呢？你说是不是？"

澄子看着睡在一旁的爱实，桧山也转头看向爱实。

"我恨他们是事实，也难怪警方会怀疑。"

"自己心爱的人被人夺走了性命，任谁都会心生憎恨。"

桧山缓缓地将视线转向澄子。

"想让那些人尝尝心爱的人所受的苦，这样的心情是很诚实的；但是，几乎所有的人都压抑着这份心情，那是因为他们不想再失去重要的东西了。被害者家属这辈子都得怀着撕心裂肺的痛苦活下去。我是这样跟他说的。"

澄子的话说出了桧山的心情。澄子虽显得宽容，但失去独生女的悲伤也许至今仍毫不停歇地在她内心肆虐。

"三枝刑警怎么说？"

"他没说话，一直点头。"澄子说着，又往桧山杯里倒酒，"不必担心，你的嫌疑很快就会洗清的。"

"嗯。"桧山无力地附和。

"可是，泽村为什么会被杀啊？"

看着喃喃低语的澄子，桧山心里感到困惑。澄子眼中，有着和失去祥子时同样的悲叹。为什么她能露出那样的眼神呢？那不是杀死她心爱女儿的人吗？一种突兀感再次在桧山心中升起。

桧山得知泽村的死时，一点也不觉得难过或心痛，只是有一股难以言喻、类似不甘心的东西盘桓心头。

"那件事发生到现在已经快四年了，那些孩子也都十七八岁了吧。"澄子的视线在空中飘移，"他的人生才正要开始而已啊。"

桧山看着澄子眼波的流转，但仍无法窥知她内心悲哀的真面目。

"会不会是受到什么案子牵连？还是……"澄子似乎陷入沉思。

桧山明白澄子的意思。自从得知泽村的死讯后，桧山也一直在想象：泽村会不会又做了什么遭人怨恨的事？他是不是没有从祥子的命案中得到教训，反而过着和反省与改过自新相差十万八千里的生活？

"难道那孩子最后还是无法重新做人吗……"

澄子忧虑的视线转向桧山。

桧山不知如何作答，也无从回答。因为泽村在案发后过着什么样的生活，他也不得而知。

《少年法》高度提倡对少年的保护，为了让他们能够健全成长，并不追究少年所犯的罪行，而是以教育代替刑罚。理念虽然崇高，但少年们后来如何改过自新，桧山等受害者并不知道。只要对方不主动告知，他们心中如何反省、之后会成为什么样的人，被害者是无法得知的。被害者只能任由心被一片片撕碎，而撕扯他们心的加害者，则消失于黑暗中。

桧山忽然想到一件事，因为他似乎能稍稍体会澄子心中悲哀的真面目了。澄子会不会是一面对抗着失去独生女的痛苦，一面寻找心灵的寄托？无论再怎么憎恨那几个少年，死去的祥子也不会回来了。澄子是不是早就认清了这悲哀的现实？

也许澄子在等待。等待某一天，少年们会正视自己所犯的罪，重新做人，等到重回社会后再来面对他们。失去的永远不会再回来，但也许只有加害者本人才能多多少少治疗被害者的痛苦。

"好想知道……"桧山低声说。

他想了解他们。他们在机构中过着什么样的生活？有什么样的想法？回到社会后，他们对杀害祥子的罪行有什么感觉？是不是视为过去的失败加以忘却，当作什么都没发生过，继续过着每一天？

"他们早就已经重回社会了。我想知道泽村他们是不是真的洗心革面了。"

"你说你想知道，要怎么知道？"澄子担心地问。

"我想到后来收容泽村的机构看看，明天就去。"

桧山无法压抑激动的情绪，将啤酒一口饮尽。

澄子默默地看了桧山一会儿，然后温柔地抚摸睡得正甜的爱实。

桧山极度疲劳的视线落在爱实身上。好幸福的睡脸，会不会正在做和游泳池有关的梦呢？他想和爱实快快乐乐地度过每一天，但是在那之前，无论如何他都要确定一件事。

桧山对着爱实的睡脸，在心中低声说着"抱歉"。

第二章　重生

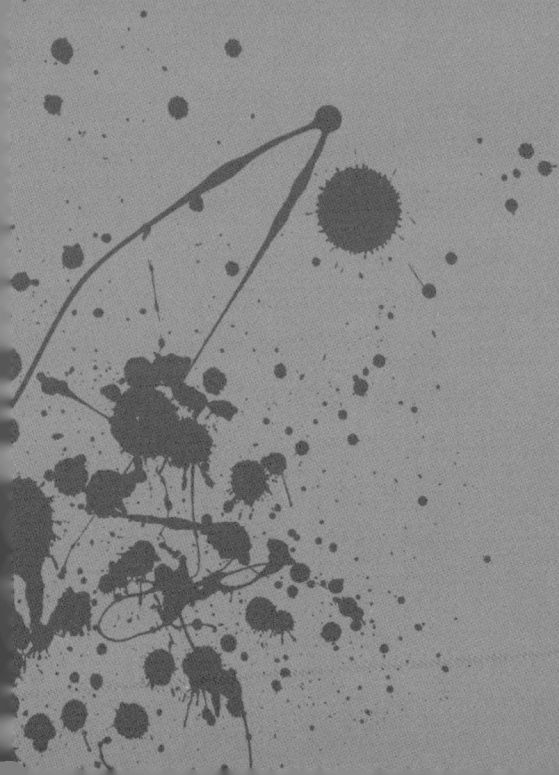

1

稻穗在盛夏的阳光照耀下，闪着绿油油的光芒。桧山对着这片耀眼而连绵不绝的田园风景眨了眨眼睛。高崎线的下行电车空荡荡的，车厢内冷气太强，有点冷。

昨晚桧山离开澄子家回到公寓之后，重新细看了在《少年法》修正后所阅览和誊写的关于少年们的记录。桧山所知道的，就只有记载了犯罪动机和事件经过的犯罪事实记录，以及少年们与法定代理人的姓名、住址、判决结果及其理由。至于家庭法院调查官所做的社会记录，还有少年鉴别所的测验员对于少年的个性、成长过程、家庭环境等所做的记录，因为事关隐私，拒绝公开。

犯罪事实的记录几乎都是桧山从报纸杂志上得知的内容，没有新的事实。只不过，少年们的处境有所差异。少年A，即八木将彦，送交至某国立机构，那是以男孩为对象的教养机构中，唯一一所会限制行动自由的强制性安置设施。少年B，即泽村和也，送到位于埼玉县的儿童教养机构。少年C，丸山纯，则受到保护管束处分。虽然犯的是同样的罪，处分却有所差异，多半是因为八木过去曾因窃盗和恐吓受过保护辅导，所以判断他的犯罪倾向比其他两人更严重。

是八木教唆其他两人犯下那起事件的吗？少年们在犯案之前过

着什么样的生活？三人的个性与人际关系又是如何？这些关键问题桧山完全不得而知，甚至无法想象造成少年们犯案的真正原因。

到达深谷车站，从冷气车厢一来到月台，盛夏的艳阳便毫不留情地落下来。今天埼玉的气温超过三十五度。真是绝佳的游泳日。看到车站前清凉的喷水池，桧山想起告诉爱实无法去游泳时，她那张哭泣的脸。

前往青草绿幼儿园的路上，爱实一句话都不跟他说。到了幼儿园后，爱实头也不回，鼓着脸颊气呼呼地消失在园里。

美雪听到桧山的说明而了解了原因，她皱起眉头。桧山头一次看到美雪这种表情。

"你知道爱实最想要什么玩具吗？"

桧山边辩解边问美雪。

"她说想要小桃子的过家家玩具套装。但玩具是补偿不了的。"

美雪皱着眉说。

我知道——桧山把这句自己再清楚不过的话吞了下去。

从美雪的态度，桧山感觉得出她除了因为自己不遵守对女儿的承诺而感到气愤，还有更深的困惑。他知道美雪在担心自己，她一定是担心他去管闲事，结果惹祸上身；自己不惹祸就已经遭到警方怀疑了，更何况桧山也知道在逮到凶手之前，自己应该要安分一点才对。

桧山在车站前的交通环岛，摊开地图。收容泽村和也的县立若规学园位于埼玉县深谷市，距离高崎线深谷站约三公里。他看了车站前的站牌，寻找前往若规学园的公交车。要搭的公交车正好靠站，他像是要逃离灼热的柏油路般连忙上了车。

好像有什么在催促他。桧山连自己正要做的事究竟有什么意义都不知道，只是觉得坐立难安。就算去了若规学园，也不见得问得到泽村的事；对方极有可能以少年的隐私为由，让他吃闭门羹；机构里的人也可能会毫不掩饰他们对有杀害泽村嫌疑的桧山的厌恶。他不惜让爱实伤心失望也要了解泽村的生活，这么做究竟有多大意义？明明爱实的事应该比任何事更优先才是啊。

从车站行驶了大约十分钟，公交车到了若规学园前站。

桧山下了车，看好地图，从大马路转入小巷。走了一阵子，便听到机器的震动声与蝉鸣形成的二重奏。他走在迷宫般的小路上，边走边环视四周，四周盖满了老房子、市区工厂，还有物流仓库，只觉有一种奇异的压迫感包围着他。走进这条小路后，体感温度想必上升了三度之多。桧山擦掉额头上冒出的汗水，继续探访。

机器的震动声逐渐远去，只剩下蝉鸣独奏时，新的声音传进耳里。是管乐演奏的声音。虽然有点走调，但《雪绒花》的旋律远远传来，视野中出现了一片绿色的墙。

桧山往两边看去，不怎么高的铁丝网围住宽广的占地，铁丝网上草木攀爬，里面高大的常绿树枝繁叶茂。桧山隔着铁丝网窥看内部，那里犹如广大的森林公园或杂木林，为宁静所包围，有别于一路之隔的喧嚣，流动着完全不同的空气与时间。

没错，这里就是泽村待过的若规学园。

桧山看着草木攀爬的低矮铁丝网，为实情与自己想象相去太远而惊讶。因为是收容犯罪少年的机构，他在心中擅自描绘着牢固水泥墙圈起的荒凉景象。

当少年们的保护处分裁定时，桧山查过"安置辅导机构"这个陌生的设施。因为他想知道夺走祥子性命的少年即将被送进什么样的机构，度过什么样的赎罪生活。

安置辅导机构主要收容行为不端或是有这种可能的儿童，以及因家庭环境等因素必须接受生活指导的儿童，是在丰富的自然环境中促进儿童自立的儿童福利设施。日本以前称为"教养院"，后随着《儿童福祉法》的修订而改名；桧山也对"教养院"这个名称有印象。

传统上以宿舍夫妻制为中心，即由夫妻档职员在具有家庭气氛的宿舍中和孩童们二十四小时生活在一起的形态。最近采用职员轮班制的机构增加，宿舍的大小也趋多样化，有大舍、中舍、小舍之分。机构中有一般学校的课程，也有社团活动，而劳动指导由于最适于培养儿童的道德感，因此也加入了农事劳作与木工等。

桧山想先找到正门，便沿着铁丝网走，不时可以窥见铁丝网内的情形，里面有菜园，种着番茄和小黄瓜，穿着运动服的孩子们正在耕作。

从树木的缝隙中可见好几幢两层楼的建筑，窗外挂着洗好的衣物。《雪绒花》的音乐声越来越清楚。桧山看到一幢特别大的建筑物，大概是体育馆吧，可以听到孩子们的欢呼声。

那愉悦的声音不断刺激桧山的神经。这种感觉并不是针对这里的孩子们，但是泽村和也曾经待在这所学园，那个夺走祥子性命的少年曾经待过这里。

这不是对犯罪者应有的处罚！确定少年们将接受保护处分时，出现在桧山心中的愤怒再度觉醒。

和职员共同生活、读书、参加社团活动、种植农作物、在学园里过着快活的日子。过了这种生活就误以为已经弥补了自己所犯的罪，然后心安理得地回到社会吗？

从树篱间隙中隐约可见操场，穿着体育服的孩子们正在打棒球。在操场后面的两层楼建筑应该就是校舍吧。

走进校门，校门旁的花坛里向日葵正绽放着。桧山看着左手边宽阔的操场，走向校舍。

打棒球的孩子们脸上表情显得自由自在，个个都不像有什么问题的孩子，和桧山下班时看到的正要去补习的孩子们相比，更加充满了孩童应有的活力。

一颗棒球滚到脚边。桧山拾起棒球，扔回给追过来的少年。接住球的少年朝气十足地说声"谢谢"，又回到团队中。

桧山和一个正投球给孩子们、看似老师的年轻男子对上眼。年轻人朝桧山走来。

"你好。"年轻人微黑的肌肤滴着汗水，招呼桧山，"请问有什么事吗？"他亲切地问。

令人心生好感的笑容，桧山联想到会让孩子们当成大哥哥敬爱的体育老师。

看桧山一时之间答不上来，他便客气地说："不好意思，这里禁止外部人士进入。"

"我想请教一下，关于以前曾经待过这个学园的泽村和也同学的事。"

听了桧山的话，年轻人的脸色变了。

"是媒体的人吗？"刚才的笑容顿时消失，他提防似的看着桧山的脸。

"不，我姓桧山。"

年轻人一听到这个姓氏，表情就僵了。

桧山看到他的表情，猜想这几天这个名字大概传遍了整个学园。

慌张的年轻人似乎无法自行判断是否该盘问桧山，或者赶走他，便先将他带到校舍里的会客室。

在会客室等了一会儿，一位年长的女性随同刚才的年轻人出现。

"我是这所学园的校长，我姓樱井。"

略发福的女园长以平和的语气做完自我介绍，便与年轻人一起在桧山对面坐下。

樱井园长请桧山喝茶，然后开口："听说您想谈泽村同学的事？"

"是的。很抱歉，突然来访。"

桧山已做好心理准备面对不由分说的拒绝与严厉质问，因此樱井温和的态度让他松了一口气。

"您想了解泽村同学哪方面的事情？"

"我想您也知道，他杀死了我妻子。"

桧山直截了当的话语让樱井脸上出现困惑的表情，她朝身旁的男子看了一眼。或许是为自己让"异物"进入学园感到内疚，年轻人低下了头。

"他并没有被判处刑罚，而是被送到这所学园。我想知道他在这所学园里每天过着什么日子、都在想些什么，所以虽然明知失礼，但还是来了。"

"我明白桧山先生的心情，但我们不方便谈论学生隐私。很多进入这所学园的学生各自都背负着复杂的背景，要指导这样的孩子，学生和职员之间紧密的信赖感是很重要的。如果我们擅自对外部人士谈论学生的隐私，恐怕会破坏我们与学生之间的信赖感。"

桧山从樱井园长平静的语气中，感觉到一道坚固的墙。他有些失望。

"虽然您说是隐私，但让人知道他在这里的生活难道会产生什么弊端吗？"

桧山试图寻找突破点。

面对桧山的问题，樱井园长似乎有些词穷，陷入沉默。她看着桧山，似乎在思考什么。

"我有个女儿。"桧山不管她，继续说下去，"女儿五个月大时，眼睁睁看着母亲死去，所幸她当时还是婴儿，没有当时的记忆。女儿今年已经四岁了，还不到能了解自己和母亲所遭遇惨案的年纪。我告诉她母亲变成天上的星星了，现在她还能够接受，但是她迟早会知道自己和母亲身上发生过什么事，也会有不得不面对命案的那一天。但就算到了那个时候，她对于夺走母亲性命的加害者却还是什么都不知道，我身为父亲，也无法告诉她任何事，因为我对他们同样一无所知。"

"真是一起不幸的事件……"樱井园长可能是忧心爱实的将来，叹了一口气，"您认为令爱将来会想了解命案吗？想了解夺走自己母亲性命的加害者？"

"我不知道。"桧山叹了一口气，"只是，我认为她有知道的权利。他们怀着什么样的赎罪心情活着？我认为死者家属理所当然地会想了解这些。这不但是理所当然的，也是重要而迫切的。"

这理所当然又迫切的心情，却为了保护少年和他们的未来，总是被逼到角落。被害者家属的心一辈子都得这样悬着，永远得怀抱着无处可发泄的怒气。他不希望让爱实变成这样。

"泽村和也已经不在人世了。"

樱井园长和年轻人的表情同时暗了下来。一定是再次真切感受到几天前发生的泽村命案吧。

"老实说，至今我仍然痛恨他。我永远也听不到他谢罪的话，也看不到他重新做人的样子了。再这样下去，也许我和我女儿一辈子都必须活在无法原谅他的憎恨中。"

樱井园长以怜悯的表情看着桧山。是同情这个失去妻子的男人，还是可怜一个至死都痛恨已死之人的人呢？樱井园长心中似乎正在犹豫。

樱井园长看向年轻人说："伊藤，请你叫铃木夫妇过来。"

伊藤先生脸上闪过困惑的表情，但仍然应了声"是"，离开了会客室。

在铃木夫妇来到之前，樱井园长对桧山说明了这所学园的制度。若规学园采用小宿舍夫妇制，全部共有七幢宿舍，泽村在铃木夫妻的宿舍中生活了两年。铃木夫妻在这所学园工作将近二十年，一直与孩子们共同生活，为孩子们的自立尽心尽力。

少年安置辅导机构本来就不是监狱那样为赎罪而设的机构，也不像少年院[1]那样属于矫正机构，而完全是以孩子的自立为目的的福祉机构。

依照日本现行的《少年法》，未成年人就算犯下杀人的重大案件，若未满十四岁，也不会送到少年院。只要未满十四岁，无论罪行多么重大，都必须进入安置辅导机构。若规学园也是第一次收容像泽村这样涉及杀人命案的少年，因此一开始觉得相当不知所措。

"打扰了。"铃木夫妇静静地进来，桧山转过头看着他们。一对五十岁开外的中年夫妻，以参加丧礼般沉痛的神情低着头。

"宿舍长，这位是桧山先生。"

即使樱井园长做了介绍，这位被称为宿舍长的五十岁左右的男子仍不肯看桧山一眼。室内的气氛很沉重。

"我是宿舍妈妈铃木。"

宿舍长的妻子仿佛不敌沉重的气压般，低头行了一礼。

---

[1] 少年院指日本收容被判处监护处分的人和被判处在少年院接受徒刑和监禁处罚的人的机构，由法务省矫正局管辖。该机构实施的矫正教育包括生活指导、义务教育、就业辅导、适当的训练等。

"您说有话要谈，是什么事？"宿舍长以充满敌意的眼光俯视桧山。

"来，你们两位也坐吧。"樱井园长打圆场，"桧山先生说，他想请教泽村同学的情况。"

"现在知道又怎么样？"宿舍长怒道，"和也死了，这下你满意了吧！"

"铃木先生，不要激动。"

即使如此，铃木宿舍长的怒气仍无可遏制。

"你不是在电视上说过，想杀了和也他们吗？你知道这句话伤和也多深，对他的重生造成多大的阻碍吗？"

"铃木先生！"樱井园长警告，"桧山先生也失去了妻子。桧山先生就是因为想原谅他，才特地前来的。"

仿佛硬是在情感的出口盖上盖子，宿舍长不说话了。即使如此，激动的情绪想必仍翻腾不已，只见他坐在沙发上烦躁地晃动身体。

在学园里一同生活了两年，对铃木夫妻而言，泽村一定是犹如儿子般的存在，如今他却残忍地遭到杀害。桧山稍微能体会铃木夫妻的心情。

"您想知道什么事呢？"宿舍妈妈问桧山。

"关于那起事件，他有说过什么吗？"

"老实说，我们几乎没有谈过那件案子。应该说，我们职员尽可能避免这个话题。"宿舍妈妈静静回答。

"这样啊。"

"桧山先生大概觉得不满。当然，在日常生活中做了不该做的事，我们会纠正，也会要他反省。总而言之，我们努力在日常生活中指导、改善孩子们的品行，好让他们能改正偏差行为、努力自

立。可是关于那起事件……”说到这里，宿舍妈妈迟疑了一下，
“要一个精神尚未成熟的儿童认清自己犯下多重的罪，我们担心他
会承受不了罪行的重担而陷入恐慌。”

“他是个什么样的少年？”

“刚入园的时候，觉得他全身的神经都像刺猬一样竖起来，是
个令人无法接近的孩子。我想，他犯下了那样的案子，可能已经自
暴自弃了吧。其他的孩子当然不知道泽村犯下的案件，但他也许有
些被害妄想，觉得身边的人都对他怀有恶意。在这里的生活持续一
阵子之后——泽村本来就很会打棒球，尤其在进了棒球社之后——
渐渐和其他孩子打成一片，开朗得和最初进来的时候完全不同，这
一定就是他原本的样子。他在学园里从来没有惹过麻烦，甚至在学
园里的孩子之中，也是一个很懂事、很诚实善良的孩子。所以，他
为什么会犯下那样的案件，我们至今仍然不敢相信。”

“在事件发生之前呢？”

“我知道他小学六年级的时候一度因顺手牵羊被抓，后来他父
母到店里去道歉。其他好像没有特别明显的偏差行为。”

“家庭环境呢？”

“没有问题。学园的孩子们有七成左右并没有同时和亲生父母
生活在一起。有些只有母亲或父亲，或者有父母再婚的，也有父母
失踪的。家庭环境对孩子真的很重要。”

听了宿舍妈妈的话，桧山的脑海中忽然想到爱实，爱实也是只
有父亲的单亲孩子。桧山自认已将自己所有的爱都给了爱实，但即
使如此，爱实的心中是否也会像哪里少了一块的拼图那样，感觉到
无法填补的空虚寂寞？

看到桧山的表情，宿舍妈妈好像忽然了解什么似的，以“当
然，这并不是导致偏差行为的直接原因”作结，闭上嘴巴。

"请别在意。他的家庭环境很好吧？"

"是的，他的家人经常来学园看他。一开始他好像很排斥见父母，不过应该是双亲花了不少时间解开他的心结吧。他有个小他很多岁的妹妹，他很疼那个妹妹。"

桧山的心情变得很复杂。泽村和也如此坦诚地面对自己的家人，但他自己，还有他的家人，却不曾来为祥子上一炷香。他们就连挪用一小部分修补家人感情的时间来为被害者做些什么也不愿意吗？

"您知道他离开这里之后，过着什么样的生活吗？"

桧山按捺着愤慨的心情问。

"他念高中夜校，白天在附近的印刷厂上班。第一次领到薪水的时候，还为这里的孩子买了好多零食，来跟我们报告。"

"最近他回来过吗？"

"没有，大概有一年没来了。我想一定是学校和工作太忙了。"

"最近有没有和坏朋友来往？"

"我想没有。"

"有没有可能做了什么招人怨恨的事？"

宿舍妈妈原本流畅地谈论泽村，此刻沉默了，看着宿舍长。

"他真的重新做人了吗？"桧山的语气变得像是质问。

或许桧山的问题引起了他们内心的不安，铃木夫妻对望了好一会儿。

"您认为他真的重新做人了吗？"

桧山看着铃木夫妻越来越难看的脸色，虽然感到自我厌恶，还是又问了一次。

"和也已经重生了。"一直保持沉默的宿舍长开口道。

桧山的视线转向宿舍长，宿舍长也直勾勾地盯着桧山，但桧山觉得那并不是百分之百确信的眼神。

"您为什么能说得如此肯定？"

"我相信和也。"宿舍长毅然决然地说。

桧山心想：这根本不算回答。只不过，宿舍长的话有着无法以道理衡量的分量。奉献自己近二十年的人生，就是为了让孩子们能改过自新，对这样的人而言，信任，应该已成为比什么都重要的信念。

桧山对于协助少年改过自新的人们怀着敬佩。即使如此，横亘在对孩子倾注爱以促使他们重生的人，与被这个孩子夺走心爱之人的被害者之间的鸿沟，似乎难以填补。

宿舍长看看宿舍妈妈。

"你还记得理惠吗？"

桧山不知他们在说什么，于是看着宿舍妈妈。

"理惠是泽村在宿舍当爸爸的时候来到学园的女孩。她当时才念小学六年级，可是不断离家出走、深夜不归，儿童咨询所担心她将来容易走上犯罪之路，于是送来这里。"

"'爸爸'是指？"

"是这所学园为孩子们导入的亲子制度。学生之间，先来的老生当新生的爸爸或妈妈，指导他们有关宿舍生活和学园里的规定。目的是希望孩子们通过当父母的经验，学习'教导别人'这件事的困难之处，进而对自己建立自信。泽村在离开之前当了一年的爸爸。泽村本来不想当，但是让他在宿舍里当爸爸，代表着我们对他的信赖。就在这个时候，理惠进了我们宿舍。"

宿舍妈妈好像想起什么，露出苦笑。

"大概是无法信任大人，理惠很叛逆，也有很多问题行为，我们处理起来也十分棘手。我想泽村对理惠也多少感到生气，一开始一定会想：为什么偏偏在自己当爸爸的时候来了一个这么麻烦的？

有一天吃晚饭的时候，理惠谈起自己的家庭，她的母亲在她婴儿时期就过世了，从此与父亲两人相依为命。理惠说她父亲每天都因为工作而晚归，让她每天都觉得很寂寞。理惠是不经意说起这些的，可是泽村听了她的话之后突然哭出来。他哭个不停，一直趴在餐桌上抽抽搭搭地哭。理惠和其他孩子都不知道为什么，只是在一旁默默地看着泽村。"

泽村为什么突然哭泣？仿佛要回答这个疑问般，宿舍妈妈对桧山投以温暖的视线。

"泽村一定是想起桧山先生的千金才哭的。在那之前，他没有具体地提过桧山先生一家人，但我们认为，在他心中，一定怀着无尽的悔恨与罪恶感。从那之后，泽村真的尽心尽力在照顾理惠，他拼命地努力想弥补理惠心中的空缺。"

桧山默默听着宿舍妈妈的话。

泽村的呜咽——

那真的是为了爱实吗？真的是泽村心中悔恨和罪恶感的流露吗？

"改过自新是需要时间的。"宿舍长感慨地说，"就算和也在你面前痛哭流涕地说对不起，难道那就等于反省了吗？这种事情，要挂在嘴上很容易，有很多孩子为了隐瞒自己的过失，什么言不由衷的话都敢说。遗憾的是，这种孩子我们也看过很多。我想真正的反省，是在心中一点一点悄悄萌生的。到头来，我们只能从他们往后的人生去感受。"

桧山听了铃木夫妻的话，静静闭上眼睛。那么，自己再也无法感受到了。他吞下了对泽村的想法和感觉。

"谢谢各位。"

桧山再也找不到想问的话，向铃木夫妻与樱井园长鞠了躬，离开了会客室。

孩子们还在校园里打棒球。伊藤一面给孩子们发号指令，一面打球，视线一和桧山对上，便有些尴尬地微微点了点头。

一个身穿红色运动服的少女正在为校门口的花坛浇水。少女朝向校门走来的桧山轻轻点头，桧山也向她点头，然后穿过校门。他走了一会儿，忽然回头看到把头发束在脑后的少女，正以慈爱的表情看着花朵。

她又有什么样的过去呢？看着少女清透的肌肤，桧山心里这么想。

2

在高崎线摇晃的电车中，桧山回想着在若规学园听到的事。

尽管只是个模糊的轮廓，但铃木夫妻所描述的泽村与桧山的想象截然不同。铃木夫妻说泽村心中压抑着悔恨与罪恶感，只是，他无法接受这样的片面之词，心中的烦闷与混乱不断增长。

望着车窗外流逝的田园风光，桧山脑中出现另一个疑问。

案发前，泽村在学校里并不是什么问题学生，宿舍妈妈也说他是个开朗和善、乐于照顾别人的好孩子，还说他本来就应该是这样的一个少年；家庭环境也没有问题，家人的感情似乎也不错。这样的孩子为什么会犯下那样的案件？

是受到同学八木将彦和丸山纯的影响吗？

长裤口袋里的手机发出震动。他拿出手机，看着液晶荧幕，美雪发来了一条信息。

"请快点回来！"

文字旁还附了一个表示生气模样的颜文字。

电车已经过了上尾，即将抵达大宫。桧山看了看表，才刚过2点半，现在回青草绿幼儿园，还来得及带爱实去看电影补偿她。

但是，桧山还想去另一个地方，就是少年们住过的地方。事到如今，就算去到他们曾经居住的地方又能如何？其实自己心中也这样质疑着。泽村搬到板桥，其他孩子想必也早就离开了那片土地。但是，到那里也许能够发现少年们在案发前生活的蛛丝马迹。

桧山回复了美雪的短信："对不起。"还不忘在句子旁附上一个表示道歉的颜文字。

想从大宫到少年们曾居住的所泽市航空公园实在是大费周章。虽然有几条路线可选，但无论选哪一条，为了转乘车站并未相连的国铁和私铁[1]，必须以步行的方式在车站间移动、换乘好几次。桧山来到川越站，从这里步行约十分钟，再从本川越站搭乘西武新宿线。

在航空公园站一下车，肌肤便感觉到空气的清新。

平整的大马路从车站前延伸而出，马路两旁的榉树连绵不绝。在树荫下沿着大马路而行，便可看到外观新颖脱俗的文化中心。旁边就是广阔且绿意盎然的航空公园，放眼望去，是一大片有着整齐景观的娴静光景。

这里是养育小孩的绝佳环境，桧山不禁想象着自己和爱实在这条大马路上散步的情景。他差点忘了自己来到此地的目的，于是赶忙取出地图，好撇开这样的想象。

---

1 国铁指国有铁路，私铁指民营铁路。

桧山在地图上看清楚少年们的住址与他们就读的初中的位置后，穿过了航空公园。这个笼罩着草地香气的公园里有许多情侣和带孩子的家庭在散步。广场上，孩子们摆出自己做的斜台，正在溜冰、玩滑板。

这个地方充满绿意，也有很多可以游玩的地方。泽村他们在这里过着什么样的生活？桧山看着玩滑板的孩子们想象着：难道他们觉得每天的生活都缺少刺激吗？

他们本来在隔壁所泽站的一家游戏厅和KTV玩。在那个只看得到半个天空的闹市区流连的少年们，最后花光了钱，打起了入室行窃的念头，于是便来到桧山他们所住的地方……

突然间涌出的疑问阻碍了接下来的想象。他们为什么会来北浦和？为什么住在航空公园的他们临时起意入室行窃的地点会是北浦和？

正如同桧山刚才的感想，从他们所在的所泽要到桧山之前居住的北浦和相当麻烦，换车时要徒步走到另一个车站，而且最少必须换三次车，单程恐怕就要将近一个小时，另外桧山的公寓距离北浦和车站还必须步行十分钟左右。

既然要入室行窃，最好选择离自家远一点的地方，这种感觉桧山不是不能理解，可是不但要花很多车钱，又很麻烦，效率也太差了。周刊曾写道，八木在案发前曾经因恐吓等事由受到辅导处分。假如纯粹是为了要钱打游戏，不是有更简单的方法吗？难道他们当中有谁熟悉北浦和这个地方吗？从家庭法院调阅的记录中，并没有记载这一点。

桧山在公园里边走边思索。

一开始只是个小小的疑问。也许当自己身边的人死于非命时，无论是什么形式，都会认为这是件没天理的事吧。但是，他忍不住觉得祥子的死似乎是受到某种命运的强迫，硬是导致了这种结果。

依照阅览的记录，少年A——八木将彦案发当时所住的地方，是位于航空公园与国道之间的住宅区，和车水马龙的汽车噪声及森林的静谧同住。桧山找到他要找的地方，绕了这附近一圈。狭窄的住宅区里，新旧房屋都有，但这其中并没有看到"八木"的门牌。

桧山的视线和一个在车库洗车的男子对上，那个人正用提防的眼神看着在这附近徘徊的桧山。

"请问有什么事吗？"男子露出怀疑的神情问。

"请问这附近有姓八木的人家吗？"

男子一听到这个姓氏，便嫌恶地指指对面的房子。

"本来住在那里，现在已经不在了。"

他语气中带着明显的不悦，桧山决定别再问下去。

发生那起命案的时候，媒体采访之类的事也在各方面造成附近居民不少困扰吧。桧山向男子道谢后离去。

少年C——丸山纯当时所住的，是面向车站前那条大马路的大厦。进入这幢充满高级感的大厦大门，到建筑物入口之前还有一个绿意盎然的小广场。宽敞的大门采用电子锁，看来有管理员常驻。

桧山先查看了一下门口的信箱。十二号七楼。这里果然也没有丸山这个姓氏。

"请问有事吗？"

一个四五十岁的男子从管理室的小窗口对桧山说。

"请问，十二号七楼的丸山家搬走了吗？"桧山走近小窗口请教管理员。

"你说那个十二号七楼的丸山家，就是那个丸山家吗？"

管理员似乎很感兴趣，从小窗口探出头来。

"是啊。"

"你是丸山家的朋友？"

"嗯，该说是朋友吗……"

"难不成你是媒体？"

见桧山没应声，管理员一脸"自己猜中了"的样子，沾沾自喜地说："我就知道。我在电视上看过你啊。你们还在追那个案子？"

"呃，嗯。"桧山决定将错就错。

"不过啊，丸山家早就搬了，那件命案发生没多久就搬了。"

"是吗？您知道他们搬到哪里去了吗？"

"哎，不知道。因为他们搬得跟逃难没两样，好像也没跟邻居打声招呼。"

桧山故意露出八卦的眼神看着管理员。

"丸山纯是个什么样的少年啊？"

"什么样子啊……就是很普通的小孩啊。见了面会好好打招呼，也没有学坏，算是比较文静的小孩。而且，那边不是有大学医院吗？我有一阵子肝脏不好，在那里看病，小纯的祖母也因为心脏不好，有一段时间在那里住院，我常在走廊上看到他带着漂亮的花去探望祖母呢！就是因为觉得他是个这么贴心的孩子，所以发生那件事的时候，我真是大吃一惊。一定是因为很乖，才会受到坏朋友的煽动吧。丸山太太离开前还曾经抱怨过，说什么'早知道就不该搬来这里，当初是因为环境看起来不错，才特地搬来的'。"

大概是因为关在小小空间里闷坏了，管理员十分长舌。

"丸山家是什么时候搬来的？"

"这大厦是六年前盖好的，所以是命案前两年吧。"

命案前两年，那么就是丸山纯小学五年级的时候了。

"您知道另外两人是什么样的孩子吗？"

"我不认识他们本人，不过，其中一个在学校也是出名的坏学生不是吗？好像是偷窃和恐吓的惯犯，周刊上也有写。小纯一定是被他们两个霸凌，才会被硬拉着一起干坏事的。"

"是丸山纯的妈妈说的吧？"

"是啊，她还说'我们也是被害者'。"

听到这句话，桧山只觉怒从心起。

他们自己也是被害者……

桧山忍住心中如波涛般汹涌的愤怒，向管理员道谢后走出大门。

那两个人现在过着什么样的生活？对他们和他们的家人而言，杀死祥子的罪行，已经像擦伤一样，连疤都不留了吗？到目前为止，从桧山心里那道伤口所剜出的肉和神经仍赤裸裸、血淋淋地暴露在外。就算只是活着，仍然动辄就会受到剧痛的折磨。像现在这样，光是追寻他们的轨迹，胸口便有令人不快的刺痛。但即使如此，他还是认为非见他们不可。

若不解开至今所察觉到的种种疑问，祥子是不会安息的。当时他们为何会到北浦和去？为何祥子非死不可？他们真的悔过自新了吗？除非真的见到他们，否则这些疑问将无法得到解答。

桧山来到少年们所就读的初中，为的是想取得他们同班同学的名册。也许可以从那本名册里找到目前仍与八木和丸山有来往的人。

隔着栏杆望见的校园，在夕照之下染成橘色。偌大校园中不见学生踪影，校舍也静悄悄的。桧山想起现在正在放暑假。

一楼的某个房间透出灯光。虽然是暑假，还是有几位老师来学校值班。只是他不认为说明事情原委之后，他们会轻易地出示名册。桧山从人行道上望着栏杆，踌躇不前。

有人按喇叭。

桧山因突如其来的声响吓了一跳，转头看向马路，那里停着一辆白色的蓝鸟汽车。

桧山看着停在路边的蓝鸟汽车。当他看出是相当老的车款时，驾驶座的窗户下降，一名男子伸长了身子探出头来。

"你好，桧山先生。"

听到男子的声音，再看到他浑圆的身形，桧山当场定住了。

"没想到会在这里遇见你，真巧啊。"贯井像平常一样抽着鼻子说，"你在这里做什么？"

"没做什么。"桧山力持冷静地回答。

"这里是那几个少年就读的初中吧。"贯井指着学校说，"在这种地方晃来晃去，会惹人怀疑的。尤其是桧山先生。自从泽村的命案发生之后，媒体已经开始在这附近聚集了。"

"你才是，在这做什么？"

"做泽村命案的采访啊，好为破案的时候做准备。我正在调查他们各自过着什么样的生活。"

桧山以不安的神情看着贯井。

"你们认为泽村被杀和祥子的命案有关？"

"编辑部的人是往这个方向想的，我倒认为有点太顺理成章了。"

"顺理成章？"

"在这里遇见也算有缘，我还真想听听桧山先生怎么说。总编一直说想知道桧山先生的想法，他以为我和你很有交情。"

"开什么玩笑！"桧山开骂。

"我想也是。"贯井苦笑，"不过，从另一个观点来看，桧山先生出现在这里，是件值得玩味的事。"

贯井的视线一直停留在桧山身上。

"我只是想知道他们过着什么样的生活而已。"

在贯井的注视之下，桧山只好无奈地回答。

"喔。"贯井点点头，一副很有兴趣的样子。

"被害者无法得知加害者的一切：他们进入机构后过着什么样的生活，是不是真的改过自新了，我们都不知道，所以我想亲眼看看。"

"所以你才来这里？"

"他们早就已经离开这个地区了。所以我想到学校去，借阅他们的同学名册。"

"就算去了，学校也不会给你看的。"

"我想也是。"桧山叹了一口气，"而且，关于祥子的命案，我有好多想不通的地方。"

"比如说？"

桧山的话像是勾起了贯井的兴致，贯井的身子又向外探出了些。

桧山把刚才察觉到的疑问告诉了贯井。也就是说：泽村也好，丸山也好，所有人都异口同声表示不相信他们会犯下那样的罪行。那么他们为什么会犯下命案？少年们又为什么特地从所泽来到北浦和入室行窃？

他虽然对贯井反感，但想找人谈谈卡在心中的疑问。此刻整理一下思绪的欲望压过了反感。

"原来如此……"听了桧山的话，贯井喃喃地说着，"的确很不自然。"

贯井以认真的表情思考了片刻。在共享一个谜团的过程中，对于贯井的厌恶竟稍微缓和了，这让桧山感到不可思议。

不，假扮支持者不就是这个人惯用的手法吗？绝不能让他有可乘之机——桧山再度提醒自己。

"看样子，他们真正的想法只能直接问他们了。"

贯井从放在副驾驶座的包包中取出一张纸，从窗户递出来。

桧山走近窗户，尽管觉得奇怪，还是接过来了。

那是一张贺年卡。收信人是陌生的名字，寄件人是八木将彦，住址是埼玉县朝霞市。

"那是前年八木寄给朋友的贺年卡。"

桧山正要翻看背面，"你还是别看的好。"贯井出声阻止。

桧山不理会，看了背面。

Happy New Year

你最近好吗？我总算扫除了晦气从别墅回来了。

在别墅的生活虽然没什么不自由，但是每天都无聊得要死，无聊到爆炸。

运气真的超背！

回家以后我整天都在打游戏，要把之前没打的份全部打回来。

我现在很闲，下次一起去玩吧。就这样，拜拜。

怒意从视网膜充斥全身，桧山拿着贺年卡的手微微颤抖。

"你要的话，送给你。"

"为什么要给我？"

贯井想了一下才说："也没为什么。只是觉得媒体知道的事你却不能知道，这样很奇怪而已。"

"就算卖人情给我，我也不会接受访问的。"

"果然没用啊！"贯井抽着鼻子笑了。

桧山依照贯井给的贺年卡上的住址，搭乘武藏野线，为的是前往八木住的那幢位于北朝霞的公寓。

由于正值晚高峰，车厢内很挤，挤得桧山只得把身体贴在车门上。随着电车摇晃，今天一整天的疲劳都爆发出来。桧山把额头贴在冰冷的车门玻璃上，清凉的感觉让头脑稍微清醒了些。

若规学园的铃木夫妻说泽村心存悔恨和罪恶感，还说泽村改过自新了。但是，一个人能有多了解别人真正的心思呢？就算在学园里忍耐着当个好孩子，但只要时间一到，就算不懂得反省，也感觉不到别人的伤痛，还是能就这样回到社会。这才是现实吧？这难道不就是这个国家所谓的"改过自新"、所谓的"保护少年"吗？

桧山思考着见到八木之后该怎么做。他想问的事太多了，心情却很复杂，好像想见八木，又好像死也不想见到他。看了那张贺年卡，他知道八木对命案之事显然毫无反省。

桧山觉得害怕。他没有把握自己看到八木还能够保持冷静，而且就算八木对命案再怎么道歉、再怎么流泪，内心一定是吐着舌头嬉皮笑脸。桧山没有把握在看穿这一切之后，还能够控制自己的愤怒和冲动。

电车抵达北朝霞站。桧山已经连推开人群、走到对向车门、前往八木所住公寓的力气都没有了。

桧山放弃前往八木家，转车回到大宫站。他冲进车站附近百货公司的玩具区域，在打烊音乐播放声中，请店员包起小桃子过家家玩具套装，赶往青草绿幼儿园。

由于他来的时间比平常早一些，青草绿幼儿园还有几位小朋友没走。

美雪一副有话想说的样子，在入口迎接桧山。她喊着正在和其他小朋友玩的爱实："爱实，爸爸来接你喽！"

爱实板着脸来到桧山身边。

"爱实，这是小桃子的过家家玩具套装喔！我们回家一起玩吧！"

桧山拿出百货公司的袋子讨好爱实。

爱实接过袋子，一转身便消失在后方。

"喂……"桧山目送爱实的背影，叹了一口气，"被讨厌得很彻底啊。"

"她是准备明天要和阿勉一起玩。"可能是桧山失望的样子太有趣了，美雪笑了出来，"要是不好好守在她身边，迟早会被抢走喔。就算爸爸说'我们出去玩'，结果人家冷冷地回说'我要约会'的话，我也帮不上忙喔。"

"我的排名已经很后面了吧。第一名是阿勉，第二名是美雪老师，第三名是小桃子，我究竟排第几啊……"

桧山丧气地低声说着。

"你根本不懂嘛。当然是爸爸排第一呀！"

美雪理所当然地回答。

过了一会儿，爱实揉着困倦的眼睛回来了。只见她无言地穿好鞋子，对桧山伸出右手，表示要回家。

美雪看着桧山微笑。

桧山抚着胸口，紧紧握住那只小手。

3

隔天早上，桧山一来到店里，头一件事就是向在吧台后头洗东西的福井道谢。

"福井，昨天谢谢你。上一整天班一定很累吧。"

目前，从计算营业额到下订单，熟悉店里大小业务的，就只有福井这个老手，桧山没有其他人能够拜托，因此每当桧山休假，福井就必须长时间工作。但是，福井很关心爱实，总是爽快地答应桧山任性的要求。

"别放在心上，我也想多赚一点。爱实很高兴吧？"

"啊，嗯……"桧山含糊地说。

他往办公室走，吧台里的福井也跟着走出来。

"那个，店长，"福井小声说，"昨天有客人来找店长。"

"是小池督导吗？"桧山想起百老汇咖啡巡店的现场督导。

"不是，没有说是谁，只问桧山店长在不在。这样的人前后来了三个。"

"三个？"

"是我自己觉得……"福井露出罕见的忧郁神情，压低声音，"好像是媒体。之前不是也来了很多人吗？感觉很像。"

桧山看着福井的脸，应了一声"是吗"，装作不怎么在意的样子进了办公室。

一关上门，桧山内心便升起一股不安。福井的直觉恐怕没错。昨天的贯井也是，媒体已经开始把泽村的命案和桧山连在一起了。

又要再次身陷媒体风暴了吗？他们会像那时候那样蜂拥到家里、店里，用数不清的无礼问题包围桧山吗？桧山花了许多时间，好不容易才让他与爱实的生活恢复正常，难道这次又要遭他们践踏吗？而且这次他还几近于嫌犯。开什么玩笑！要是卷入那种状况，爱实会做何感想？

福井是目前的员工中唯一知道当时状况的。祥子命案发生时，福井才刚来打工一个月。福井从仙台的高中毕业后，原本是为了念大学来到东京，但才念了半年就退学了，之后便一直在这家店工作。

在那之前，桧山一直不是很喜欢自由打工族。对餐饮业而言，自由打工族是不可或缺的人力资源，但桧山本身对于这种不考虑将来、随波逐流的人没有好感。然而这种想法却因福井而改观。

祥子的命案发生后，不知是疲于应付连日上门的媒体和整天不断打来的恶作剧电话，还是受够了愤世嫉俗、剑拔弩张的桧山，当时有不少工作人员离职。有一段时间，这家店算是岌岌可危，但即使如此，福井还是留在店里，以一贯的态度对待桧山。

桧山的发言受到部分人士批判，当有人在店里的铁门上写上无情的诽谤涂鸦时，福井也只是默默地拿刷子刷掉脏污。桧山忘不了福井当时的表情，这个平时爱开玩笑的人，正默默地抵抗社会的恶意——他脸上就是这样的表情。那是桧山第一次，也是最后一次看到福井那么灰暗的表情。福井的开朗豁达拯救了每天一起工作的桧山，所以，再次看到福井阴郁的表情，令桧山感到心痛。或许福井也感觉到风暴即将再度来袭。

一整天，桧山都以忧郁的心情待在店里。到了打烊时间，收拾好招牌、将铁门拉下一半，桧山重重地吐了一口气。

结果，他担心害怕的媒体没有来。

桧山一边指示着兼职工，一边和大家一起打扫。兼职工打卡下班后，他赶着计算营业额、下单食材。今天他想早点回家。每次回家洗完澡，爱实都很快就会睡着。虽然无可奈何，但他希望今天能多和爱实相处一下，还趁着休息时间去买了绘本。

走出咖啡店，经过冰川参道走向大马路。两边由树围绕着的参道深深陷于静谧之中。白天热得令人乏力，现在却吹着怡人的风。紧邻一旁的闹市区明明喧嚣不已，但从冰川神社延伸而出的这条参道却仿佛流动着不同的空气。路灯下，几只猫聚在一起，四周暗得无法辨别它们的花色。桧山自认那是经常在这一带看见的母猫和小猫。不巧，今天身上没有带食物可以喂它们。

草木作响，猫轻巧地转身。说时迟，那时快，桧山的后颈挨了热辣辣的一记。视野变暗，右颊感觉到和粗糙物体摩擦的疼痛与水泥的冰冷。

桧山呻吟着，用一只手按住后颈。说不上是热还是痛的冲击在后脑流窜，阵阵令人不快的噪声冲撞着头盖骨内侧。嘴唇感觉到水泥粗糙的触感，让他隐约察觉了自己目前的处境：有人拿东西从背后打了他的脖子，把他打倒在地。

正想抬头的时候，脚就踢过来了。桧山连忙闭上眼睛，黑暗的视野中升起一片灼热的火焰，右眼附近感到一阵刺痛。桧山将脸转向地面，把装有营业现金的手提包放在肚子底下，抱着头缩成乌龟般的防御姿势。

他听到声音，好几个男人的笑声。桧山背上起了鸡皮疙瘩。下一秒钟，侧腹便遭到剧烈的刺痛袭击。接着背、大腿、护着头部的手都感到阵阵疼痛。男人们一边怒骂一边不断踢着桧山。听不懂他们在说些什么。

他们的目的是要钱吗？

对方的攻击毫不留情。桧山的感觉麻痹了，疼痛转变为灼热。

他再也无法忍耐了，使尽力气，将护在肚子底下的手提包扔了出去。手提包里的硬币因为掉在地上互相摩擦，发出干涩的声响。男人们停止了动作。

"友里，你也上啊！"他勉强听出一个男人的声音这么说。

"你不是说想为和也报仇吗？"

和也——听到这个熟悉的名字，麻痹的大脑开始思考。他指的是泽村和也吗？桧山拼命转动麻痹的脖子抬起头来。

一个年轻女子正俯视着他，右手握着一根发出钝光的棍子，用尖锐的视线看着桧山。

"你们是泽村和也的朋友？"嘴里含着血让他说话含混不清。

女子一直俯视着他，动也不动，肩膀微微颤抖。

"快动手啊，等会就来人了。"

桧山转头看向声音的来处。三个年轻人正往手提包那里靠过去。桧山缓缓把头转回来，就连这么一个小动作都异常吃力。

女子双手握紧了棍子。

"你为什么要杀和也？"

"我没有杀他。"

桧山没把握能把话说清楚，于是直视着她。

"友里！快点，要走了！"

女子因男人们的催促举起棍子。她瞪着桧山，反复做了几次小小的深呼吸，内心似乎有所犹豫。她往年轻人的方向一看，却大叫起来："你们干什么！"

桧山朝女子的视线尽头看过去，男人们拿了手提包正要离开。

"我们又不是来抢钱的！"女子握着棍子朝他们走过去。

"有什么关系，当然要给他一点制裁。"

"这样对和也太失礼了！"

女子脸色大变，朝男人们走过去，抢过手提包，回到桧山身边。

大概是慑于女子的气势，男人们发着牢骚消失了。

女子随手把手提包扔在桧山身边，再次站在桧山正面，握好棍子。

"你说过对吧？说你想杀死和也！"

"没错……"桧山直勾勾盯着女子，"如果心爱的人被杀了，不管是谁一定都会这么想。你不也一样？"

女子凝视着桧山，只怕错过他的一举一动。

"只是，就算是遇到杀死泽村和也的人，你也不敢杀他。"

"你凭什么这么说！"女子怒吼。

"你没办法做这种事，我看得出来。"

女子忽然移开了视线。

桧山沿着她的视线看。桧山胸口下的包装纸已经扯烂，里头的绘本露出来了。在一阵乱棒殴打之下，封面上都是脚印和血迹。

"你真的没杀他？"

女子的语气中掺杂了些许内疚。

桧山点点头："因为我不想再失去重要的东西了。"

夜晚的大宫公园沉浸在深深的黑暗中。无尽的寂静里，只听得见树木沙沙作响。

桧山在儿童游乐区的长椅上坐下，眼前只看到飞行塔高大的轮廓隐约浮现在黑暗中。这是模拟飞机的游乐设施，人可以吊坐在上面旋转，但桧山从来没见这座飞行塔启动过。这富有复古情趣的游乐设施多半是经济高度增长时制作的，原本的任务早已结束，如今只是广大公园里的地标，供人们相约碰面之用。

飞行塔柱旁供着花束。泽村和也就是在这个地方遇害的吗？桧山看着静静供奉着的花束，开始猜想。泽村当时在这个由黑暗所支配的地方做什么？等人吗？

一声巨响打断了他的想象。桧山往自动贩卖机看过去。

加藤友里说想在这个地点谈。桧山全身挨打，举步维艰，但友里坚持非得在这里才行，不肯让步。

在走向大宫公园的路上，友里只自报姓名后就没再说话了。虽然紧握着棍子瞪人的模样活像母夜叉，但刚刚走在身旁的她，其实是个有着深深双眼皮的可爱少女。光看她这个样子，做梦也想不到她竟然厉声吓阻了那些男子。

友里来到桧山面前，递出一罐果汁。

"用这个冷敷。"

桧山想从口袋里拿出钱包，但友里只说"不用了，这是赔礼"，摇摇头在桧山旁边坐下。

"这医药费还真便宜啊。"

桧山报以嘲讽，把果汁罐贴在眼睛上。

"对不起……"友里老实地行了一礼，"和也被杀的事让我整个人都乱了，不知道自己怎么了。"

桧山看看友里的侧脸，垂着头的友里和刚才简直判若两人，感觉好像附在她身上的东西不见了一样。

"你和泽村是什么关系？"

"我跟和也住得很近，是一起长大的。从幼儿园到初中的前半段都是同学。"

"刚才那些人呢？"

桧山设法用麻痹的指尖拉开拉环，喝了果汁。碳酸刺激了整个口腔。

"喔，那些人是和也的小学同学。他们和我念同一所高中，今天是我拜托他们的。我还以为他们多少有点悼念和也的意思，看到刚才那样才知道根本不是这么一回事，只是想借机打人发泄才来的。"

的确，桧山挨打的时候，也感觉不到憎恨，只有享乐。"真是够了。"桧山皱着眉。

"对不起。"友里垂头丧气。

"你……"桧山想起友里刚才的表情，"不只是和也从小一起长大的朋友吧？"

友里点点头："嗯，上高中之后，我们开始交往，不过瞒着爸妈就是了。"她的表情很复杂。

"从泽村离开若规学园之后吗？"

友里抬起头看着桧山。

"我昨天去过若规学园，跟他住的那幢宿舍的人谈过了。"

"为什么？"友里注视着桧山。

"我想知道他是个什么样的人。"

友里的视线在半空中游移片刻，又把视线移回桧山身上："那么，你知道了吗？”

桧山没说话，不知该如何回答。他从口袋里取出烟，想用店里的纸火柴点火，指尖却抖得点不着。友里取出百元店买的打火机，帮桧山点了火，然后拿起桧山放在长椅上的烟，问："可以要一根吗？"

明知她未成年，桧山还是点点头。

友里点了烟，吐出一口烟圈。

"虽然我们从小就认识，可是还是有太多不了解他的地方。直到现在我都不敢相信和也竟然会做出那种事。"友里拿着烟的手颤抖着，低声说，"明明是个那么温柔的哥哥。"

"对了，泽村有个妹妹没错吧？"

"小我们九岁，叫作早纪。我弟弟和早纪同年，所以和也常常跟他一起玩。他对他妹跟我弟都很好，是个好哥哥。"

友里猛抽一口烟。从她不小心吸入烟的痛苦表情看来，也许是为了发泄激动的情绪才硬抽的。

桧山在若规学园也听说泽村很疼爱妹妹，想起他们说他是个很照顾年幼孩子的善良少年。

"可是，我爸妈跟弟弟说不能再见他了，我弟就问我为什么不能再见和也哥哥了。我想和也从收容机构出来之后，一直很害怕。虽然早纪现在跟他很亲，但怕她迟早有一天会明白自己做过什么事。"

听了友里的话，可见泽村对自己犯下的罪行感到非常后悔。在听了许多人的话、对泽村了解越多之后，桧山就越是对泽村竟然会犯下那种案件感到不解。

"他跟八木将彦还有丸山纯很要好吗？"

"八木嘛，他们从小学就是朋友了，都进了少年棒球队，很要好。不过，八木同学的父母在他小学四年级的时候离婚，八木跟着爸爸。后来他爸爸再婚了，可是他好像和新妈妈处不好。新妈妈好像只疼自己带来的孩子，从那时候起，八木同学就开始变得怪怪的。"

"学坏了吗？"

"对。变得很暴力，会偷东西，还会恐吓学弟。以前的朋友全都离开他了，和也大概是没办法丢下他不管吧。"

"丸山纯呢？听说他是小五的时候搬来的？"

"没什么印象。应该说不太引人注目吧，女生也没把他放在心上。他好像被男生欺负了一阵子，可是他和八木同学混在一起之后，好像就没有人欺负他了，因为大家都怕八木同学。"

八木在学校也是问题儿童。这样的话，他很可能就是带头欺负丸山的人。桧山提出疑问。

"丸山同学有点像是八木同学的跑腿小弟。丸山同学的零用钱挺多，他们常常聚在游戏厅。"

原来如此。是用钱来笼络八木吗？这样桧山就懂了。

桧山在脑海中试着整理三人的人际关系。泽村和丸山在案发前似乎没有特别的犯罪倾向。祥子的命案果然是由八木主导的吗？

"离开若规学园以后，泽村过着什么样的生活？"

"出事之后，和也他们家就搬到板桥去了。和也从收容机构一回来，就进了板桥的高中夜间部。但那时候他连要不要去读都很犹豫……"

"为什么？"

"因为他没有办法忍受自己犯了那种罪，竟然还像没事人一样去上学啊。好像是他爸妈说服了他，才好歹进了高中。他在印刷厂从早上工作到傍晚，傍晚再去上学。"

"离开机构以后，他交了什么样的朋友？"

桧山问了他一直很在意的问题。

"他在学校和工厂好像都没有亲近的朋友。我想他一定是害怕和人接触，怕别人一知道他的过去就离开他。除了我，和也跟以前的朋友都断了联络，在没有朋友的地方，过着寂寞得不得了的日子。"

桧山试着想象泽村的孤独，想象他因为自己犯过的罪，而担心别人对他避之唯恐不及的生活是什么样子。

"就只剩你了。"

他看向泽村唯一的依靠。友里似乎明白了他的意思，微微点头。

听了友里的话，桧山的想象遭到推翻。看来泽村并没有和坏朋友来往，过着连朋友都没有的孤独生活，那他到底招惹了谁，以至于惹上杀身之祸？

"他为什么会来这种地方……"桧山望着黑暗喃喃自语。

"这一点我也想不通！"

"他对大宫这个地方很熟吗？"

"我想他应该从来没来过。所以一听说命案发生在这里，我就只想到桧山先生这个可能性。"

"他在遇害之前，有没有什么和平常不一样的地方？"

"有，"友里望着桧山，双眼微微浮现泪光，"他说要跟我分手。"

对于这个意想不到的回答，桧山不知该说什么。难道泽村有了其他喜欢的人吗？

"他说，他现在必须真正赎罪，所以要我跟他分手。"

"真正赎罪？"听到这个意外的词语，桧山看向友里，反问："什么意思？"

"不知道……"友里低下头，"我是认真和他交往的。就算爸妈反对，我也想帮和也，所以光是这句话实在没办法让我接受。我问了他好几次，为什么我们非分手不可，和也却不肯再解释。"

真正赎罪？赎罪是指祥子的命案吗？泽村想为祥子和桧山一家人做些什么吗？是什么呢？

"本来我还怀疑他喜欢上别人，想远离知道自己过去的人，所以才用这种冠冕堂皇的理由和我分手。可是，刚才听到那群人中一个说，和也最近和以前的朋友联络，想找八木同学。和也以前一直说再也不想见到八木同学和丸山同学，这几年他也始终躲着以前的朋友，可是现在自己主动联络要找八木同学。听到这件事，我也觉得和也是不是真的想做什么。"

"会和八木有关吗？"

"不知道……"友里摇摇头，"这件事跟和也被杀有关吗？"她反问。

"我也不敢说。只能直接当面问了。"

"当面问……你要找八木同学？"

桧山略加思索之后，下了决心。

"我想知道泽村到底想做什么。"

"我也想！"友里恳求，"再这样下去，和也会死不瞑目的。请让我帮忙。"

桧山点点头："那么，如果你有八木的消息，能不能和我联络？"说着，便从口袋取出手机，只见屏幕碎裂，已经变成了一团废物。

"是刚才弄的……"友里过意不去地说。

桧山把店里的火柴交给她："打电话到这里找我。"

友里接过火柴，以求救的眼神看着桧山。

"我想抓到杀死和也的凶手。"

友里的眼神让桧山不知如何是好。一个咖啡店店长有什么能耐?

"警方一定会抓到凶手的。"他顶多也只能这样回答。

来到通往车站的大马路,桧山和友里分别,到夜间银行存入营业现金,前往青草绿幼儿园。

已经过了11点。尽管平常桧山就会晚到,但今天这么晚,美雪一定很担心吧。只是心里虽然急,身体却不听使唤。

桧山抓住马路旁的护栏,鞭策着哀号的肌肉向前走,全身发烫,头好昏。

总算到了青草绿幼儿园,一开门,桧山忽然全身虚脱,向前跪倒。

"桧山先生!"

一抬头,美雪就在眼前。她倒抽了一口气,望着他的脸。

"你怎么了?脸怎么弄成这样?"

"没什么,只是绊了一下。"

美雪立刻从后面的架子上拿来急救箱。

"总而言之,先进来再说。"

桧山以缓慢的动作脱了鞋,进了房间。

"到底发生了什么事?"

美雪一边将消毒纱布贴在桧山脸上的伤口上,一边询问。

"走路没看路,撞到了电线杆……"

美雪似乎不相信睁眼说瞎话的桧山,从她按住纱布的力道就知道。

"桧山先生最近很奇怪。"美雪的表情有些生气。

"是吗？"桧山虽然同意美雪的话，却也只能这么回答。

"没错。上次去游泳池的事也一样，以前只要是你答应爱实的事，绝对不会食言。你到底是怎么了？"

美雪一只手按着桧山的脸，盯着桧山直看。桧山觉得美雪的表情从愤怒转变为不安。

"爸爸，你回来了。"

桧山循着爱实的声音转过头去。

睡醒的爱实站在那里，才和桧山四目相交，爱实便吓得哭了出来。

"爱实，爸爸没事喔。"美雪连忙赶到爱实身边。

桧山拿出急救箱里的镜子看了看自己的脸。他的眼皮肿了好大一块，整个变成黑紫色的。难怪爱实会吓哭。

美雪安抚着抽噎的爱实。爱实哭泣的脸，比美雪擦在脸上的消毒水更让他觉得刺痛。

回到家，桧山便与爱实一起倒在垫被上。

他连帮爱实洗澡的力气都不剩了。当然，也没念绘本。桧山为爱实盖上被子，抚摸睡着的爱实的头发。但就连这种动作都让身体痛苦不堪。

美雪的话一点都没错，他觉得最近都没有看到爱实的笑容。桧山不得不承认自己忽略了最重要的事。

自从泽村死后，桧山的心好像被什么东西困住了。他想知道那是什么，只是，这真的重要到值得用他与爱实的快乐生活来换吗？

自己为什么这么放不下？把悲伤的过去摆在自己眼前，究竟有什么用？就算再了解那几个少年，祥子也不会再回来了，不是吗？对爱实来说，重要的不是失去母亲的过去，而是和桧山一同度过的现在，是今后的未来，难道不是吗？桧山不断自问自答。

祥子会怎么想呢？望着昏暗的天花板，桧山心想。祥子会责备疏忽了心爱女儿的桧山吗？还是希望将发生在自己人生中的悲剧始末，一五一十地告诉女儿？

泽村想要赎罪。在因杀害祥子而产生的悔恨与罪恶感的驱使下，他想做些什么。桧山无论如何都想知道这个"什么"是什么。

至今，桧山心中只有对少年们的愤怒和憎恨，如果往后还是这样一无所知，岂不是要怀着不知何时会爆发的愤恨过一辈子？一辈子活在对某人的怨恨中，至死无法原谅那些连长相都不知道的人。让这样的父亲养育成人，爱实能得到幸福吗？

不知道会不会有这么一天，爱实会想了解母亲的死和杀死母亲的少年们。只是，就算爱实想知道，桧山也无话可说。对于那些杀害母亲的少年，除了憎恨，他无话可说。

4

早上的淋浴伴随着痛苦。

剧痛使桧山比平常提早一个多小时醒来，仿佛全身都处在痛苦之中，他慢慢地冲了澡。准备早餐和爱实的东西所花的时间是平常的三倍，到达青草绿幼儿园时，时间已经相当晚。

虽然得承受美雪尖锐的视线，但至少其他家长不会看到他肿胀的脸。

离开青草绿幼儿园后，他从车站附近的公共电话打电话回店里。

他问下午再进店里行不行，福井回答"没那么忙，没问题"。

桧山搭上武藏野线，从大宫前往南浦和。

虽然想坐下，但不巧没空位。桧山半个身子倚在门上。他在意乘客的目光，于是望着窗户。

在北朝霞站下车后，到车站前的派出所察看地图。

他很快便找到八木家所住的公寓。距离车站约十分钟路程，在一片兴建中的住宅区里，老旧的大型公寓显得十分醒目。

桧山进了大门，大门没装电子锁，他搭电梯上了五楼，来到八木家门口，确认门牌后按了门铃。

过了一会儿，里面有脚步声靠近。门开了。

"小武？"一个戴着棒球帽的孩子露出晒成小麦色的脸。

这个孩子大概上小学二三年级吧，一双大眼睛瞪着桧山瞧，似乎对桧山眼睛上贴的创可贴很感兴趣。

桧山在他的注视下有些退缩，但还是问少年："你哥哥在家吗？"

"不在。"少年干脆地回答后，大概是对桧山失去兴趣，跑进屋内大叫："妈！"

里面传来母亲的抱怨："怎么可以随便开门呢？"

"请问是哪位？"母亲来到门口，"报纸我们已经订了……"

话还没说完，母亲一看到桧山就露出惊讶的表情。

"我是桧山。"桧山看着那位母亲。

听到桧山的姓名，母亲似乎受到惊吓，表情僵在脸上。

是因为桧山的脸受到惊吓，还是因为眼皮上的伤让桧山的表情看起来变得凶狠而觉得害怕呢？恐怕两者都有，母亲当场呆立在那儿。

桧山一时也没作声，就这样站着，等候母亲接下来的反应。

"啊、啊，有什么事？"

母亲勉强挤出来的声音完全走调。

"请问将彦在吗？"

"他、他不在……"母亲以害怕的表情瑟缩着回答。

母亲的态度粉碎了桧山的一丝期待。对这个母亲而言，和自己孩子所杀害的被害人家属面对面，只是让她一心想逃避而已。

"请问他什么时候回来？"桧山失望地问。

"请问有什么事吗？"

"我有很多事想请教将彦，无论如何都想见他一面。不然我改天再来打扰。"

"他几乎不回家，你再来多少次都没有用。"

像是要坚决拒绝桧山再访，母亲大声地说。

"几乎不回来？他离开收容机构之后没有上学吗？"

"高中退学了，现在几乎不回家。"

这个放弃儿子的母亲的表情，令桧山感到恼火。

"你身为家长，难道就这样不管儿子？"

"就算是家长，那个孩子我也只养了六年而已。这不是我的错，是他以前的妈妈没教好才会变成这样的。"母亲歇斯底里地提高声调。

"所以就可以这样推卸责任？"听了母亲的话，桧山的怒气更增，"孩子犯下这样的罪，你还要说和你们无关？"

"你要告我们？"

言下之意是"别找我们麻烦"，桧山轻蔑地看着变了脸的母亲。

"如果你要告，告他就好了，因为我们家没那个钱，让那孩子用一辈子去还也无所谓。我们家也被拖累得很惨。因为那起命案，我先生不得不辞职，好不容易买的房子也不能住了，还遭人白眼。你想怎么样就请便吧，要杀要剐都随便你。所以请你放过我们一家人！"

母亲一口气连珠炮般说着，说完，眼中微微泛泪。

桧山看着失了魂似的母亲，心里感到一阵空虚。

在这位母亲眼里，桧山只是威胁自己生活的外敌。她害怕桧山，就像桧山害怕即将来袭的媒体一样。母亲为了保护自己的家人，拼命抵抗，但她的家人不包括八木将彦。八木将彦对这一家人来说，也是个难缠的外敌吧。

桧山转身要走。

"以后有话要说，请通过律师！"

门一关，立刻传出扣上门链的声音。

走在公寓的走廊上，不知为何，桧山脑海中浮现出若规学园樱井园长和铃木夫妻的脸。那些穷其一生与非亲非故的孩子们共同生活、保护他们、尽心尽力引导他们改过自新的人。

对八木将彦而言，在收容机构的那段时间算什么？无论那是一段什么样的日子，离开收容机构的八木并没有"家人"这个避风港。

中午过后，桧山到店里上班。

站收银的福井看到桧山的脸，大吃一惊。

"你的脸是怎么了？"

"不小心踩空了楼梯。这张脸如果去站收银，客人一定全都吓跑。"

桧山开玩笑回答。但收款机里没有办公室的钥匙。

"仁科在休息。"

桧山敲了敲办公室的门。过了一会儿，门从里面打开。"店长好。"步美说。她看到桧山的脸，露出惊愕的表情。

桧山进了办公室，看到办公桌上有丹麦苹果酥派、拿铁咖啡和参考书。

"店长，你怎么了？"

"昨天酒喝多了，从楼梯摔下来。"桧山抓抓头说。自己也觉得这个谎没有说服力，便不再多说。"你在念书啊，别管我，继续念吧。"他指着桌面。

步美回到桌旁开始看参考书。

桧山看了看挂在墙上的班表。今天一整天都有兼职工，这样自己就不必站收银了，在办公室里算兼职工的薪水好了。

桧山从架上拿出账簿，在步美对面坐下。他忽然看了步美一眼，她正以认真的表情读着参考书，这情景令桧山怀念。

祥子在休息时间也总是这样念书。沾满巧克力酱的丹麦巧克力酥派是她在工作空当的小小奖赏，她总是珍惜地吃着，从清早到傍晚，一个礼拜在店里工作六天，傍晚再去学校。

了解祥子的生活后，桧山也担心她有没有好好睡觉，问她班要不要排少一点，祥子却积极表示想尽可能工作。桧山对一个十六七岁的少女为什么要这么努力工作感到不可思议，当时他还以为是单亲家庭的关系，需要经济上的援助。

事实上，祥子对工作很积极，希望多上一点班，这对店里来说有莫大的帮助。尽管年轻，但她在工作人员中很有人望，桧山也很信赖她。

祥子专注坚毅又惹人怜爱，四周的男性工作人员都很喜欢她，只不过约过她的人都"阵亡"了。

当时，桧山才刚开店，疲于处理还不熟练的杂务，常坐在办公桌前伤脑筋。但唯有一天三十分钟与祥子面对面的休息时间，才能让他觉得放松。虽然每次聊天都只是三言两语，但祥子那些提及自己将来想做的事的话语，不知为何在桧山心中不断回响。

桧山没有那种热情。不知不觉间，他对人产生了不信任感，避免隶属于任何组织，所以才用双亲留下来的保险金开了这家店。他根本没有什么积极进取的想法，说他是"一国一城之主"固然很好听，但兼职工的任性自我和人际关系的繁杂，很快就让他感到厌烦。

他很羡慕努力活在当下的祥子。她想从事救人性命的工作，为此天天努力，在桧山眼里显得耀眼无比。爱上这样的祥子只是迟早的问题。

步美忽然抬起头来，两人视线交汇。

"有什么不对吗？"步美望着桧山问。

大概是已经不太会紧张了吧，现在她会直视着桧山的眼睛说话。桧山觉得很高兴。

"没什么，只是觉得你很用功。你后年才要考试吧？"

"我念的那所高中教学水平很差，如果不特别用功，很难考上好学校。"

"是吗？"

"店长没看履历吗？我们学校是出了名的笨蛋学校。"

桧山很意外。步美是个聪明伶俐的女孩，看她这几天工作的样子，学习速度之快令桧山有些惊讶，他还以为步美念的一定是好高中。尽管他也认为学历和社会上实际需要的能力是两回事。

步美似乎舍不得浪费时间，视线立刻回到参考书上。

桧山看到她的参考书上写了很多笔记。参考书旁放着电影票。

"这是？"

“刚才福井给我的，问我要不要一起去看。”

步美头也不抬地回答。

“这样啊。”

桧山微微一笑。想起自己当初最先也是邀祥子去看电影。

“可是，我想拒绝。”步美看着参考书说。

“你不喜欢看电影？”

“因为我有事要做。”

步美低着头，看不见她的表情，但她的语气似乎很坚定。

桧山苦笑，想起约祥子出去的时候，不，是想起好几次遭她委婉拒绝的日子。他不由得想帮福井一把。

“假如你因为不想去而拒绝他，他也不是那种会记在心上的人。不过，有时候我们会因为有人关心自己，在工作、学业上都变得更加努力！”

“我再想想看。”步美看着桧山，吐出这句话。

计时器响了。

休息时间结束，步美将参考书收进包包，端着托盘站起来。

“抱歉，打扰你用功。”

“哪里。”步美出去后不久，便响起敲门声，换福井进来休息。

福井点了烟，打量着桧山的脸，然后取笑：“店长还很年轻嘛，还会去打架呢。”

桧山也点了烟，叫了声：“福井。”

“是。”

“你欠我一包烟。”

第二章 罚

1

桧山取下贴在脸上的创可贴，丢进洗手间的垃圾桶。过了两天，红肿的地方看起来大致都消了。

走出洗手间，桧山从座位区看着柜台。今天福井难得休假。他叫住兼职工铃木裕子。

"铃木，洗手间有点脏，麻烦打扫一下。"

"好——"

裕子一面懒懒地回应，一面心不甘情不愿地向洗手间走去。

店里很忙。客人络绎不绝，但负责点餐收银的步美处理得迅速流畅，脸上也一直带着笑容传达客人的点餐。看着步美利落又礼貌的应答，桧山的心情也清爽起来。点餐的速度忽然因为一名穿西装的男子停顿下来。他正与步美交谈。

"店长。"步美朝桧山喊道。

男子朝桧山转过身来。

一看到那张脸，桧山愉快的心情顿时消失。

眼前这名男子挺直了脊背坐着。

他看起来比桧山年长几岁，但清爽不油腻的头发，再加上一双大眼睛，给人的感觉很年轻。只有那副仿佛为了掩饰娃娃脸而戴的银框眼镜让男子显得精明。

敲门声响起，裕子端着托盘走进办公室，在男子与桧山面前放下咖啡后，便走了出去。

"请问多少钱？"男子取出零钱包。

"不用了。"

"这可不行。"

男子颇为认真。桧山只好说了价钱，男子便从零钱包里取出两百七十日元放在桌上。或许是对于维持互不亏欠的关系感到满意，他这才向桧山递出名片。

根本用不着看名片。有一段时间，这个人的脸经常出现在电视上。

在男子的注视下，桧山只好看了名片，上面写着"相泽光男法律事务所 律师相泽秀树"。

"很抱歉，百忙之中前来打扰。"

话说得很客气，但他脸上一点笑意都没有。

"哪里。"

接下来便是沉重的沉默。桧山不想自己主动开口，只是后来受不了沉默，便指着咖啡杯说"请用"。

"不好意思。"相泽应了一声，将糖包里的糖倒进咖啡里，拿起汤匙。

桧山直接喝黑咖啡。看着相泽搅拌咖啡的那只手上的胎记，猜想他会怎么开口。

相泽喝了一口咖啡，说："您究竟是什么意思呢？"

"请问你指的是什么？"桧山迎上相泽的视线。

"听说您前天去了八木将彦同学家。"

果然是这件事。桧山猜中了。

"您为什么要这么做？"

相泽礼貌的语气中，暗藏着指责的利刺。

"为了去见八木将彦啊！"

"为什么要见他？"

"我有很多事想问八木。"

"您想问些什么？"

"我想没有告诉你的必要。"

桧山斩钉截铁地说，于是相泽的嘴角明显地歪向一边，不再作声。脑袋里恐怕是在思索该如何说服眼前这个人。

"我是他们的辅佐人，我有义务保护他们今后的人权。"

"人权是吗？"桧山嗤笑。

"您不能静静在一旁守护吗？"相泽露出怜悯的眼神，"他们离开收容机构，正拼命想重新做人。"

"既然要讲人权，那么我也有知情权吧？就因为他们是少年，所以被害方就完全无法得知加害者的任何事情。他们在收容机构里过着怎样的生活，怀着怎样反省的心情，我们都没办法知道。"

相泽一脸为难地搔搔头。

"我个人认为，如果要拿知情权和少年的人权相比，应该以少年的人权为优先。桧山先生的心情我也理解，那真是一起非常令人痛心的案件。只是，桧山先生因为这样而介入、打乱他们的生活，会对他们的将来和改过自新造成妨碍。"

"妨碍他们改过自新？"

桧山听到相泽这种说法，清楚地表示他的愤怒。

"桧山先生是憎恨他们的。这也难怪，但如果桧山先生出现在他们面前，他们会做何感想呢？在一个痛恨自己的人面前，他们还能够积极向前吗？"

"我的确恨他们。心爱的人被他们夺走了，当然会恨他们。但是，假如我什么都不知道，就会永远痛恨下去，难道你要叫被害者永远压抑这种心情活下去吗？"

"少年应该由整个社会来保护。桧山先生也是社会的一员，希望您能够助他们一臂之力。"

"你开什么玩笑。"

大概是对桧山的应答开始感到烦躁，相泽频频以指尖触碰银色的镜框。

相泽那双非常适合以温柔、温暖来形容的大眼睛，此刻透射出严厉的锋芒。桧山觉得他从那双眼睛窥见了这个人的本性。

"以前在媒体采访中，祥子小姐的母亲也发表过谈话。您岳母的想法非常理性，但桧山先生似乎不太了解《少年法》的理念。"

"我无法了解缺陷那么多的法律。"

"我认为那是很崇高的法律。"相泽先以咖啡润了润喉咙才接着说，"孩子是在反复试错中成长的，所以《少年法》的理念是，当他们跌倒时，以教育代替惩罚，也就是说，孩子们犯罪，我们这些大人要负很大的责任，是我们这些大人组成了目前这个社会。偏差行为越严重，我就越觉得是社会的不良风气导致孩子做出这些行为。社会不自我检讨，一发生犯罪就对少年加以严惩，我实在无法苟同当今这种舆论。"

相泽滔滔不绝地辩护。

桧山倍感厌烦，连辩都不想和他辩。

站在少年这边的那些人经常把社会、环境挂在嘴上，说是因为社会、环境、教育有问题，才会发生这样的犯罪事件。确实有这一面没错，但桧山认为，也有很多人走过了充满苦难的青少年时期，却不会步上犯罪之路。初中便失去双亲的桧山也好，从小便与母亲相依为命的祥子也好，都是克服了种种煎熬与苦难，拼命活过来的。

桧山开始想报复相泽的主张。

"相泽先生娶妻生子了吗？"

话题突然改变，相泽疑惑地看着桧山。

"我结婚了，有一个女儿。"

"令千金几岁？"

"四岁。"

和爱实同年。桧山努力甩开罪恶感。

"假如你的女儿被少年们勒死、砍死，你还说得出刚才那番话吗？"

桧山的质问让相泽的视线失去镇定，在半空中游移。

这个人在家里多半是个好爸爸，此刻一定想象了日常生活中绝不会浮现的情景。在发生那起命案之前，桧山也完全无法想象。

桧山看着相泽的表情，静待他的回答。他一直很想拿这个问题询问那些一再高喊这种主张的人。

"我的想法不会变。"相泽重整心情，视线回到桧山身上，毅然说道。

"我认为孩子真的具有可塑性，有无限的可能性。就算生长于拙劣的环境、犯下令人痛心的罪过，还是有孩子后来不断努力、重新做人，他们后来能够从事正当职业，对社会有所贡献。我知道有很多这样的孩子。这次的案子里，少年们的确犯下了重大的过错。

但是，少年们现在正努力走在改过自新的道路上。我想您也知道，泽村同学遭遇了令人痛心的事，但他离开收容机构之后，一面工作，一面在高中夜校上课，过着脚踏实地的生活。丸山同学目前在私立高中就读，努力学习。八木同学可能因为家庭问题的关系，我不敢说他已经完全改过自新了，但我认为他也是以他自己的方式在摸索往后的人生。至少，他并没有做出需要警察介入的事情。"

"相泽先生认为这就是少年们的改过自新？"

"请问您是什么意思？"

何谓改过自新？桧山一直在思考这个问题。

犯了罪的人发奋努力，从事正当的工作，就是改过自新了吗？不再做出触犯法律的行为就叫改过自新吗？对社会而言，这的确很重要，但是桧山认为改过自新并不是这样。在考虑自己从今往后该怎么活下去之前，先正视自己所犯下的过错，才是真正的改过自新，不是吗？而引导他们这么做，才是真正的矫正教育，不是吗？

改过自新是什么？

桧山抬起头来，想问这个问题，但相泽先开口了。

"我记得桧山先生也有一位千金吧？"

"对。"

"桧山先生在教养子女上没有疑惑吗？"

"当然有啊……"

"是啊，我也常常感到疑惑。该怎么教养，才能够把这个孩子养成一个不会犯罪的善良之人呢？我经常思考这个问题。凡是为人父母的人，都不希望把自己的孩子教养成犯罪者，那些少年的父母当然也一样。只是遗憾的是，教养子女并没有绝对的正确答案，我是这么认为的。桧山先生呢？"

桧山盯着相泽，想到他与爱实的生活。养育孩子是一连串的试错过程，这一点他不得不承认。

"就算管得再怎么严，再怎么努力培养孩子的道德情操，家庭再怎么和乐，有时候孩子就是会犯错。无论是我的孩子，还是桧山先生的孩子，我们敢保证将来绝对不会发生这种事吗？"

我敢吗？桧山在内心思考。但是，尽最大的努力让孩子不要犯错，这难道不是为人父母的使命吗？

"我会好好教导女儿，千万不要变成那样，这是为人父母的责任。"

"您真有自信。"相泽冷冷地笑了。

坐在那里的已经不是亲切的娃娃脸，而是透着随时准备推翻别人意见的冷静透彻的脸。

"假如她犯了错，我会和女儿一起思考该如何承受、该如何活下去。我想问你，改过自新是什么？"

桧山问，在盯住相泽的视线中加了力道。

"好好整理过去，改正生活态度。词典上是这么写的。"

相泽没有正面面对桧山的意思，闪烁其词。

"你自己怎么想？"

对于桧山的逼问，相泽夸张地叹气回应。

"看样子再怎么谈都没有交集。"

相泽很刻意地看了看手表，站起来。

"话还没有说完。"

"我也有很多事得处理。"相泽俯视着桧山说，"我认为，为孩子准备好的环境是父母的使命。我想说的就只有这个。今天谢谢您抽空见我。"

相泽不自然地很快说完，便匆匆走出办公室。

桧山很想把咖啡杯往相泽关上的门摔过去，但他勉强克制住这份冲动。

他在苦涩中喝下冷掉的咖啡，端着托盘走出办公室。将托盘粗暴地放在吧台的回收处。回收处后面的兼职工裕子吓了一跳，看着桧山。

"刚才出去的不是相泽律师吗？"

桧山往声音的来向一看，吃了一惊。贯井就坐在吧台前的桌子那边。

贯井将视线转向桧山，看到桧山难看的表情，脸僵了一下。

"你和律师打架啦？"贯井离开座位走到桧山身边，打量着桧山的脸说。

"才不是。"

桧山为了稍微转移心中的怒气，开始整理回收处的咖啡杯和玻璃杯。

"那位律师能言善辩，如果不是打架，桧山先生恐怕只能屈居下风。"

贯井开玩笑似的笑着安慰桧山。

"他撂下他要说的话就拍拍屁股走人了，"桧山熄不了肚子里的怒火，骂出声来，"律师不是要保护弱势的人吗？"

"在他们看来，嫌犯和加害少年才是弱势啊。"

"为什么会变成这样？被害者明明什么事都没做错，忽然受到莫名其妙的犯罪事件牵连，律师却更重视加害者的人权？"

"因为日本的刑法体系就是这样。"

贯井说得若无其事。

桧山用无法认同的表情看着贯井。

"战前不是有所谓的特高警察吗？他们用残酷的拷问手段，把清白的人丢进牢里，进行思想镇压，导致战后的冤狱案数不胜数。

由于有这段惨痛的历史，一提到人权，首先就会想到要保护遭警方逮捕的嫌犯和身陷官司的被告免于国家暴力的蹂躏。只不过，因为律师和刑法学者都太着重于向国家要回加害者的权利、减轻刑罚，结果反而忽视了被害者的人权。在大学里也一样，会教授很多嫌犯、被告和受刑人的待遇问题，却很少教授被害者相关的事。"

"你是念法律的？"

"嗯，是啊。"

"不过，不见得每个律师都是这样吧？"

"当然。只不过相泽律师的岳父相泽光男律师是前日本律师联盟副会长，在《少年法》修正议题上也是反对派的先锋，是死硬人权派。相泽秀树身为他的婿养子，父亲的主张想必对他影响很深，因为他迟早会继承相泽光男法律事务所。"

"司法界的未来还真是光明。"

桧山讽刺着感觉不到被害者痛苦的律师。

"相泽秀树好像也吃过不少苦，听说他因为家庭的关系没有念高中，而是以同等学力考上有名的国立大学法律系。"

"你知道很多嘛！"

"《少年法》刚修正的时候，我曾经在杂志上和他对谈过，请教他对于这次修正的看法。"

"他怎么说？"

"大概就是他刚才和桧山先生说的吧。"

桧山想起刚才和相泽之间的对话，感到更加不快。

"我不知道桧山先生怎么想，但我觉得有一部分的确很中肯。"

桧山也不认为相泽的主张全都是错的。

但是，相泽的观点太过片面，让他感觉到有所偏颇。若眼里只有保护青少年，却不站在被害者的观点来看问题，那么和被害者的情感恐怕永远都不会达成一致。

"对了，你今天来是……"

桧山一想到贯井来到这里的目的，便一脸忧郁。

"别露出这种表情嘛！"贯井露出讨人喜欢的神情，"我今天是有事想请桧山先生帮忙才来的。"

"什么事？"桧山冷冷地问。

"是这样，我这次要和社会学家宫本信也先生合作出版一本书，是关于少年犯罪和《少年法》问题的书。《少年法》修正条文实施已经两年半了，还是有各种问题和不周全的地方。所以，我想援引战后发生的少年犯罪实例和资料，参考不同立场人士的看法，全面探讨《少年法》问题。"

桧山听了贯井的话，一下子泄了气。这和泽村的案子一点关系都没有。

"我想毫无保留地陈述保护派、严惩派双方的意见。现在家庭法院的法官、调查官、律师、教育专家和媒体各方面都有人愿意协助，但桧山先生……"说到这里，贯井热切的目光停在桧山身上，"我希望桧山先生以被害者的立场，在这本书里谈谈你的想法。"

"咦？"

桧山很吃惊。

他不明白贯井真正的用意何在。身受少年犯罪伤害的人很多，为什么找上自己？此刻桧山有杀害泽村的嫌疑，贯井是不是也怀疑他？

"而且你好像有很多感触和想法。"

"要是我遭到逮捕，还可以免费替这本书打广告是吗？"

听到桧山这句有些恶毒的话，贯井的脸色沉了下来。

桧山感觉贯井的眼神变冷了，心中一阵难过。他想当成玩笑带过，便移开视线，硬是挤出笑容。

"店长，"裕子在仓储区入口叫，"一位加藤小姐来电找你。"

来得真是时候。"帮我转到办公室。"桧山对裕子说完，便留下贯井，走进办公室。

一拿起听筒，只听友里问："伤势怎么样？"

"嗯，没事了。"

"见到八木了吗？"

"没见到。八木好像几乎不回家。"

"这样啊……"接着是一段短暂的沉默，"我问过初中和八木走得很近的朋友，可是他们说现在几乎没有来往。"

"是吗。"桧山很失望。

"不过，八木好像常常在池袋混。桧山先生听说过色彩帮派吗？"

色彩帮派。桧山听说过，他们是穿着类似美国街头帮派的服装，在路上抢劫、恐吓的团伙。各帮派或蓝或红有自己的颜色，在大宫也能看到这些人在游荡。

"我不知道现在是不是还这么叫，不过八木好像跟这些人混在一起。我打听到他们常去的店，可是我自己一个人不敢去……"

"你不能去那种地方。"桧山阻止友里，"你现在在哪里？"

相泽的话闪过脑海，但他无法克制想见八木的冲动。他无论如何都想知道泽村所说的"真正赎罪"是什么。

桧山看了挂在墙上的班表。有一个兼职工7点下班，但在那之前有三个兼职工。只要7点前回来，店里应该不至于忙不过来。

"我现在就去，我们约个地方碰面吧。"

一说好碰面的地点，桧山便挂上电话。

走出办公室，眼前的厕所门把上挂着"清洁中"的牌子。不用交代也会勤于打扫厕所的，一定是她吧。桧山敲了敲门。

果然不出所料，拿着拖把的步美探出头来。

"我现在要出去一下，7点之前会回来，麻烦你转告大家。"

"好。路上小心。"

座位区不见贯井的身影。桧山在淡淡内疚中走出了咖啡店。

桧山在大宫站搭乘埼京线。座位上几乎都有人，但有一人大小的位子空着。全身的关节都还是很痛，所以桧山不客气地坐下。窗外的天空还很明亮，但一看表，已经超过4点了。抵达池袋大概要5点了。

经过武藏浦和站时，车厢里响起婴儿的哭声。

桧山往停放在斜前方的婴儿车看去，坐在婴儿车前的一名年轻母亲正在哄孩子。即使如此，婴儿的哭声还是越来越大。母亲露出狼狈的神情，四周的乘客也开始对母亲投以不悦的目光，母亲为难地从婴儿车里抱起婴儿，抱在胸前开始哄，但婴儿还是哭个不停。渐渐地，可以感觉到车厢里的视线越来越尖锐，甚至有人刻意发出咂舌声。母亲露出快哭出来的神情，哄着婴儿。

桧山觉得坐立难安，将焦点从那位母亲身上移开。

听着婴儿的哭声，他想起祥子忧郁的双眸。

听祥子说她怀孕的时候，桧山觉得自己的脸红了。那是一个寒冷的夜晚。多年来桧山总觉得自己独自活在世上，一想到有了家人，便觉得身心都温暖了起来。

"我们结婚吧！"

桧山当场毫不犹豫地说。

然而，看到抬起头来的祥子，那股暖意仿佛不曾出现过般立刻消退。

　　他觉得祥子的双眸中含着深深的忧虑。她在和他交往的期间、在店里工作的时候，都不曾露出过这种灰暗。

　　祥子说她打算拿掉，还说就连要不要告诉桧山，都烦恼不已。

　　祥子是排斥自己吗？不，不对，祥子应该是爱自己的。那么，为什么？

　　桧山不知如何是好，绞尽脑汁地想，但唯一能够想到的，就是祥子想当护理师的梦想。祥子这个春天要考护校。的确，如果她要怀孕、生产、带小孩，可能暂时无法念护校。祥子为了当上护理师，这几年拼命用功。可是，等把孩子带大到一定年龄就可以再上学，桧山也没有反对的意思。桧山用"自己也会帮忙"来说服她。

　　即使如此，祥子还是不断摇头，不肯退让。

　　"你不是想从事救人性命的工作吗？说这是你的愿望。既然这样，就把孩子生下来。这件事只有你才办得到。"

　　桧山拼命劝说祥子。

　　桧山的话，打破了祥子坚硬的外壳。不知为何，祥子当场哭了出来，而且一哭就哭了好久。只是，爱实平安诞生之后，祥子眼中的忧虑并没有完全消退。桧山还以为只要看到自己的孩子在眼前，喜悦就会胜过一切。他经常感到不可思议。

　　祥子是不是对育儿这件事感到不安、困惑呢？桧山是看到电视新闻的时候这样感觉的。新闻几乎每天都在报道青少年犯罪事件，而且县内又屡屡发生儿童诱拐猥亵案，孩童受害的案件也接二连三发生。每当看到这种新闻，都会让他认为祥子的忧虑越来越深。这是一个自己的孩子可能成为被害者和加害者的时代，祥子是不是一直对在这种时代生养孩子感到困难重重？

教养子女并没有绝对的正确答案。

桧山想起相泽的话。也许真是如此，只要为人父母，任谁都会为教养子女而不安、烦恼。祥子尽管也对社会感到不安、为育儿而烦恼，但仍拼命面对爱实。

祥子经常对睡在婴儿床上的爱实说话。她想告诉还听不懂人话的爱实什么呢？祥子给了爱实无尽的爱，虽然只有短短五个月，但祥子的爱至今仍支持着爱实。

车厢内的婴儿还在哭泣。母亲哄着抱在怀里的婴儿，脸上的表情好像在说，处于这种状况的自己才想哭。

桧山努力以温柔的眼神看着她，尽管他不知道年轻母亲能否感觉得到。

2

走出池袋车站，来到西口公园，加藤友里已经在喷水池前等候了。

桧山和友里走进公园对面的一家咖啡店。

点了饮料之后，友里迫不及待地从包包里拿出一张便条给桧山看。

"Rosa会馆附近有一家叫Loose的酒吧，听说八木和他们那一伙人经常泡在那里。"

Rosa会馆位于池袋西口的闹市区，那一区有错杂密集的餐饮店、风俗场所和游戏厅。

桧山一把拿起便条："我去就好，你别去。"

"为什么？"友里面露不满。

"我对自己的拳头虽然没有自信，但如果只有我一个人，我还逃得了。"桧山苦笑。

"你对自己的拳头没自信，这我上次就知道了，所以才更要去啊。"

"你最好不要再介入了，要是八木真的和那件命案有关，会很危险。"

友里以无法接受的表情看着桧山。

"我从八木那里听到什么，会全告诉你。知道泽村在想些什么的话，我也一定会告诉你。"

桧山拼命劝退友里。

友里沉思了一会儿："真的？"然后缓缓从包里拿出一张照片。

桧山看了友里递给他的照片。照片上是三个天真烂漫的少年。

"不知道有没有参考价值了。桧山先生不知道八木长什么样子吧？"

"这是他们？"桧山看着友里。

见友里点头，桧山的视线再次回到照片上。

"是发生那件命案之前一起去露营时拍的。"

桧山凝视着手中的照片，对少年们的模样感到惊讶。照片里三个少年的神情是如此天真无邪。

"这是和也，这个是八木，这个戴眼镜的是丸山。"

友里一一指着为他说明。

照片正中央穿着T恤的泽村肤色黝黑，看起来就是个爱好运动的少年。右侧的丸山肤色白皙，感觉纤瘦。而据说会行窃、恐吓的八木，也不过就是个头比其他两人稍微大一点而已。桧山越看越觉得他们不过是天真的普通少年。

由于深知三人后来犯下什么案子，少年们这么普通的模样反而对桧山造成冲击。

"和这时候比起来，和也变了很多：身高长高了不少，也变得老成了。我想他们两个和这时候相比，应该也变了很多，不过，还是给你参考。"

友里用"拜托了"的眼神看着桧山。

桧山点点头，把照片收进口袋里。

桧山在咖啡店前和友里分开，走向西口的闹市区。

一穿过罗曼斯路的牌楼，花花绿绿的刺眼灯饰和四散于各店门口的喧闹便包围过来。夜色渐浓的繁华街道，此刻更加强力地挑逗行人。桧山在视觉与听觉的刺激中前进。

经过KTV和餐厅，弯进后面的小路，便是和风俗场所相连的区域。揽客的人不断纠缠着手上拿着纸条四处张望的桧山。桧山一边敷衍应付这些人，一边觉得心跳渐渐加快。

Bar Loose位于风俗场所和电话交友店密集的大楼地下室。粗糙的招牌仿佛刻意要藏在色情酒店华丽的霓虹招牌后，悄悄挂在大楼墙上，丝毫感觉不出希望生意兴隆的意思。

走下通往地下室的楼梯，桧山走了一段便停住了。地下室像洞窟般幽暗，楼下的氛围显然不欢迎生客，用不着别人开口，桧山也不会来第二次。他一咬牙，走下楼梯。楼梯太暗，他连走都不好走，只听到铺有油布的地板发出的咯吱声在耳边响起。

来到地下室，一打开眼前的门，仿佛会把身体弹开的重低音喇叭声震遍全身。

狭窄的店内，弥漫着超标的二手烟味。有一个可供六七人坐的吧台，以及三组桌椅。桧山朝坐在正中央桌子旁伸长了腿的客人看过去，四个穿着松垮坦克背心的年轻人，正一边喝着酒一边懒洋洋地抽烟。

搞不好八木就是其中一个？桧山若无其事地环视四周，店内昏暗得连长相都无法辨别。但可以确认的是，四个年轻人的上臂和脖子上都有数量惊人的刺青。

一个留着如狮子的鬃毛般发型的男子，朝站在入口的桧山瞥了一眼。其他三人也顺着他的视线看过来。他们的眼神锐利，桧山想起前几天吃的苦头，肌肉不禁僵硬起来。桧山并没有把头撇开，而承受锐利注视的补偿是他确认了其中没有看似八木的人。

桧山移动目光，朝吧台看去。眉毛很淡的酒保正冷眼擦着玻璃杯，从T恤里露出来的手臂，一直到手腕，全都刺满了密密麻麻的鱼鳞刺青，活像鱼人怪兽。

桧山在吧台最里面的位子坐下，跟连正眼也不瞧他一眼的酒保点了啤酒。

酒保来到桧山面前，嗤笑着说："客人，你走错地方了吧？"

"没有，请给我啤酒。"

酒保一脸"真麻烦"的样子，随手在桧山面前放了一罐百威，连杯子也不给。酒保仿佛故意忽视桧山般走开，待在吧台另一端，双手交叉抱胸。桧山想，同样从事服务业，这种待客态度竟然也能做生意？但是从另一个角度来想挺令人羡慕的。他开始担心这罐啤酒的价钱。

桧山拉开拉环喝了啤酒，完全喝不出味道。就算酒保端出来的是汽水，这时候的他大概也喝不出来。桧山喝着一点醉意也无法提供的啤酒，拼命想如何制造开口打听八木的机会。但无论他再怎么想，也想不出什么好办法。看样子还是得单刀直入了。

"今天八木没来吗？"

桧山努力装成随口问问的样子。

店内的气氛顿时为之一变。本来在桧山背后闲扯淡的男人们突然都没了声音，桧山觉得背上的视线几乎令人刺痛。那四个人应该是八木的朋友吧，就算背后没长眼睛，也猜得到他们现在是什么表情。

酒保一脸讶异地看着桧山。

"你是将彦的朋友？"

"朋友……我在找他，想见他一面。"

"你是谁？保护官还是什么？"

"他才不是！"

后面响起刺耳话语的那一瞬间，桧山后颈擦过一阵锐利的风。

一个刺中什么东西的声音让桧山向右看去。一支飞镖插在旁边墙上挂着的飞镖盘上。桧山一面转头看着后面的桌子，一面不由得伸手摸摸后颈。起鸡皮疙瘩了。那些人面露冷笑。

"大叔，你就是在电视上哇哇叫的那个吧？"

狮鬃男以挑衅的眼神吼道。

"什么电视？"酒保问。

"将彦不是说过吗，以前有人在电视上放话说要杀将彦他们。"

"哦。"酒保露出恍然大悟的表情。

"他说以前的朋友在暗处遭到偷袭，被杀了。"

"我什么都没做。"

桧山辩解。那些人一副当场就要扑过来咬桧山的样子，站了起来。

"将彦说，你要是有本事就来试试看。一对一单挑的话，他随时奉陪。"

"我只是想跟八木谈谈。"桧山以防备的语气说。

"他还说收容机构什么的说起来一点都不光彩，把你宰了进少年院或监狱才有身价。"

听了男子的话，桧山愤怒地回瞪着他。

另一个人抓住桧山的胸口大吼："不然我们来陪你也可以。"

桧山甩开他的手。

"我没有要对八木做什么，我只是有话想问他而已。"

"大叔，你以为你是谁啊？"

"住手！"酒保走出吧台怒吼，"不要在我这里闹事！"

酒保这一吼，那些人立刻停下了动作。酒保的态度浇灭了他们的气焰，让桧山亲身体会到这里的强弱关系。

酒保抓住桧山的衣襟，把他拎出店外。

"钱不用给了，快给我滚。"

"我有事情无论如何要见到八木，当面问他。"

"他这阵子都不会露面的。"酒保在桧山耳边低声说，"他虽然嘴硬说了那种话，但以前的朋友被杀，他其实也有点怕。"

"我真的什么都没有做，也不打算对他怎么样，只是想谈谈而已。"桧山从口袋里取出店里的火柴，"能不能请你把这个交给八木？"

酒保一笑置之。

"就算给他，他也不会打电话的。这个世界上，他最怕的就是你。"

"只要交给他就好。"

桧山把火柴塞给酒保。

酒保一脸无奈地将火柴放进长裤口袋，回到店里。

回到池袋车站的时候，已经超过6点40分了，实在不可能在7点前回到店里，桧山只好请两位兼职工努力撑到他回去。他在找公共电话，手机坏了之后，一直没时间去买新的。

由于正值上下班高峰，埼京线四号月台非常拥挤。电车正好停车，但桧山放弃上车，准备等下一班。到处都是广播声、喧闹声，还有格外刺耳的高分贝铃声。四周充斥着无形的叹息，不用看也知道他们全是沉闷和了无生气的样子，就连桧山也觉得心里特别堵。

他觉得刚才那些人的言行，等于让他见识了八木的现况。八木绝对没有反省，也没有改过，轻而易举便粉碎了桧山仅有的一丝期待。祥子的死对八木而言究竟算什么？对他们的矫正教育究竟又算什么？像这样，就算多知道一些，也不过让他的愤怒与空虚如铅块般往心底沉。

"电车即将进站。"

站牌亮了，月台开始播报。

八木会不会和他联络呢？

刚才酒保说，八木很怕桧山。八木以为杀害泽村的是桧山吗？八木虽然虚张声势，却也害怕死亡。现在的桧山认为这好歹也算是一种安慰，因为这是在惩罚你这个没有被判罪、不知反省的家伙。

一阵尖叫声划破了月台的嘈杂。

桧山抬起头来。视野的右端瞬间捕捉到令人难以置信的画面：一个人影从月台上跳出去，一下子就不见了。

掉到铁轨上了——他当下这么想。

排在他右侧的人们叫嚷着看向铁轨，但一听到刺耳的警笛声，便又惊慌后退。

电车一面发出怒吼般的警笛与紧急刹车的巨大声响，一面逼近。温热的风吹过桧山的脸颊，背上却窜过一阵恶寒。

电车发出刺耳的噪声停住，好像只比预定停车位置稍微远一点点而已。桧山环视四周，月台处处都是塞住耳朵的人，议论声和尖叫声四起。一阵强大的力量从桧山背后压过来，是月台上的人为了看落轨现场而挤上前。电车并没有开门，里面的乘客好奇地看着月台。

那是一瞬间发生的事，连按下紧急按钮的时间都没有。那个人还活着吗？虽然只看到一眼，但似乎是男的。桧山觉得喘不过气来。人越来越挤了，有人显得很担心，但也有人显然是来看热闹的，嘴角露出丑陋的笑容，一副没看到死伤现场很吃亏的样子挤了过来。

桧山很不舒服，四面八方朝身上挤过来的压迫感和现场的混浊空气，令他反胃想吐，真想及早从这个乱糟糟的地方离开。

有人抓住他的肩膀。他往后看，是车站站员一边说着"不好意思"，一边推开桧山和他旁边的男人，往电车方向前进。

"请退后，退后！"

站员好不容易抵达电车前方，在门边蹲下来，朝月台和电车缝隙看，说了些什么。四周的人屏息以待。

"在那里不要动！"站员朝下方大叫。

听到这句话，人群中传出"还活着""听说还活着"等混杂着放心和失望的声音。

桧山看着旁边一脸扫兴的男子，为一个素昧平生的陌生人的平安感到高兴。

然而，依这个状况，电车应该没办法立刻行驶吧。虽然得绕远路，但看来到田端搭京滨东北线回大宫才是上策。

桧山在人潮中逆向往楼梯走去。

步美和裕子从办公室出来。

步美对在收款机前计算营业额的桧山说："店长辛苦了。"

"辛苦了。今天真的很抱歉。这些丹麦酥虽然是卖剩的，不过你们可以挑自己喜欢的带回家。"

"太好了！好幸运！"裕子笑着对步美说。

桧山也笑了。真现实。步美还好，但裕子从桧山回到店里到现在，一直板着脸。

桧山回来时，店里客人相当多，光靠两个人撑一定很辛苦，但看到步美工作的情形，桧山放心了。步美不仅会点餐收银，不知何时连饮料也会做了，而且动作又快又正确。当然是福井教得好，但不用说也知道，步美很努力学。

裕子开心地将甜甜的丹麦酥装进纸袋里。

"仁科要选哪些？"

步美轻轻摇头："我刚才休息的时候吃过了，而且我有点赶时间。"

"别客气啊，这个可以放到明后天。"

"没关系，我不用了。我先走了。"

步美向桧山打过招呼，便钻过拉下一半的铁门走了。

"那，店长，仁科的份可以给我吗？"

裕子看着桧山微笑。

终于算完营业额，桧山正在喝咖啡机里剩下的咖啡时，听到外侧传来敲打铁门的干涩声。

有人忘了东西吗？他这么想，朝入口一看，只见一个身穿西装的男子说声"抱歉这么晚来打扰"，钻过铁门进来。是三枝刑警。

三枝朝铁门外比了一个手势。看来外面有人，是上次那位长冈刑警吗？

"可以耽误您一点时间吗？"

三枝走近吧台说。话虽然说得客气，不由分说的压力却比上次更加明显。

"外面有人的话，要不要请他一起进来？"

桧山拿起杯子喝了一口，煮过头的苦味在嘴里扩散开来。

"不了不了，不用费心。不是什么大事，只是确认一点事情而已。"

"要来一杯吗？"桧山举起杯子。刑警来确认什么呢？桧山心中泛起不安。他不想让三枝看出他的不安，故作悠闲："不过这是机器里剩的，很苦就是了。"

"多谢多谢，因为我们今天恐怕整夜都没得睡了。"

桧山将咖啡倒进杯里，递给三枝。

"谢谢。"三枝接过杯子喝了一口，"真好喝。你们用的一定是好豆子。"

桧山苦笑。三枝刑警显然是个相当严重的味觉白痴。

"那么，今天是要确认什么？"

"桧山先生今天一直待在店里吗？"

三枝竟然问起今天的行动，桧山感到讶异。

"怎么这么问？"

"请不要误会，只是确认而已。"

三枝照例运用脸上的皱纹展现出亲切讨喜的态度，但从他的眼光中感觉得出他有明显的目的。

"4点多我出去了一下。"

"那么，你是几点回来的呢？"

"7点半过后才回来的。"

"请问您到哪里去了？"

"池袋。"

一听到这个地名，三枝的瞳孔微微动了一下。桧山都看在眼里。他有不祥的预感。

"请问去那里做什么？"

桧山迟疑了。他不能说是去找八木，如果说了，三枝一定会追问动机。他不愿意让警方产生莫须有的怀疑，以为他是为了攻击那些少年而寻找他们。

"去买点东西。"

"买东西啊……"三枝沉吟着。

"到底为什么要问这些？"

"你到哪里买了什么？"

三枝以"什么事都逃不过我的法眼"的眼神望着桧山。

桧山不禁想别开视线。虽然不知道警方究竟想问出什么，但随便说谎是不管用的。三枝的眼睛这样告诉他。

"到东急手创馆去买pitcher。"

桧山想起一个月前的事，说了谎。

"Pitcher？"

桧山指指垃圾桶上方。

"就是水壶。因为不太够。"

"有收据吗？"

"今天没有买，因为没有我想要的大小。"

"那个东西有重要到即使这么忙也要抽空去买吗？"

桧山吃了一惊。三枝向刚才离开的兼职工问过自己的行动了吗？

"我本来是打算早点回来的，不过回程的电车因为落轨事故停驶了。"

"是啊，"三枝以一副早已知情的神色点点头，"刚才我们接到了池袋署的联络。"

"联络你吗？"

"6点48分，池袋站四号月台有高中生落轨。那个时间，桧山先生在哪里？"

三枝的视线停留在桧山身上。

在三枝的注视下，桧山心中涌出不明的恐惧。他知道自己脸上的肌肉僵硬，已经无法掩饰不安。

"落轨的是丸山纯。"

"咦？"

桧山无法立即理解这句话的意思。

三枝仿佛在欣赏桧山的反应般保持沉默。

"怎么可能……"

"这是事实。"

桧山的视野似乎变暗了。不用力看，就连近在眼前的三枝的脸都看不清楚。

"据说丸山纯是从补习班回家时遇到意外的。所幸及时躲进月台下的空隙避难，所以只有跌落时擦伤而已。"

令桧山脸上肌肉僵硬的不安，现在已经环绕全身，引起轻微的痉挛。桧山把咖啡放下，发出摩擦吧台的声音。

真令人难以置信。在他去找八木将彦的回程路上，居然就遇到丸山纯。世上竟有这种偶然？

桧山想起当时视野一角捕捉到的男子身影。

那个人就是丸山纯——

"据调查的搜查员说，丸山表示有人从背后推他。"

桧山抬起头来，打消了刚才的想法，认为这是偶然的，想必只有他自己。对警方而言，这不是偶然，而是必然。查出丸山所在地的桧山放下工作跟踪他，然后将他推落月台。这么一想，就全部说得通了。

桧山真后悔，他很想收回刚才向三枝说的话。警方一定马上就会去调查桧山有没有到东急手创馆吧！他迟早都要说出八木的事、去那家酒吧找他的事，还有加藤友里的事。应该现在就说吗？桧山犹豫了。

"桧山先生目击了事件发生吗？"

三枝切入核心。

"是的……"桧山迟疑着低声说，"我就排在落轨的人旁边。"

他认命了，这时候再敷衍搪塞也没有用。因为桧山想起他曾经和抓住他的肩膀、挤过人群的站员对看。警方若是拿他的照片访查，一定马上就会查出来。

"是吗？"三枝叹了一口气，"那个时间，月台上人很多吧。"

桧山点点头，一面点头，一面在脑海中拼命回想当时人群中的面孔。攻击丸山纯的人就在那些人群中，然而记忆却像加热过的酒精，已经从脑海中蒸发了，顶多也只能说，里面应该没有桧山认得的人。

"要是有人能够证明桧山先生到底站在哪里就好了。"

桧山观察着三枝的表情。三枝的表情很复杂，说不上是怀疑还是担心。

警方一定也会去查访站员和在场的乘客吧。在那人挤人的月台上，有人能够证明在旁边排队的桧山和意外无关吗？

"爸爸，工作还没做完吗？"

突如其来的声音让桧山吃了一惊，他朝入口看去。

爱实钻过铁门朝桧山走来，跟在她后面进来的美雪一看到三枝便站定不动。

"对不起，原来还有客人啊。"

"哪里哪里，没关系。这位是？"三枝问桧山。

"是我女儿的幼儿园老师。"

"爱实今天都没睡，说要早点来找爸爸……"

"请别管我，我正要走。"三枝露出和刚才截然不同的笑容，摸摸爱实的头，"爱实妹妹，你好。"

"你好。"爱实笑着说。

"谢谢你的咖啡。"三枝把咖啡杯还给桧山，低声说，"我现在得去找丸山问话。"

三枝一面对爱实与美雪露出笑容，一面走出去。

三枝一离开，桧山便拼命索求爱实的笑容。不这么做，只怕他会发疯。

向总部下完订单的时候，爱实已经在吧台前的沙发座上睡着了。坐在她身旁的美雪或许是从桧山的表情上感觉到出事了吧，一直用不安的眼神看着他。

桧山结束了工作，背起爱实，和美雪一起走向大宫车站。

路上，美雪担心地问起，桧山便将从三枝那里听来的丸山纯的事简单说了。美雪一脸无法置信的表情，说不出话来。

后来，美雪跟他说的话他几乎都没有听进去。不，话是听进去了，他的神经却没有做出应有的反应。

在大宫车站和美雪告别，桧山踏着沉重的脚步走到宇都宫线的月台。

月台上稀稀落落的几个上班族和醉客懒散地站着，准备踏上归途。他们一整天因为工作或待客而耗尽心力，成为一具具空壳。桧山的理由虽然和他们完全不同，但也一样虚脱，光是站着就觉得累坏了的虚脱感，支配了桧山全身。

爱实熟睡后的轻微鼻息拂过桧山的后颈。

他得思考。如果不思考、不洗清警方对他的怀疑，恐怕就会破坏他们现有的生活，破坏他和爱实在一起的宝贵时光。现在自己所能做的，只有分析案情了不是吗？

丸山纯究竟遭到谁的攻击？他的思绪立刻跳到这里。

这究竟跟泽村和也的命案有没有关系？今天在月台攻击丸山的人，就是杀害泽村的人吗？

这两件案子有共同点：第一点是两人都是杀害祥子的加害者；第二点是两件案子都将桧山深深牵连在内。泽村和也的命案也好，丸山纯的意外也好，无论怎么想，桧山都遭到某人设计，好让警方怀疑他。但是，真的办得到吗？他觉得泽村的命案在某种程度上是可行的。凶手掌握了桧山一天的行动，蓄意选定桧山独处的时间，在桧山附近杀害了泽村。

只是，丸山的情况就无法解释了。桧山今天的行动完全不在计划之中，去池袋是今天下午才决定的，那个时间到车站月台也是桧山自己的意思。就算犯人掌握了丸山纯的行动，知道他在那个时间会搭乘电车，也无法把桧山和丸山两个人凑在一起吧！桧山与丸山在同一个月台，而且就在附近，只能说是巧合。

攻袭丸山的犯人，在攻袭丸山时并没有嫁祸于桧山的意思，但当时桧山碰巧就在附近——只能这么想了。桧山确定他在月台那群人当中并没有看到熟面孔。这就表示，那群人当中有桧山不认识却对泽村和丸山怀有杀意的人。

会是谁呢？

桧山忽然惊觉一件事，一只手伸进长裤口袋里找，取出友里借给他的照片。

"我想他们两个和这时候相比，应该也变了很多，不过，还是给你参考。"

他想起了友里的话。

"八木……"桧山喃喃说出他想到的名字。

泽村遭到杀害前在找八木。虽然不知道内容是什么，但泽村是为了要真正赎罪而寻找他。

桧山不知道八木现在的长相，只看过他四年前初中时代的照片而已。就算多少还有一点影子，但经过成长发育最快的四年，在那一大群人中，桧山恐怕也认不出来吧？

假如这样推测呢？八木基于某种原因对丸山怀有杀意，为了伺机攻击丸山而跟踪他。在抵达月台后，八木下手了，而桧山碰巧在场。再不然，就是八木追丸山追到月台，在那里发现桧山刚好也在，认为这是个绝佳的机会，便动手了。

也可以反过来想：要是桧山到酒吧找人的时候，八木就在附近呢？八木跟踪桧山到车站月台，而丸山纯刚好就在那里……

电车亮着车灯进站了。桧山不禁退后两步。

他轻轻摇头。刚才那些想法，只不过是脑中的空想。即使如此，桧山还是深信八木掌握着这两件案子的关键。

3

隔天早上，桧山从大马路上走过来，看到咖啡店时，福井正在为开放式露台的植物浇水。这难得的光景，让桧山产生了比下雨更糟的预感。

福井注意到桧山，便放下洒水壶跑过来。

"你现在最好不要进去。"福井慌张地说。

"怎么了？"

"来了很多媒体，占了吧台前的位子，说要等店长来。"

桧山重重叹了一口气。他料到了。

千钧一发　池袋车站落轨事故　高中生奇迹生还

小归小，但今天早报上还是报道了丸山的落轨事故。继泽村的命案之后，这回换丸山出事了，也难怪媒体会把这些和桧山联想在一起。

"究竟发生了什么事？"福井问。

"没什么大不了的。"

桧山不太自然地回了一句话让福井宽心，接着便走进店里。

他不能不来上班，也不愿意让别人以为他在逃避，因为他根本没有做任何亏心事。

即使如此，对于媒体，他还是希望能躲就躲，但这家店既没有后门也没有后窗，想进办公室就非得从店门口进去，经过座位区不可。

桧山走进店里。

坐在吧台前桌位的那一群人，一认出桧山便站了起来。四五个记者挤上前来。

"桧山先生，您知道了吧？那件命案的加害者有两人遭到攻击，一个死了，另一个受了伤。"

桧山闪避记者，从收款机里拿了办公室的钥匙。他的视线和站收银的步美相对，步美不知如何是好般垂下了眼。

桧山想往座位区走，记者却挡在他面前。这些面孔他见过，就是也曾在祥子命案发生时这样践踏他生活的那些人。

"你有什么想法？请说句话！"

记者顽强如橄榄球选手般的躯体挡住了路，桧山无法前进。座位区的客人们也好奇地看着他们。

"和我无关。"桧山瞪着其中一名记者说。

他的态度似乎燃起了记者的好胜心。

"现在的情形变得和你当时说的一样。这是对那几个少年的惩罚吗？"

桧山没有作答。他答不上来。他像是推开记者般猛力转身。

"请发表一下意见！"

即使背后吼声震天，他还是头也不回地进了办公室。

接下来的几个小时，桧山都关在办公室里。他完全没有心思处理事务，只是频频叹气。福井很细心，帮他买了牛肉盖饭，他却完全没有胃口。

敲门声响起，桧山站起来开了锁。步美端着托盘站在门外。

"我可以进来休息吗？"步美有些顾虑地问。

"当然。"

步美从托盘上拿起咖啡递给桧山。

"福井说，如果店长想要什么，请打内线给他。"

步美在桧山对面的位子坐下，从包包里拿出参考书翻开。

"不好意思，变得吵吵闹闹的。"

"哪里。一开始不知道是什么事，吓了我一跳，不过福井已经跟我说明了。"

"是吗？"桧山点点头，"他们还在吗？"

"不在了，刚才那些人已经走了。"步美皱起眉头，不屑地咒骂着，"真是一群不懂得别人痛苦的烂人。"

步美的话让桧山惊讶地望着她。他头一次看到步美露出这种态度。步美总是很有礼貌，这次竟然为了桧山如此生气。对于此刻身陷忧郁和孤立中的桧山而言，步美和福井的厚谊令他深受鼓舞。

"店长的太太是个什么样的人？"

步美才说完，就好像后悔这么问似的盯着地板，大概因为问起这种令桧山想起悲伤过往的事感到过意不去吧。

"她和仁科很像。"

桧山尽力露出笑容。

"咦？"

步美睁大了眼睛。不知是对桧山的笑容感到意外，还是听到自己竟和一个素不相识的人相像而吃惊，露出困惑的表情。

"她也想当护理师，也是一边念书一边在这里打工，每天拼命工作，连休息时间也舍不得休息，全都拿来看书，就像现在的仁科一样。她说她想做救人性命的工作。"

桧山向步美说起他对祥子的敬意。祥子的人生已经结束了，但是，身边有人怀抱着和祥子一样的梦想，并努力朝着梦想前进，让桧山很高兴。他无论如何都想把这个想法告诉步美。

"这样啊。"

步美低声说完，视线便落在参考书上。

自己竟因步美的态度而有点失望，桧山不禁暗自苦笑。他以为步美对他的话会更感兴趣。只是，就算听了这些，步美也不知道该如何反应吧。

步美一边心无旁骛地读她的参考书，一边用荧光笔画线。拿着荧光笔的手微微颤抖。步美心中也为一个素不相识的女子竟死于非命而感慨吗？

办公室的电话响了。

也许是媒体。桧山虽有不祥的预感，但仍接了电话。

"喂。"

对方没有出声。

"喂……喂！"

在重复了几声后，桧山猜到电话是谁打来的了。

"八木吗？你是八木吧？"

桧山朝在桌旁念书的步美瞥了一眼，压低声音。

"你是八木吧？"

"你干吗纠缠我？"

可能是要让他安心讲电话吧，步美走出了办公室。

"我有事想问你。"

"你也是用这种借口把和也叫出去的吗？我告诉你，你恨我们根本就是搞错对象了！"

"什么意思？"桧山怒气冲冲地说。

"昨天把丸山推下去的也是你吧？"

八木的声音显得疑心重重，为了弄清楚他真正的意思，桧山一面竖起耳朵仔细聆听，一面回答。

"我什么都没有做。攻击他们的不是你吗？"

"我没事干什么攻击他们？"

"泽村遇害之前为了真正得到赎罪而到处找你。"

"真正得到赎罪？那是什么东西？"

"我就是不知道他是什么意思才找你，你应该知道才对。泽村本来究竟想要做什么来赎罪？"

沉默降临。终于，犹如平静的水面泛起阵阵涟漪般，桧山听到闷笑声，仿佛从听筒另一端吹来令人不悦的气息，他开始感到不安。

"我给你看个有趣的东西。"

"有趣的东西？"桧山皱起眉头，"什么东西？"

"你看了就知道。见面的地点由我来决定，我可不想突然被人家割了脖子。"

桧山暗暗咂舌。

"在哪里？"

"这个嘛……埼玉超级竞技场，你知道吗？"

"知道，离这里很近。"

"正面C出口，6点。我记得今天有血腥山姆的演唱会，人多正好。"

"我一定到。"

桧山挂了电话。他叼起烟点着，吸两口烟到肺里，在烟灰缸里按熄，然后浮躁地站起来走出办公室。

他和正好从厕所出来的步美四目相对。大概是他的表情十分可怕，步美看着桧山的表情很僵硬。

5点二十几分时，桧山离开了办公室。他对着站收银的福井说：

"我出去一下。一两个钟头就回来。"

"知道了。"

桧山走出店门，看了看手表。

埼玉超级竞技场位于埼玉新都心，大宫的下一站。他没去过，但曾从电车车窗看过那巨大的外观好几次。

八木到底要让他看什么？他说是有趣的东西。那东西和泽村所说的"赎罪"有关吗？桧山的脚步自然而然加快了。

桧山走在前往大宫车站的路上，后面却有人大叫："店长，等一下！"

桧山回头，问喘着气跑过来的裕子："怎么了？"

"有一位早川小姐打电话找你。"

"有什么事吗？"桧山微微皱眉，深感没有手机的不便。

"爱实妹妹好像生病了。福井叫我赶快来找你……"

不等裕子说完，桧山就已经拔腿往店里跑。

一回到店里，拿着听筒的福井说声"他回来了"，便把电话递给桧山，听筒贴住耳朵的同时，便听到不寻常的声音。

"爱实不得了了！"

"究竟怎么了？"桧山的语气不由自主地强硬起来。

"爱实抽筋了。"

美雪很慌。一般当育婴师的人，应该不会只因为幼儿抽筋就这么慌张。美雪非比寻常的惊慌，让桧山脸上没了血色。

"很严重吗？"

"爱实没有发烧。如果是伴随着发烧的痉挛就不必这么担心，但是她一直发作，意识也不是很清醒。我们刚才已经叫救护车了。"

"我知道了，我马上过去。"

桧山才放下听筒就冲出去，在旁边听到电话内容的福井担心地目送他。

桧山奔向青草绿幼儿园，一边跑，脑中一边闪过与八木的约定。但爱实几乎占据了他所有的心思。

远远听到救护车的警笛声，桧山加快了速度。

救护车停在大楼前的马路上，有好几个行人停下脚步，抬着爱实的担架正要送上救护车，美雪一脸不安地跟在旁边。

桧山往救护车车尾快跑过去。

"美雪老师！"

美雪听到桧山的叫声回过头来，露出了几分安心的表情。

桧山看向担架上的爱实。爱实脸色苍白，全身僵直，不断痉挛。

"爱实！"即使桧山叫她，她也没有反应。

在救护人员的催促下，桧山登上救护车。

"我也一起去。"美雪也上了车。

救护车响起警笛，开车了。

看到爱实翻着白眼的那张苍白小脸，桧山后悔不已。他静静地将自己的手放在爱实颤抖的小手上，微弱的振动让桧山更加自责。

这是天谴，是上天在谴责没有好好看护爱实的自己。明明是惩罚自己，为何要让爱实受这种苦？桧山不断自责。

"不会有事的。"

美雪在桧山僵硬的手背上添加了一丝温暖。

从医院搭出租车回到公寓时，已经是深夜了。诊察结束，医生说情况已经稳定，不需要担心，便让爱实回家了。

在出租车里，爱实在桧山和美雪之间睡得很熟。听着她轻微的鼻息，桧山和美雪都露出安心的表情。

车门一开，桧山便抱起爱实，小心不吵醒她。

美雪付了出租车费后下了车。

"不好意思，等一下我再给你。"

美雪摇摇头，说没关系。

"真的是麻烦你了。"

"不过，真是太好了，不是很严重。"说完，美雪的视线停住了。

桧山随着美雪的视线往公寓大门看，一认出朝他们走来的人，桧山的神经便紧绷了起来：是三枝刑警和那个姓长冈的刑警。

三枝看到桧山抱在怀里的爱实，便小声说了句"晚上好"。

站在旁边的长冈，依旧以要牵制住桧山似的眼神看着他。美雪一脸不解，同样看着桧山。

"我们到咖啡店拜访，但贵店的员工说桧山先生已经回家了。"

桧山从医院打电话回店里时，福井说"店长今天就直接回家吧"，主动揽下打烊的工作。桧山也就接受了福井的好意。

"可以耽误一点时间吗？"

平常总是沉着稳重的三枝，这时却以不由分说的强势态度说着。

"我女儿发生痉挛，可以请你明天再来吗？"

桧山毫不掩饰自己的烦躁，说完便从眼前两名男子身边走向大门。美雪也跟在桧山身后。

"八木将彦被杀了。"

听到三枝这句话的一刹那，桧山的心脏剧烈跳动，剧烈得甚至让他担心心脏的震动会把胸前的爱实震醒。

"八木……"

桧山缓缓转身，只见三枝点点头。

"今天晚间7点半左右，在埼玉新都心附近的新干线高架桥下停车场，发现一具遇刺身亡的尸体。八木的手机拨出的最后一通电话是桧山先生的咖啡店，下午2点47分。"

美雪以震惊的表情面向桧山。她的眼神在问：八木是谁？

"详细情形要等验尸结果才知道，但从发现尸体时的状况看来，距离死亡时间并不久。推定死亡时间多半是在7点半发现尸体的前一小时左右。"

桧山承受着三枝的注视。埼玉新都心附近新干线高架下，就在埼玉超级竞技场旁。八木在等待桧山的时候被杀了。这冲击更加强烈地震动着桧山的心脏。

"很抱歉，请问那段时间桧山先生在哪里？据贵店员工说，桧山先生5点半左右便离开了。"

"在医院。"美雪开口说，"桧山先生的女儿抽筋得很厉害，用救护车送到医院。桧山先生5点半左右搭上救护车，然后就一直在医院待到现在。我也一直待在桧山先生旁边。"

美雪一口气说出这段话。

三枝与长冈对看一眼。然后问桧山：

"请问是哪一家医院？"

"大宫西综合医院。"

桧山一说，长冈便记下来。

"这样啊。"

三枝呼了一口气。是为了猜错人而可惜，还是为桧山有不在场证明而安心？不知三枝叹这口气是什么意思。

"深夜前来打扰，真是非常抱歉。"三枝有礼地鞠了个躬，然后才担心地看着爱实，"今天已经很晚了，可以请桧山先生明天到署里来一趟，和我们谈谈吗？"

"我知道了。"

桧山回答完，三枝他们便离开了。

"八木是谁？"

美雪掩不住疑惑，问道。

桧山视线游移，回答：

"少年A。"

一听到桧山的回答，美雪的眼神就变得很严厉。桧山知道她想说什么，她在责备自己把爱实丢在一旁，一直去找那些少年。

"我来叫出租车吧。"

桧山故意把话岔开。

桧山送美雪上了出租车后，回到家里。

为了不让起居室的灯光照进房间，他只拉开一小条门缝，钻进寝室。爱实在被窝里发出熟睡的细微鼻息。桧山帮她理好被子，温柔地抚摸她的头发。

爱实救了我——他这么想。我的目光再也不会离开你了，已经结束了。他全身的力气都没了。

谢谢，对不起。望着爱实的睡脸，他不断在心中重复这两句话。

回到起居室，祥子正从置物柜上的相框里对他微笑。

难道……是你救了我?

桧山凝视着相框里的笑容。对了,祥子的个性一向是看到有困难的人就不能不出手帮忙。

桧山笑了,努力忍住在笑的那瞬间差点夺眶而出的泪水。

4

打开电灯开关,漆黑的店里变亮了。打开音乐,早晨清爽的乐声响起。

桧山把柳橙汁倒进纸杯,递给乖巧地坐在吧台前沙发上的爱实。虽然比平常早起,但爱实的双眼闪闪发光,大概是非常期待今天的到来。

桧山回到吧台,打开咖啡机的电源,把在水槽洗好的抹布利落地放在吧台上。

"早安。"福井和步美钻过半开的铁门进来。

"早。你们可以晚点来没关系啊。"

咖啡店早上7点半开门营业,所以每天早上7点之前要到店里来准备开店。桧山今天请了一天假,福井和步美自告奋勇要当全天班,所以桧山告诉他们,开店的准备就由他来负责。

"阿健早。"爱实露出笑容。

爱实认识福井,都叫他"阿健",跟他很亲近。

步美立刻进了吧台给桧山帮忙。

"爱实早。这个,是姐姐和哥哥送你的礼物。"福井说着,给了爱实一只装了点心的塑料袋。

"谢谢。"爱实开心地拿给桧山看。

"谢谢你们。"桧山向福井和步美道谢。

"哪里。"步美轻轻点头回礼。

只听福井在吧台外发出赞叹声,叫着步美:"仁科。"

桧山转头一看,福井正看着爱实的万花筒,啧啧称奇。

"好漂亮啊!我从来没看过这么漂亮的。"

"也给姐姐看。"爱实对吧台里的步美微笑。

虽然应该不是点心的效果,但爱实似乎也把步美列入重要人士之中了。

步美会怕生,露出有些客气的表情,但还是在爱实和福井的催促下走出吧台。

于是换福井进入吧台,接手步美的工作,在砧板上切柠檬片。

"很漂亮吧!"爱实得意地说。

桧山也转过头看正盯着万花筒的步美。大概是美得令她感动吧,只见她看得忘我。

"很棒吧?很棒吧?"

双眼离开万花筒后,步美还沉浸在自己的世界里,连爱实问她话都没反应。接着她盯着表面美丽的金属雕刻猛看。

"这个是在哪里买的?"

步美以无论如何都想知道的语气问爱实。

"不知道,是妈妈买给我的。"爱实高兴地回答。

"仁科好像很喜欢啊。"在桧山身旁的福井说,"店长,那个哪里有卖啊?"

"我也找过,不过没找到。怎么?你想要啊?"

"她生日快到了。"福井小声回答。

"原来如此。"桧山笑了,很识趣地没再追问下去。

开店准备完成,店里的铁门全部拉开,桧山和爱实便坐进停在店门口的三菱帕杰罗车里。

"该休息的时候你们一定要好好休息。今天想吃什么都可以。"

桧山对出来送他们的福井说。接着便开车上路。

他从车内后视镜看着后座，爱实一直朝后面挥手。

桧山把车开往航空公园站。

他不好意思让美雪假日还特地来大宫，所以约好在航空公园站碰面。

窗外出现了桧山熟悉的风景。他想起为了寻找八木和丸山的家而来到这里的事，怀着略微复杂的心情，驾着车行驶在通往车站的林荫大道上。

祥子的命案发生时，美雪和那几个少年住在同一片土地上。

车开进航空公园站的交通环岛，转了一圈。

后座的爱实把脸贴在车窗上看着外面。

"啊，美雪老师！"

爱实先看到美雪。桧山也循着爱实的声音，朝着环岛的人行道看过去。桧山一看就明白为什么他比爱实晚一秒钟才发现美雪了。

美雪穿着清爽天蓝色连身洋装，仿佛与温煦阳光融合在一起，一手提着大篮子，带着腼腆的笑容挥手。平常在青草绿幼儿园只看过穿着牛仔裤的美雪，因此在桧山眼里，美雪简直就像换了一个人似的。他一瞬间眯起眼睛，恐怕不只因为阳光的关系。

美雪打开后车门上了车。

"早安。"然后打开篮子给身边的爱实看，"我做了便当喔。"

他们在爱实的欢呼声中出发。

车子从所泽交流道驶入关越自动车道。放眼望去，天空万里无云。

桧山不时朝车内后视镜看，爱实和美雪正在后座玩接龙游戏，爱实久违地露出开怀的笑容。

一进入湾岸线，爱实就安静多了。大概是在看右手边的东京湾吧。

他在葛西临海公园的大停车场停了车。一下车，迎接桧山他们的，是给肌肤适度刺激的阳光和东京湾吹来的海风。

桧山看向竖立在停车场的地图。

这个充满绿意与水的地方有很多可看的东西。有水族馆、鸟园、自然公园。从哪里玩起才好呢？

桧山还在犹豫，便听到美雪说："我们要不要先去水族馆？"还告诉爱实："有企鹅喔！"爱实便等不及似的撒腿就跑。

桧山和美雪夹着爱实，三人手牵手走在休闲步道上。桧山和美雪拉着爱实的手荡来荡去。

看着爱实开心的侧脸，桧山心想，他从来没有这样和爱实、祥子三人一起出门过。过去，他一直无法给予爱实这理所当然的快乐。

桧山仰望清澈的天空。

祥子正在某处看着这番情景吗？

一进入水族馆，爱实的双眼便闪闪发光。只在电视上看过的企鹅就在眼前，一举一动都勾起孩子的好奇心。桧山看着这样的爱实，沉浸在平静安稳之中。他终于从这两周以来不间断的紧张与不安中解放了。然而，心中这不舒坦的感觉是什么？

八木遭到杀害时桧山的不在场证明已得到证实，如此一来，对桧山的怀疑也会减轻。

桧山前往警署接受了侦讯。他将泽村遇害以来的行动一五一十地告诉了三枝：他去过若规学园的事、从加藤友里那里听说的泽村的情形、八木遇害当天在电话里和八木的对话……凡是想得起来的他都说了。三枝用心听着桧山的话。八木说要给桧山看一个有趣的东西，但八木的随身物品当中，却没有疑似的东西。三枝他们的项目小组对此显示出强烈的关心。

"桧山先生想知道少年们是否已改过自新的心情，我们能够理解。只是，接下来就是我们警察的工作了，请你不要再介入。"

三枝斩钉截铁地交代。

这他当然知道。尽管心急，却也只能恳请项目小组逮捕凶手。

桧山心想，真有知道泽村赎罪内容的那一天吗？

在绿油油的一大片草地上，爱实本来开心吃着美雪亲手做的饭团，一听到小鸟的叫声便又跑走了。

桧山吃饱后，便仰躺在草地上。但即使沐浴在舒适的阳光中，他心头的阴霾依然挥之不去。

"不好玩吗？"

美雪直截了当的问题，化成一根利刺刺中了他。

"好玩啊。爱实也那么高兴。"

美雪望着在大树下倾听小鸟叫声的爱实。桧山也看着同一个方向。

"这种时刻是很重要的。"

桧山咀嚼着美雪的话，点点头。

爱实好像怀着重大秘密般跑回来。

"有好多好多小鸟喔！"

"爱实，我们来拍照吧！"桧山从口袋里取出手机。

"新买的对吧？还有照相功能！"

爱实听到美雪的话，高兴地点头，灵巧地爬上桧山的膝头，招招手说："美雪老师，这边！"

美雪露出有点客气的表情，但还是在桧山旁边坐下。

桧山拿起相机，朝着他们三人自拍，将肩并着肩的三人全都纳入照片里。

"好像一家人喔！"

爱实无心的一句话，让桧山的心情有点复杂。美雪什么都没说，只是微笑。

他们在鸟园散步之后，决定回家。

三人走在前往停车场的路上，微风徐徐吹过。临近黄昏的天空，将大地染成橘红色。

走在最前面的爱实停下来了。桧山和美雪朝爱实凝望的地方看过去，同时发出赞叹声。

远远的，摩天轮发出宝石般耀眼的光芒。

"是万花筒耶！"爱实高兴地说。

没错。凝聚了光线的圆正如万花筒般灿烂夺目，好似百花齐放。

爱实双手圈成筒状，从里面望出去，一面做着转动的动作，一面出神地看着挂在黄昏天空中的万花筒。

桧山的视线从前方缓慢移动的光带移向车内后视镜。后座的爱实依偎在美雪身上睡着了。

"今天真谢谢你。"

看到爱实心满意足的睡脸，桧山向美雪道谢。

"哪里，我才该道谢，真的玩得很开心。"

"难得休假，还要你出来。"

"我假日都没事做，很无聊，下次请再约我。"

"当然。美雪老师肯来，爱实也很高兴。不过，美雪老师也有重要的人吧。"

桧山欲言又止。过去他从没问过美雪的私事。

"没有啊。"美雪露出一丝苦笑。

"很难相信呢！依美雪老师的条件，一定很多人追……"

"桧山先生才是，不打算再婚吗？"

"我没办法考虑再婚。"桧山平静地说，"只是，我会想这样对爱实究竟好不好。"

"能有你这句话，祥子真叫人羡慕。"

"我以前一定不是什么好丈夫。"桧山自嘲，"美雪老师一定会遇到好对象的。"

"我不行的。"后视镜中的美雪不断摇头，"因为我很胆小……"

看到美雪的双眸，桧山不由得把视线移回前方车窗。心中出现不明的悸动。因为美雪那双漆黑的眼眸中，有他曾看过的灰暗。

第四章　告白

1

车子在路口左转。路旁是家庭餐厅和车子的展示中心。大片窗户反射的光让人觉得刺眼。

"眼睛好酸啊。"坐在驾驶座的长冈抱怨。

前座的三枝看了长冈一眼，露出苦笑。也难怪，这阵子长冈每天都窝在署里看录像带。

八木将彦被杀的第二天，桧山贵志依约前来，三枝便对他进行侦讯。

与三枝面对面，桧山似乎很紧张。但当三枝关心起他女儿的情况，桧山回答"没事了"，脸上略略出现笑意。也许是紧张的情绪终于放松了，他开始以沉着的语气回答三枝的问题。

桧山的话引起了三枝的注意。

三枝立刻调阅埼玉超级竞技场各处装设的监视摄影机的影片，证实了桧山的话，C入口附近一架俯瞰的监视摄影机拍到了疑似八木的人。和在停车场被发现时一样，穿着深色连帽运动衫，一头倒竖的金发。

影片中的场景有点混乱。当天原定举办当红摇滚乐团的演唱会，因此挤满了清一色黑衣金发打扮的年轻人。画面中凝聚的热气令人担心会不会发生暴动。询问工作人员之后，发现当天的演唱会因摇滚乐团团员身体不适而延期。

6点，拨开人群来到会场的八木烦躁不安地在四周踱步。七分钟之后，八木停下脚步。在一片混乱喧闹中，八木的脸转向某个方向，凝视片刻之后从镜头前消失。接下来，其他摄影机就无法找出八木的身影。因为画面中挤满了人，无法从中清楚判别出八木。一个半小时后，在埼玉超级竞技场后方的新干线高架桥下的停车场找到了八木，那时他已经是一具背上插着利刃遭人刺杀的尸体了。

关于桧山和八木在电话中的谈话，桧山想得起来的都说了。八木说要给桧山看一个有趣的东西，这句话最令三枝在意，因为在八木的遗留物品中并没有类似的东西，只有皮夹、手机、香烟、打火机，以及钥匙之类的东西而已。钥匙是住家和机车的钥匙，而从皮夹还在这一点可以判断凶手并不是为了劫财而行凶。

从桧山的话，听得出八木认为自身有危险，警觉性相当高。八木指定了碰面的地点和时间，也选择人多的地方和桧山见面，但他为何特地前往没有人的停车场？

当时八木是因为看到什么才离开的吗？考虑到这一点，有可能是八木认识的人把他叫走了，而且是一个能让八木卸下警戒的人。是否正是这个人邀八木前往停车场然后将他杀害，并且将八木准备给桧山看的东西带走了？

究竟是怎么一回事？

三枝回想起加藤友里的话。三枝从桧山那里知道了加藤友里，也直接和她谈过。多半是桧山事先告诉她已向警方说出她的事情，三枝找上她时，加藤友里很爽快地答应了，感觉也很平静。

她的谈话内容与桧山所述一致。泽村和也遭到杀害前，曾与昔日的朋友联系，到处打听八木现在住在哪里，却没有告诉朋友这么做的目的。

泽村和也对加藤友里表示要"真正赎罪"。泽村是为此才寻找八木吗？这和八木准备让桧山看的"有趣的东西"是同一件东西吗？这就是泽村和也、丸山纯、八木将彦这三名少年遭到攻击的原因吗？

三枝轻轻摇头。这些全都没有答案，搜查完全回到原点。只有减轻了桧山贵志的嫌疑这一点，让三枝的心情稍微轻松了些。

"他就快回来了。"长冈睁着充血的双眼说。

三枝严肃地点点头。唯一的线索就只有他了。

丸山纯所住的大厦位于北区的十条车站旁，耸立在热闹商店区后面的住宅区，是一幢崭新的米色建筑。

三枝他们进了大门，按了对讲机。

"你好，我是今天早上联络过的埼玉县警三枝。"

电子锁一开，他们便搭电梯上三楼。

走到丸山家门口，门已经半开了，故作年轻装扮的母亲用应付推销员的表情迎接三枝他们。

他们在一间约十坪大的起居室沙发上等了一会儿。母亲端上四人份的红茶和蛋糕。这是三枝他们工作上罕见的礼遇，母亲的态度却十分冷漠。

丸山纯开了门，走进起居室。三枝和长冈立刻站起来。

三枝努力装出笑脸说：

"不好意思，在你身体不舒服的时候来打扰。我们有几个小问题想请教一下丸山同学。"

丸山纯顶着一张苍白的脸站着。全身上下只有黑框眼镜还有存在感，除此之外，全都显得隐约模糊，仿佛随时会消失。

在母亲示意下，丸山纯和母亲并肩在三枝他们对面坐下，放在膝头的手微微颤抖。

"不必这么害怕。"三枝为了缓解他的紧张这么说道，丸山却像被狮子盯住的小动物般畏缩。

命案发生已经过了四年，但只有丸山给人的印象没变。泽村和也和八木将彦经过了四年的岁月，变得判若两人，虽然并不是只有"少年成长了"这种正面意义，但至少在身体上发生了变化。但是只有丸山纯一个人，给人的印象就和第一次到那所中学去找他时一模一样：瘦弱的身形、乖巧的长相，全身上下仿佛只看得到一副眼镜。那时候三枝问起校徽的事，他也像现在一样畏怯不已。

"小纯怎么可能不害怕呢？他可是差点被杀啊！到现在连饭都吃不下。你们案子到底查得怎么样了？"母亲尖声说。

三枝喝了红茶，把叹息吞下。难道在医院里问话时的情况又要重演了吗？丸山纯在池袋车站月台落轨后被送到医院，当时也是这位母亲歇斯底里地不断搅局，光是询问事发经过就费了他们好大一番工夫。

"我们就是为了逮捕那个犯人，才要向丸山同学请教一些问题。"

"四年前我儿子也只是受到连累而已，这样迁怒实在太过分了。请快点把那个人抓起来。"母亲愤慨地说。

这个母亲到底明不明白？桧山贵志的妻子再也无法抱她的女儿、再也无法看到女儿成长了。就算自己的儿子真的只是受到坏朋友唆使，毕竟还是参与了这起重大惨案。

"丸山太太，很抱歉，可不可以让丸山同学跟我们单独谈谈？"

三枝有礼地低头拜托。

"我在有什么不方便吗？"母亲的眼神变得很凌厉，"如果要我离席，那就找相泽律师来陪他。"

相泽律师——指的是丸山纯他们的辅佐人相泽秀树律师吧。三枝内心苦笑。三枝有几次好不容易逮捕了嫌犯，却在嫌犯的处置上三番两次败给他的养父相泽光男。还真是后继有人啊。

"不了不了，我们只是要厘清一些问题而已。那么，就请您列席吧。"无奈之下，三枝只好挺起身子，对丸山说："我会提出几个问题请你回答。我们想早点逮捕攻击你的犯人，你愿意诚实回答吧？"

丸山怯弱地点头。

"首先，之前我也问过，你从池袋的月台跌下去的时候，身旁有没有认识的人？或者有没有人跟踪你？"

"我不知道。也许有，也许没有。"声音小得几乎听不见，"月台人很多，而且那天我身体不舒服……只想早点回家……"

"据说泽村同学出事之前在找八木同学。你知道这件事吗？"

对于三枝的问题，丸山的嘴好像遇到高温的贝类一样，闭得死紧。

"你知道吧？"三枝追问。

"泽村同学曾打过一次电话来家里。"丸山低声说。

母亲垮下脸看着丸山。

"是吗？"

"可是，我没跟他碰面。电话一接起来就是他的声音，我不知道他是怎么查到的。"丸山拼命解释。

"你和他说了什么？"

"没什么……他问我知不知道八木同学现在住在哪里，知道的话要我告诉他。我说不知道就挂了。"

"就这样？你没有问他为什么要找八木同学？"

"我马上就挂了。我又不知道八木同学在哪里，也不想再和他们扯上关系。"

他只有这时候语气变得强硬。

"泽村同学好像想赎罪。"

"赎罪？"丸山吃了一惊似的抬起头来。

"对。你知道是什么意思吗？泽村好像想为被害者桧山先生家做些什么。我们不知道他究竟想做什么，你知不知道？"

丸山偷看坐在身旁的母亲一眼，然后摇头说："不知道。"

"你真的什么印象都没有吗？希望你能仔细想想看。"

三枝以热切的眼神说道。

"赎罪的话，我只想得到道歉。去向那家人道歉，供奉鲜花……"

丸山纯断断续续地回答。

三枝眼角虽然捕捉到母亲的目光，仍继续问：

"你向桧山家道过歉了？"

"没有……"丸山低着头，"我想总有一天要去。可是，我心中一直在道歉，一直在说对不起。"他开始呜咽。

三枝觉得真是失策。他明知让对方情绪波动会妨碍问话，但即使如此，他无论如何都想知道在与丸山及他母亲谈话的过程之中，丸山究竟隐藏了什么情绪。

"可以了吧？"母亲充满敌意地看着三枝。

"再一个问题就好！"三枝打断母亲刺人的视线，"你们那时候为什么要到北浦和去？从所泽到北浦和相当远不是吗？"

丸山遮着脸，激动地哭着摇头：

"我不知道。我只是跟八木同学他们走而已。"

三枝他们犹如遭到母亲尖锐的视线驱赶般，离开了丸山家。

2

桧山看看店内的挂钟，10点多了，扫视吧台，只见兼职工站在那里闲得发慌。漫长的暑假已经结束，工作日的这个时间段是得强忍呵欠的闲暇时间。

桧山帮露台咖啡座的植物浇水，去大楼的信箱拿了邮件，便回去敲办公室的门。

门一开，眼前出现的是异常的情景。

正在休息的福井居然坐在桌前认真看书。认识福井这么久，他从来没见过福井看漫画以外的书。这可不是玩笑，更进一步说，这时候天要是再下起雪来，这个月都要出现赤字了。

"你在干吗？"

"看了就知道，当然是在看书啊。"

福井用一脸"你以为我不会看书吗"的样子回应桧山的注视。

"看什么书？"

"我想考看护师的专门学校。啊，不过，不要告诉别人。这把年纪还读书考试挺丢脸的。"福井有些害臊地笑了。

"怎么会突然想当看护师？"

"这个嘛……"福井抓抓头，"这不是可以帮助别人的工作吗？"

传染源很清楚了。福井非常容易被人看穿，这让桧山差点笑出来，但看到他认真的眼神，桧山忍住了笑。

"目前为止，一直都没有人依靠我，我父母也压根就不指望我，所以我向来都只做自己想做的事，可是最近开始觉得：这样好寂寞。"

"我一直很依靠你啊。"

桧山真心说。

"所以我很喜欢这家店啊。我暂时还会在这里打扰，请多指教。"

瞄了一眼在一旁继续开心看着参考书的福井，桧山将手里的邮件分类，不需要的传单广告扔进垃圾桶，水电费缴费单就收到架上。剩下一只大信封。里面的东西硬硬的，摸起来像是录像带。是百老汇咖啡总部寄来的新的操作示范带吗？可是上面又没贴邮票。收件人那里只贴了一张印刷字体印的"桧山贵志先生收"，翻到背面也找不到寄件人的姓名。桧山觉得奇怪。

计时器响了。福井的休息时间结束，他离开了办公室。

门一关上，桧山便拆开信封，取出里面的东西。果然是录像带，除此之外什么都没有。录像带上面也没有任何标签，就是一块什么都没有的黑色塑胶。

桧山将录像带放进电视和录放机合一的十四寸小电视中。在黑白的雪花画面之后，出现了一片模糊的绿色画面。画面不安定地边摇晃边后退。

这是什么？桧山把脸凑近电视，盯着焦距模糊又左右摇晃的深绿色画面看了一会儿，他感到有种类似晕船的不适感。

这卷录像带是什么东西？这实在不是专业人士拍的画面。应该是外行人用家庭录像机拍的，而且还是没什么经验的新手。

桧山失去兴趣，想关掉录放机。

画面向上，拍摄着远方。虽然还是不清晰，但总算出现景色了。似乎是在杂木林里，四周一整片都是茂密的草木。

刚才充斥画面的模糊绿色，应该是某种草吧。因为镜头太近而失焦了。

画面仍然左右摇晃。在某一点静止，变成远景。镜头仍摇晃得很厉害，不清楚究竟是在拍什么。

桧山觉得眼睛很累，便把视线从画面移开，取出烟点上火，吐了一口烟，才又去看画面。

看得见人影了。在粒子很粗糙的画面中，杂木林里出现三个人影。焦点慢慢定住，粗粒子变得清楚了，看来是小孩。三个小孩在杂木林里背对镜头伫立。是小学生吗，还是初中生？从穿过树叶缝隙的阳光强度看来，季节应该是夏天。三人都穿着牛仔裤，戴着棒球帽。画面已经稳定下来，看得出他们穿的短袖上衣分别是黑色、白色和红色。

画面一面捕捉少年，一面向左移动。草挡住了少年们的身影。然后又拍到少年了。影像的角度向左移动了九十度左右。镜头拍摄着少年们的侧脸，稍微拉近了些。

桧山定睛注视画面。

三名少年前面站着一个人。与其说是人，不如说是幼童更恰当。幼童的身高只到少年们的腰部，好像在哭，做出用手擦脸的动作。是男孩，还是女孩？从戴着蓝绿色棒球帽看来，应该是小男孩。

这卷录像带究竟在拍什么？桧山感到困惑。该关掉吗，还是要继续看下去？他心中产生了一种继续看下去会后悔的预感。画面中散发的寒意让他脸上冒汗，唾液缓缓流入干渴的喉咙。

穿着白色短袖上衣的少年上前一步，棒球帽的影子下露出了眼镜。他朝眼前的幼童伸出手，手上握着东西。闪了一下，好像是刀子。

这个少年想做什么？桧山注视着画面，心跳越来越快。

幼童一边哭着一边慢慢脱下裤子，白衣少年在幼童前面蹲下，另外两名少年则拍着手起哄。白衣少年缓缓将尖尖的东西靠近幼童的下半身。

然后，刀子忽然一动，插进某个部位。

画面顿时剧烈摇晃。幼童尖叫，瘫软般跌坐在地。本来在拍手的少年僵住不动。

桧山背上窜过一阵恶寒。他无法继续注视画面，拿着烟的手颤抖着，他知道自己全身都起了鸡皮疙瘩。

敲门声响起。桧山回过神来，连忙关掉录像机。一开门，一位男兼职工探头进来："我可以休息吗？"

"可以……"

桧山以干涩的声音回答，在烟灰缸里按熄了烟，手里不舒服地捏着一把汗。

回到家哄爱实睡了之后，桧山悄悄关上拉门，在起居室的沙发上坐下。身子一陷进沙发里，便有种落入深深黑暗里的虚脱感。身体早就想休息了，绷紧的神经却顽强抵抗。

后来桧山试着冷静思考：放在店里信箱的那卷录像带究竟是什么？那卷录像带拍摄了三名少年的猥亵行为。不，说猥亵太轻微了，那是对一个根本没几岁的幼童所进行的恶劣犯罪记录。影片里的幼童看来和爱实年纪相当。光是回想起那个景象，桧山就反胃想吐，全身血液因为愤怒和憎恶在体内沸腾冲撞。

为什么要寄那种东西来？究竟是谁，又是为什么寄来那种影片？

虽然不明白为什么，但寄件者应该是拍下那段影片的人吧。是少年们的同伙吗？犯罪者留下自己的犯罪记录是极有可能的事。只不过，从那个拍摄角度来看，这不像记录，反而更像偷拍。

究竟是谁拍下那种东西？桧山想破头也想不出。他唯一能够推测的，就是影片中的那三个少年，应该就是八木将彦、泽村和也和丸山纯。

桧山从包里拿出那卷就连拿在手里都令人惶恐惊惧的录像带，然后再拿出他向加藤友里借来的照片。沙发对面就是三十六寸电视。

用这么大的画面来看，应该可以看得很清楚吧。只不过，桧山没有再一次直视那种卑劣行为的勇气。

桧山站起来，悄悄打开拉门。被窝里的爱实发出熟睡的呼吸声。确认之后，他又关上拉门。

桧山下定决心，将录像带放进录放机。

3

桧山把车停在明治路旁。

他看了看表，快12点了。从车窗射进来的阳光好刺眼。桧山眯起眼睛，朝左手边长长的墙看过去。还很新的墙再往前十公尺便是校门。

桧山取出烟，点了火。学校可能还有后门，所以这个办法并不保险，但他也别无选择。他决定在这里等。

收到录像带已过了一周。对照过向友里借的照片之后，桧山确信录像带中的人正是杀害祥子的那三个少年。

从少年们的模样可知，那是许久前拍摄的，大概是友里那张照片拍摄的时候。这么一来，这段影片所拍摄的少年们，就是在犯下祥子命案之前的样子。

看着录影带，桧山脑海中闪过八木的话。

"我给你看个有趣的东西。"

八木所说的"有趣的东西"，指的莫非就是这卷录像带？

想到这里，桧山又想，假如这卷录像带就是八木所说的"有趣的东西"，那么杀害八木的凶手已经拿走了录像带。现在桧山手上却有同样的东西，那么少年们遇袭和这卷录像带有关系吗？

桧山考虑过该不该把录像带送交给三枝刑警。假如这和少年们遇袭有关，那么这对办案应该会是重要的线索。

但是，桧山犹豫了。因为录像带是送到他这里来的，其中一定有什么用意。

桧山心想，只能直接向丸山纯问出真相了，听了丸山的说法之后再送去给警方也不迟。

桧山拜托友里找出联络丸山的方法。友里从以前的朋友那里收集了一些情报，虽然不知道住在哪里，但问出了丸山所念的学校。那所学校位于东京都丰岛区，是新设的男校。

围墙中传出铃声。这所高中周六也上课。过了十分钟，穿着白色短袖上衣的学生们走出校门，三三两两四散而去。

桧山看着照片的视线转向人行道。学生们从旁边的人行道经过。他认得出来吗？这已经是四年多前的照片了，虽然丸山或多或少应该还保有原来的影子。桧山以不至于令人起疑的程度，注视人行道上的人群。

他不由自主地别过脸。

因为他在黑白交杂的人群中，发现了可能是目标少年的身影。短袖校服底下露出来的手臂，呈现那种只有他一人也能让人想到冬天的白皙。这个少年给人的印象就是没有印象。他全身透出警戒的气息，战战兢兢地一个人走着。他没变。被眼镜抹消了存在感的淡淡表情中，唯有卑微地歪斜的嘴角，和那个时候握着刀子蹲在幼童前的表情一致。

桧山下了车，混进人行道的人群中。四周的学生和朋友们谈笑，十分热闹，不必担心会跟丢。在这嘈杂的人流中，只有他一个人格格不入。

白皙的少年过了马路，并没有走通往车站的大马路，而是选择了小巷。是舍弃了热闹中的孤独，选择了宁静中的孤独吗？对桧山而言，这还真是求之不得。

"丸山。"一转进小巷，桧山便从后面叫他。

忽然被叫住的丸山身体一震，在恐惧中缓缓回头。

"你是丸山纯没错吧？"桧山问。

丸山回望桧山片刻，接着，印象稀薄、五官平淡的脸上浮现丑陋的阴影。

桧山慢慢走近丸山。丸山浑身发抖，像只寻找洞穴的小动物般，眼珠左右不停转动。

"我不会对你怎么样，只是想跟你谈谈。"

"救命！"

或许是觉悟到只有后方才有退路，他转身想跑。

"我想问你这卷录像带的事！"

丸山突然停下脚步，向前倒下去。他一手撑着地，回头看着桧山。

看到桧山手上高举的录像带，他的表情仿佛冻结一般。

桧山在适当的地方掉头，往池袋方向行驶。

一拿出录像带，丸山便乖乖上了车。丸山坐在副驾驶座上，桧山朝他放在膝上的手看了一眼，那双透明般的手感觉不到血液的脉动。就是这双手拿刀刺了祥子的身体，就是这双手置祥子于死地。桧山拼命将因激动而颤抖的手按在方向盘上。

明治路上有好几家家庭餐厅，但他要谈的事并不适合在平静的午餐情景中进行。桧山直接驶过这些餐厅，把车开进路上看到的KTV停车场。

可能因为是星期六中午，柜台挤满了穿着校服的学生和附近的主妇。即使如此，等候不到十分钟，店员便把桧山他们领进狭小的房间。他们面对面在沙发上坐下，向店员点了两杯可乐。店员关上门离去后，令人窒息的沉闷立刻包围了他们。

眼前的丸山始终低着头。隔壁传来应该是女学生的歌声。

可乐送来之后，丸山的视线定在黑色桌上的某一点，动也不动。

桧山一直盯着丸山的一举一动，试图从他缺乏变化的表情中感觉出他内心的波动，即使是一丝一毫也好。但桧山一无所获。他有好多事要问这名少年，有好多事想得到答案。如今，眼前这名少年是唯一知道祥子临死状况的人了。

桧山心中再度泛起无法遏制的憎恨。在祥子临终的那一刻，桧山无法陪在她身边。如果可以，他多希望能够陪在祥子身旁，直到她停止呼吸、失去意识的那瞬间，就算那一幕再怎么悲惨，他也希望能够送她最后一程。现在桧山只能依靠想象实现，而祥子临终的模样，到底又在这个少年的记忆里留下了多少？

"你、你……想对我怎么样？"丸山又惊又怕地问。

"我不会对你怎样。我有很多事必须问你。"

桧山压抑着感情回答。

"我没去补习班，我妈妈可能会因为担心去报警。"

桧山勉强忍着不对他动手，但这句话惹火了他，他瞪着丸山。

"你以后多的是时间。在读书之前，你还有其他该做的事吧！"

丸山感觉到紧张的气氛，身子显得更畏缩了。他垂着头，肩膀颤抖着，开始哭泣："对不起……对不起……"

桧山一直盯着沿着丸山脸颊滴落的水滴。这只是一般的生理现象吗？或者这是从丸山心中溢出的情感呢？桧山无法判断，问：

"你还记得我太太临死前的样子吗？"

丸山掩住脸，抽噎着点头。

"你绝对不能忘记。你以后还会继续活着，无论你将来成为什么样的人，我太太被你们杀害时最后的表情、那时候的痛苦，你都绝对不能忘记。"

桧山激动地吐出如沸腾般的感情。

"对不起……对不起……"

丸山的啜泣声在室内回响。

"接下来我问你的事，你要老实回答。"

丸山的喉咙似乎被什么哽住了似的，咬字并不清楚，好像回答了"是"。

"这卷录像带拍的是你、八木和泽村对吧？"桧山说着，把录像带放在桌上。

丸山看到这卷录像带的表情让桧山觉得丸山本来就知道有这卷录像带。

"对……"丸山以几乎听不见的声音点头。

"这是谁拍的？"

"不知道。"丸山摇摇他细瘦的脖子。

"可是你知道这卷录像带的内容。你们对年纪那么小的小孩子做出这种卑劣的行为。这卷录像带究竟是什么?"

丸山紧闭着嘴不出声。桧山双手交叉抱胸,等丸山回答,他却没有反应。

"好吧。"桧山站起来,"我是在浪费时间。"

丸山抬头看在开门的桧山。

"你要做什么?"

"把录像带交给警方。"

"等一下!"丸山一脸急切地站起来,"我并不想做那种事!"他头一次表达意见。

桧山关上门,在沙发上坐下,紧盯着丸山的脸。

"我是小学五年级的时候转学的……"丸山无力地坐在沙发上,口齿不清地开始诉说,"马上就受到班上同学欺负。每天上学不是被捉弄就是被当成空气,没有半个要好的朋友。我不想让爸妈担心,不敢把我一直受欺负的事说出来。小学毕业以后,几乎所有同学都会上附近的初中,可是我妈叫我去考私立中学。考上那所学校是远离他们唯一的机会……不然也不会变成这样……"

丸山一副"这就是罪魁祸首"的样子,整张脸都扭曲了。

这些并不是桧山想知道的,但他决定默默听下去。

"考试前一天,班上的人把我叫出去,说我摆架子,打我,还说什么你这种人不管到哪里都注定受欺负。他们对我全身又踢又打,结果害我没办法专心考试,落榜了。我妈很失望,我自己一想到接下来三年还要过那种生不如死的日子,甚至考虑要自杀。就在这时候,泽村同学来找我。在那之前,我几乎没和泽村同学说过话,可是他运动很强,偶尔会找我一起玩接传球。我很高兴。"

丸山的表情略微放松了。但嘴角马上又是一紧，继续说：

"我们偶尔会两个人一起出去玩，很快就在游乐中心跟泽村同学的朋友八木同学也熟悉了。八木同学从小就被人家说成是不良少年，可是一起玩的时候没有那种感觉。而且，只要和八木同学他们在一起，就不会有别人欺负我。虽然偶尔会跟我要钱，可是只要当成是保护费，也就觉得没什么。只是，没想到他竟然叫我做那种事……"

仿佛想起了骇人的情景般，丸山的脸抽搐了。

"是八木命令的？"

"本来是八木同学自己干的。他会把在航空公园的小孩子带出去，威胁他们、欺负他们。"

"为什么要对小孩子做那种事？既然八木以不良少年自居，找同年纪的不良少年打架不就好了？"

"我也不知道。不过，大概是他很恨那个年纪的小孩。"

桧山想起前往八木家时，从门后探出头的弟弟，四年前年纪应该和影片里的幼童差不多。继母只疼自己的亲生儿子，不理自己。八木是将心中累积的不满和憎恨发泄在无辜又无力抵抗的幼童身上吗？

"不过，事情要是在附近传开，会被警察盯上，所以他就命令我去把小孩子带出来。我不想做那种事，可是要是反抗八木同学，在学校又要过生不如死的日子。一想到这里，我就不敢反抗。那么丢脸的事，我不敢让任何人知道。"

丸山之所以吐露真相，其实并不是基于罪恶感，而是一心害怕这卷录像带会送到警方手里吧。

"这是谁拍的？"

"我不知道。"丸山摇摇头。

"你知道有这卷录像带，没错吧？那你应该猜得到是谁拍的吧？"

丸山苍白的脸上越发没有血色。他有所隐瞒。这一点桧山非常肯定。

"对你来说，这是极想要隐藏的污点，可是这卷录像带里毕竟有重要的线索。我认为，泽村和八木被杀、你遭到攻击，都和这卷录像带有关。还是应该报警才对。"

"是拍这个的人攻击我的？"

丸山露出害怕的眼神。

"这样想才合理。再来就由警方去调查了。"桧山站起来，"你自己也要小心。"然后冷冷地加上这一句。

"凶手在你太太身边……"丸山喃喃地说。

这句意想不到的话让桧山转过身来。

"什么意思？"

或许是被桧山激动的神情吓到了，丸山的嘴像拼命喘气的鱼般不断张合。

"这是什么意思！"

丸山那句令人无法理解的话，让桧山勉强锁住理性的最后一颗螺丝钉也弹开了。桧山双手抓住丸山的衣领，把他按在沙发的椅背上。

"你隐瞒了什么！说！"

他对即使衣领被抓住仍迟迟不肯吐露实情的丸山勃然大怒。

"那卷录像带是寄到八木同学那里的。"

丸山哭叫着。桧山松开抓住丸山的手。

"怎么回事？"

"那件事的前一个礼拜，八木同学收到了一个包裹。"

"'那件事'是指杀害祥子吗？"

丸山涨红着脸拼命点头。

"里面有这卷录像带，还有用电脑打的信和照片。"

"照片？"

"桧山太太的照片，在公园里推婴儿车的照片。"

桧山茫然地看着丸山。他们说的是同样的语言，他却无法理解丸山的话，简直就像看着外星人似的。

"怎么会有祥子的照片？你少胡说八道！"

丸山拼命摇头。

"信上写着桧山先生家的公寓住址，要我们杀掉这个女人，否则就把这卷录像带的拷贝寄给警察，还要到父母的公司散布……"

桧山为这番出乎意料的话感到惊愕不已，视线在丸山脸上打转。丸山平滑的脸颊不断抽搐。

这叫他如何相信？有人利用这些少年杀害祥子？祥子不是那种会引起别人杀意、和人结仇的人。她是个人见人爱的女孩，总是专注、认真、善良、体贴。有谁会想杀害这样的祥子？

"骗人……"桧山喃喃地说。

丸山啜泣着。

说话啊！说这一切都是谎话！啜泣的声音在桧山的鼓膜环绕。

"我讨厌这样，可是他们两个说我们只能照做。"

"你的意思是说，那是你们遭到恐吓之后才进行的预谋杀人吗？"桧山难以置信地大叫，"你的意思是说，你们宁可杀人，也不想让别人知道那卷录像带的内容？"

"那时候我们吓坏了。自己做的事居然被拍成录像带放在眼前，不知道该怎么办才好。我们那时候还小，如果是现在，就知道杀人比那种猥亵行为被公开要严重，可是当时我们只想：如果父母和学校的人知道自己做的事，那该怎么办？满脑子就只想着怎么办？怎么办……"

桧山茫然若失，整个身体靠在椅背上，瞪着眼前抽噎着的丸山，他只觉得体温急剧下降。他无法不对他们心中的标准感到战栗。对幼童做出那种事固然是不可原谅的严重犯罪行为，但他们为了隐瞒这件事，居然选择了杀人，他们心中衡量罪行轻重的那架天平令人惊恐，这是"不成熟"这个词所难以解释的内在心理。

只是，在桧山心底有一股急速增长的情绪压过了其他感觉：那是对利用这些不成熟的孩子、命令他们杀害祥子的人的强烈憎恶。这个人不必弄脏自己的手，利用孩子缺乏犯罪意识的心态达成目的，而且此刻仍逍遥法外。

"八木同学说，就算杀了她，反正我们和她又不认识，警察一定查不出来。我们事先说好要逃课，因为不知道桧山先生从事什么工作，周末说不定在家。我们到信上写的住址去，八木同学带了他恐吓别人时用的刀子，我和泽村同学带了美工刀。"

桧山真想塞住耳朵。

但是他不能不听。心里的另一个自己拼命对抗想夺门而出的冲动。

"可是，到了门口，却怎么都不敢按铃。没办法，我们只好绕了公寓一圈，发现桧山先生家有院子，就想故意把球丢进院子，在露台先观察一下状况，所以我们到附近的体育用品店去买球。可是，我们爬墙进院子的时候却跟你太太碰个正着，我们吓得动都动不了。我们拼命找借口，说球跑进去了，我们在找球，你太太微微一笑，很温柔地跟我们说请进。我们假装找球，可是我心里很痛苦，我想其他两个人也是。八木同学和泽村同学好像下定了决心，直接穿着鞋子走进屋里……"

丸山哭得喘不过气来，痛苦地弓起背呕吐了，像是胃液的东西从按住嘴巴的指缝滴在地板上，他难受得眼睛泛泪。

"你去厕所吐一吐。"

丸山以道歉的神情看了桧山一眼，弯着腰出去了。

房间只剩下桧山一人，他的视线变得模糊，他什么都不想再听了，目前为止，他一直希望能知道祥子临终的状况，但过程简直远胜凌迟炮烙。

桧山的大脑一片混乱。他实在不愿意相信，但是当他将听到的事视为事实时，他觉得交错纠结的线团解开了。桧山至今一直百思不解的事、他目前为止所知道的事，全都变成一条粗线串联起来。

少年们为何特地前往北浦和、泽村为何要寻找八木，全都得到了答案。泽村一定是想从八木那里取得这卷录像带，向警方说出真相吧。这对他而言才是真正的赎罪。通过某种方式得知此事的主谋杀害了泽村，然后陆续加害知道这卷录像带的两位少年。

八木在电话里对桧山说的"你恨我们根本就是搞错对象"那句话，也因此得到了解释。

这样，一切都说得通了。

只是还有一件事没有解开。就是这卷录像带为何会在桧山手上？究竟是谁送来的？是杀害祥子的主谋送来的？这恐怕不太可能。送来录像带的人究竟有什么目的？

丸山用手帕按着嘴回来了。

"四年前送来的录像带和信呢？"

"我不知道。"丸山摇头，"可能在八木同学那里，也可能处理掉了。我接受保护辅导之后就没见过八木了。"

桧山集中精神，专心思考自己接下来该做什么。

"你要去报警吗？"丸山怯怯地问。

桧山紧盯着丸山。报警的念头早就消失了，取而代之的是另一个念头，而且已经深植心中：他要亲手找出恐吓他们杀害祥子的主谋。为了不像以前一样，所有的真相都在警方和法院等桧山无法触及的地方，他无论如何都要自己亲自质问那名主谋，为何非要置祥子于死地。

"不，我要去找恐吓你们的人。"桧山回答。

"找？怎么找？"

"不知道。"桧山胸口一阵疼痛，"但是，我一定要找出来。"

车子从池袋驶入川越街道。

虽说要找出恐吓少年们的人，桧山却没有任何线索。总之，先到拍摄这卷录像带的现场，在那个地区寻找与祥子有关的人，除此之外别无他法。他一这么说，丸山便说"请让我帮忙"，大概是不抓到这个犯人，丸山就害怕自己不知何时又会遭到攻击吧。

丸山想怎么样，桧山管不着，但对于案件多少有些线索的，现在也只有他了。桧山要求丸山带他到录像带的拍摄地点。

一进浦和所泽疏洪道，两旁便是一片片田园风光。前几天他才带着爱实和美雪走过这条路，但阳光下的景色和前几天显得截然不同。

桧山的心跳逐渐加速。他试着不去想原因，却办不到。

和祥子有关、熟悉这附近一带、可能了解少年们行为的人——美雪的笑容差点在那瞬间浮现脑海，桧山硬是甩掉。

我在胡思乱想些什么啊！虽然刹那间就将影像删除了，但桧山仍在心中痛骂差点做出这种想象的自己。

坐在前座的丸山遥望着前方。

桧山沿着丸山的视线看过去，广阔的田园风景中耸立着一幢不协调的建筑。从葛西临海公园的回家路上看来，那只像是浮现在寂静中的一团光，但是从这边看过去，大学医院的现代化建筑正向四周展现它威武的面貌。

桧山想起大厦管理员说的话。丸山曾经是个善良的少年，经常带着漂亮的花朵去探望心脏不好的祖母。丸山是个和祖母很亲的孩子吗？那样一个善良的少年，他的心究竟是在哪里走错了方向？就算是受到别人命令，他终究猥亵了幼童，最后还杀了人；泽村也一样，平常是个疼爱妹妹的善良少年。丸山和泽村的操控装置究竟是哪里出故障了？

他看向丸山，只见丸山把手放在膝上的书包上，视线仍旧望着远方。

他最爱的祖母还在人世吗？桧山虽然想问，但还是打消了这个念头。

杂木林位于八木旧家的住宅区后方。一望无际的树林包围着遭到水泥侵蚀的住宅区和柏油马路。

丸山从铁丝网破掉的地方钻进去，桧山也跟在他身后。踩着小草、树枝，爬上不好走的斜坡。覆盖在头顶的枝叶挡住了外面的光线。在昏暗中，领头走在前面的丸山默默拨开细枝前进。以前或许常来，但他的脚步熟悉得不像已经四年没来了。到底有多少孩子成为他们的牺牲品呢？光是想象幼童在这座杂木林中感受到的恐惧，桧山就觉得快喘不过气来。

在桧山看来，照片中的三个少年只不过是天真无邪的孩子。然而，在受害的幼童看来，他们绝对是恶魔。在这里发生的事，造成了幼童们无法抹掉的心灵创伤，对少年们更是无法挽回的罪与罚。他们遭人恐吓，犯下了杀害祥子这永远无法弥补的过错，也因此断送了自己宝贵的人生。

桧山看着泥泞的脚边，曾走过这里的恐吓者没有留下一点痕迹，在暗地里嘲笑他。

"就是这里。"

丸山站定的地方有一棵大松树，脚边是高及膝盖的杂草。桧山环视四周一圈，周边草木丛生。

"我本来永远不想再来的。"

丸山咬着唇，从他所在之处向后退。

桧山看了丸山一眼。

"你最好偶尔来一下。你不能忘记自己所做的事。"

丸山低下头。他别开视线，从桧山的视野边缘消失。

桧山叹了一口气。他早就知道，就算来到这里，也不可能找到恐吓者的形迹。

也许他只是想否认而已，否认丸山那些完全没有现实感的话，否认祥子遭到某人怨恨、死于预谋这种令人难以置信的话。

昏暗树林中的情景也好，此刻站在其中的自己也好，他毫无现实感。只是，就算走出这座杂木林，从这场噩梦中醒来，祥子也不在了。这才是现实。

"你们做什么！"茂密的草木中突然传来男子的呵斥。

桧山回过神，朝声音的来源看。

两个戴着安全帽、身穿工作服的男子，拨开草丛走出来。

"这里是私有土地，请不要擅自闯入。"

“对不起。”桧山低头道歉。

桧山一回头，只见丸山脸色苍白地呆立着，或许是突然挨骂吓了一跳。

桧山他们在作业员的催赶下，循着原路走回，被赶到铁丝网之外。

丸山说要搭电车回去，桧山便送他到航空公园站。

在车站停了车，丸山却迟迟不下车。

“下次，我可以，去上香……吗……”

只听他以断断续续、有气无力的声音说。

桧山看着丸山的侧脸，举棋不定。

“不好意思，我现在还无法接受。”

丸山低着头下了车。

桧山朝那个走向车站的纤细背影看了一眼，将车开走。

他的眼睛因为前方行驶车辆的后车灯而模糊了，看不清楚。直到此刻，背离现实的感觉仍挥之不去。唯有锥心的痛将桧山与现实联系在一起。

与加害者的首次会面，只是徒然加深了桧山的伤口。

自己究竟在期待什么？究竟想知道些什么？即使看到丸山的眼泪，也只觉得空洞，只觉得有种不知如何是好的空虚盘踞在心中。他想知道的真相所带给他的，只有更多痛苦。

为什么祥子非死不可呢？桧山只是想知道为什么而已，摆在眼前的全新事实却折磨着他、无所不用其极地玩弄他。

要不是收到这种录像带……

该不会是有人故意在背后推动他？因为这卷录像带，他才知道有人恐吓、教唆少年们杀害祥子。将这卷录像带送来的人，是否希望桧山把这个恐吓者找出来？

送件者的用意不得而知，但桧山心里坚定地发誓：一定要把这个逃过刑罚、至今仍安然生活在社会某处的狡猾恐吓者揪出来。

4

桧山在7点过后回到咖啡店。他立刻进了吧台，但兼职工们都没有跟表情严肃的桧山说话，默默工作。桧山觉得自己不该待在那里，很快便缩进办公室。

今天福井和步美都休假。希望周末排班打工的人多，因此福井都是在周末休假。步美则是已经开学，最近一周只来两三天。搞不好他们现在正在约会呢！桧山强迫自己想象这种令人愉快的情景，试图稍微安抚一下剑拔弩张的神经。

他好想见见他们俩。不知为何，只要看着他们俩，心情就会平静下来。也许是在他们两人身上看到他和祥子的影子，看到自己和祥子已经失去、再也唤不回的时光。

打烊后，他到幼儿园去接爱实。

今天美雪也休假。爱实过了没有美雪老师的一天，见到桧山的时候，看起来没有平常那么开心，但桧山反而稍微松了一口气。要是看到桧山现在的表情，敏锐的美雪很可能会察觉到异常。

一回到家，桧山便帮爱实洗澡、哄她入睡。漫长的一天总算结束之后，他从冰箱里取出啤酒，倒在沙发上，望着置物柜上的相框。

看着照片，桧山在脑海中寻找着祥子的影子。从她高一来到百老汇咖啡打工，到发生命案那天早上他最后一次吻祥子，这四年多的记忆。他尽可能仔细地想起祥子的轮廓，尽可能想起她说过的话，一一回顾与她共度的时光。

然而，越是回想起祥子，遇到的死胡同越多。因为无论他取出哪一块记忆的片段，都找不出祥子与人结怨的蛛丝马迹。

祥子绝非交友广泛的女孩。她几乎一整天都在百老汇咖啡打工，傍晚再去上学。周末也一定会来打工，因此大概一整天都没有自己的时间。

因为这样，说到祥子的人际关系，桧山顶多也只能想百老汇咖啡的打工同伴和高中的朋友。他实在不认为里面会有恐吓者。

更何况，他也认为忙着读书工作的祥子似乎并不渴求深入的人际关系。她与朋友们都保持一小段距离，是偶尔才会和大家去吃个饭的程度。即使如此，祥子还是人见人爱，每个人都知道祥子温柔体贴，也都了解她和朋友之间的距离是因为生活忙碌。

桧山鞭策松弛的身体站起来，走向和室。为了不吵醒睡着的爱实，他悄悄打开壁橱的门，踮起脚尖伸手摸上方的储物柜。摸到了。为了不让箱子滑下，他用指尖勾住箱子将它取下，回到起居室，放在沙发上。

很久没看过这个纸箱了。他打开箱子，里面装的是祥子的私人物品，一直舍不得丢。四年前便静止的时间就装在这里面。祥子用过的记事本、收到的贺年卡和信、高中毕业纪念册和毕业证书，以及桧山写给她的情书。

桧山从箱子里取出五本记事本，是1995年至1999年的。从高中入学那一年，到毕业后生下爱实那一年，祥子把这几年的记事本都保存起来。

打开记事本前，桧山有些犹豫。尽管是自己的妻子，而且已经不在人世了，但窥探别人的隐私还是令他感到心虚。他在心中暗自说声抱歉，从1999年的记事本开始，一本本仔细翻阅。

就连记事本也看得出祥子一板一眼的性格，格子里是以工整的字写下的待办事项。每当翻到"入户""毕业"之类的文字，都让桧山感慨万千。翻到5月，缤纷的色彩映入眼帘。5月8日，分娩。用粉红色的荧光笔圈成一个心形。6月到9月的空白很多。有些地方写着"妇产科检查"或"发薪"。

最后看到通讯录。祥子没有手机。那时候不像现在人手一部手机，祥子本身也觉得没有那个必要吧。只不过，由工整匀称的字迹所填写的通讯录，比手机里的资料显得更有价值。这里记录的几乎都是高中夜校的同学和百老汇咖啡的员工。桧山看了住址，没有人住在所泽市等离航空公园比较近的地方。为了保险起见，他也查看了高中毕业纪念册，一样没有和航空公园地区有关的人。

1995年至1998年的四本记事本也都看过了，并没有看到可疑的人。桧山叹了一口气，说不上是安心还是失望。当然，并不是不住航空公园附近就没有那个可能性，只是这么一来，目前的桧山就无法筛选出拍摄录像带的恐吓者了。

在束手无策的状况下，桧山又翻了一次记事本。有件事让他觉得奇怪。五本记事本的通讯录中都没有好友早川美雪的名字。美雪以前的确说过，上高中之后就和祥子疏远了。但是，连从初三到进高中那年，也就是1995年的通讯录上都没有记录，这该怎么解释？因为很要好，所以直接把电话背在脑子里吗？

他先把这些小问题放在一边，看起信件。说是信件，但其实几乎都是贺年卡，这些也几乎都是百老汇咖啡的员工和高中友人寄来的，其中五张由小柴晴彦及正枝所寄来的明信片引起了桧山的注意。看那毛笔所写的漂亮草书，可以想见寄件人是有别于其他朋友的长辈。住址是群马县吾妻郡。

四张贺年卡上写的是关怀祥子的简短问候。最后一张则是黑框明信片。

　　内人小柴正枝历经长期卧病生活，已于本月四日上午五时十二分往生，享年六十二岁。

　　在长期抗病生活中，我原以为早已做好心理准备，但一旦真的面对内人之死，只觉全身气力离我而去。

　　内人临终之际，面容平静，仿佛从经年累月的痛苦中得到解放，但直到最后他都没有出现，委实无限遗憾。

　　守灵、葬礼由家人与近亲举行。仅此通知，以谢生前厚谊。

看看邮戳，是平成十一年[1]八月九日。

桧山望着这位小柴正枝的死亡通知好一阵子。

虽然这很明显不是桧山要找的东西，他却被这些文字所吸引。明信片是祥子遭到杀害约两个月前寄的，还有那句"直到最后他都没有出现，委实无限遗憾"的话。

这个"他"，应该是祥子也知道的人吧？否则明信片上就不会只写"他"了。住在群马县吾妻郡的小柴夫妻与祥子究竟是什么样的关系？

---

1 即1999年。

隔天是晴朗的星期天，店里生意也很好。

自从和丸山谈过之后，桧山就没有什么食欲，但是已经过了
3点，他终究还是拿咖啡配着将甜腻的丹麦酥吞下去。胃阵阵作痛，
看来是他没好好吃饭，却又为了提神猛喝咖啡、抽烟，结果内脏发
出警告了。昨晚他一直查看祥子的私人物品，回过神的时候才发觉
天都亮了。结果还是没有像样的收获。

桧山把剩下的丹麦酥塞进嘴里，然后拿起办公室的电话。星期
天的这个时间澄子应该在家吧！电话号码按到一半，桧山却迟疑了。

该向澄子透露多少呢？桧山很犹豫。若是询问澄子，也许能知
道他所不知道的祥子的人际关系。但是，该怎么问才好？总不能问
她知不知道有谁对祥子怀有杀意吧？若是知道事实，澄子一定会大
受打击，这种痛苦由他一个人承受就够了。他还在思考的时候，电
话就接通了。

"喔，是贵志啊。爱实的身体怎么样？"

"嗯，已经没事了。让您担心了。"

"是吗，太好了。"澄子的语气很开朗。前几天，桧山已经将
爱实抽筋、警方对他的怀疑已经澄清的事情告诉澄子了。

"下次放假来玩呀。"

"好，过一阵子会去打扰。对了……"桧山结束这个话题，
"您知不知道祥子的朋友里，有一位小柴晴彦先生？"

"小柴晴彦先生？"澄子发出沉思的声音，"是哪一方面的朋
友啊？"

"住在群马县吾妻郡的人。"

出现了一段漫长的沉默。

"没听说过……"

澄子的声音变了。

桧山觉得她的声音有点奇怪。"喔,其实也没什么啦。"桧山
打圆场。

"那个人怎么了吗?"澄子的语气僵硬。

"所以不是亲戚啊?昨天我没事,在整理祥子的东西,看到这
位小柴先生寄来的贺年卡,心想我都不晓得祥子和群马县吾妻郡的
人有来往,觉得有点好奇而已。"

"我们以前住过那里。"

一句冷冷的回答。

"咦,这样啊?"

"祥子很小的时候。离婚以后,我们就搬到这边来了。"

现在他知道澄子的语气为什么变得僵硬了。

"您大概不知道小柴先生的电话吧?"

"不知道。"

听得出来,这种拒人于千里之外的说法,摆明了她想结束这个
话题。对澄子而言,在吾妻郡的夫妻生活是她不愿想起的过去吧。

桧山为了让澄子高兴,说"过两天我带爱实去看您"便挂了
电话。

5

桧山与爱实在高崎站搭上绿色与橘色的三节车厢电车。吾妻线
的车厢内空无一人。他们面对面坐着,爱实立刻把背包里的零食拿
出来。看样子爱实完全把此行当成远足。

过了涩川，眼前便是赤城山雄伟壮阔的景色。桧山的视线一时停留在这片景色上。他在地图上查过小柴的住址，知道那里距离乡原的车站不远。最近桧山睡眠不足，决定不开长途车，打算搭电车小憩，但他的眼睛离不开这片令人心旷神怡的风景。

在乡原的无人车站下了车，走过架在吾妻川上的桥，整片金黄色的稻田一直连绵到山脚，民宅屋顶散落其间。

桧山牵着爱实的手走过田埂。正卖力割稻的老人用一脸稀奇的表情看着他们。

"请问一下，这附近有一位小柴先生的家，不晓得在哪里？"桧山问老人。

"喏，就是那边那个红屋顶的。"老人指了指。

在民宅聚集处反方向，靠近山脚的山林前方有个小小的红色屋顶。

"谢谢。"桧山向老人道了谢，牵起爱实的手。爱实也向老人挥手说"拜拜"。

"恐怕要走上好一段路。"桧山低声说。

"会不会有兔宝宝呢？"爱实毫不在意，开心地说。

"应该没有兔宝宝，不过可能有青蛙。"

桧山和爱实走在田埂上，有一搭没一搭地聊着。爬上缓缓的斜坡，便可看到四周有树篱围绕的两层木造老民房。院子里杂草丛生，农耕用具随地乱放，民宅看起来像废弃小屋一样了无生气。

这幢被寂寥包围的民宅里，感觉不到有人生活的气息。会不会已经不住在这里了？第一印象让桧山这么想，但大大的庭院一角传出鸡叫声。

桧山敲敲玄关的门。只听见空洞的声音在静悄悄的玄关响起。他敲了好几次，正想放弃的时候，门开了。

从屋里出现一位五十岁左右的男性，他一脸讶异地看着桧山，脸上透出倦怠感，显得比这幢房子更加死气沉沉，在他的注视下，桧山呆立不动。

"请问是小柴先生吗？"桧山好不容易挤出这句话，然后从背包里取出明信片，"我是前田祥子的丈夫。"

一听到这句话，小柴那仿佛深深刻在脸上的皱纹动了动，表示惊讶。

"来吧，请进。"

小柴好像一个发条快转完的人偶，踩着缓慢的脚步，请桧山他们进了和室。房里有点霉味。他在蒙上一层薄薄灰尘的榻榻米上铺了坐垫，便消失在后面的厨房里。

"请别麻烦了。"

桧山对小柴这么说，低声骂着随意躺在坐垫上的爱实。

他在坐垫上端正跪坐，爱实也在身旁有样学样。

房间一角有佛坛。看到坛前供着零食和小小布偶，桧山觉得有点奇怪。

桧山凝视着两张遗照，没多久便看清楚了其中一张，不由得发出一声小小的惊呼。遗照之一是位五十岁左右的女性，应该是小柴的妻子正枝；但另一张是个年幼的女孩，年纪大概和爱实差不多，照片中的她露出满脸笑容。

小柴拿托盘端着麦茶和柳橙汁回来了。他把托盘放在矮桌上，然后打开走廊的窗户让空气流通。

爱实喝了一口果汁就站起来，跑去看走廊外的院子。"啊，有鸡！我可以去玩吗？"爱实天真无邪地问。

桧山为难地看着小柴。

仿佛光线过于耀眼般，小柴微微眯起眼睛，点头说着："请吧。"

爱实一听到这句话便跑向玄关，桧山叮咛："不可以跑太远喔！"然后与小柴隔着矮桌相对而坐。

突然，小柴深深行了一礼。

"我从新闻上知道了祥子的命案，但因为常常生病，没能去上香，实在很抱歉。"

"哪里，"桧山也惶恐地回礼，"我才应该道歉，突然登门造访。"

"自从内人谢世，我全身的力气都没了，没想到紧接着又听到那么残酷的消息……"小柴的皱纹刻得更深了，"祥子和我女儿悦子同年，所以我和内人都觉得她就像自己的女儿一样。"说着，朝佛坛望过去。

"和祥子同年……"

"二十年前就死了。祥子家就在那边的竹林后面，她们两个经常在一起玩。那是我们年过四十才得到的独生女，真的就像俗话说的，当成掌上明珠一样疼爱。"

小柴朝着院子里充满元气的声音方向看过去。走廊上射进来的阳光让他眯起了眼睛，他慈爱地看着爱实在院子里追着鸡跑来跑去，看了好一会儿。

"请问，祥子在这里住到几岁？"

"大概是四岁吧。出事以后，不久就和她妈妈走了。"

"出事？"桧山直盯着小柴看。

小柴脸上短暂停留的温暖消失了，他的脸色仿佛乌云凝聚般变暗。

"您没听说吗？"小柴自言自语般低声说。

桧山追问："您说出事，是出了什么事？"

小柴阴郁的眼神望向佛坛。

"那天，我们正在田里干活，结果祥子哭着来找我们。问她怎么了，但祥子年纪还小，只是哭着说'小悦、小悦……'我们夫妇很着急，怕悦子出了什么事，本来以为是她们玩的时候受了伤。祥子的样子很不寻常，一脸惊恐地指着后面的竹林。我们夫妇便进了竹林……"

桧山看到小柴的模样，只觉得光是这样看着他就是一件很痛苦的事。小柴全身微微颤抖。

"我们到竹林里去找，发现有个地方用枯草堆成一座小山，一看到那个，我的心脏简直快停了。那座小山大小正好是……我们夫妇连忙把那堆枯草搬开。枯草里躺着一个女孩，沾满了血的衣服的确和悦子当天穿的衣服一模一样，可是一时之间无法认出是本人，大概是我们一心希望那不是悦子的关系吧。脸实在是令人不忍心看——被人用石头之类的东西砸得面目全非……"

桧山倒抽一口气。咽下的唾液在喉咙深处发出苦味。

小柴充血的双眼定在某一点上。桧山相信激烈得快要发狂的感情正在小柴体内奔腾冲撞，寻找出口。

"我们太傻了，做梦也没想到这个地方竟然会发生这种事。因为在这平静的小镇上，从没发生过什么大案子。"

"凶手抓到了吗？"桧山勉强挤出话来。

小柴点点头，眼神变得更加空虚，回答：

"后来，祥子把事情告诉警方。因为她年纪还小，警方也很慎重，花了很多时间来问。祥子说她一个人在家里后院玩的时候，听到竹林里传出悦子的哭声，祥子就跑到竹林，在那里目击到有个男的勒住悦子的脖子，而悦子一直在哭，后来她就逃了回来。祥子说凶手是不认识的人，不过，她想起勒住悦子脖子的右手手背上有一个形状奇特的胎记。这成为重要的线索，因此才逮捕了凶手。据说是一个住在其他镇上、初中三年级的孩子。"

小柴以沉痛的表情深深叹了一口气。

"只是，我们知道的就这么多了。一个十五岁的孩子是不能判刑的，警方什么都不肯告诉我们，那孩子自然也没有上法院或进监狱什么的。不知道哪里传来的风声说，好像去了少年院还是哪里，总之是我们不知道的地方，之后就再也没有消息了。"

桧山注视着深深刻在小柴脸上的皱纹，苦闷横溢的皱纹，恐怕从失去女儿的那一刻起就一直留在他脸上了。看着在多年岁月催化下如化石般停留的苦痛，桧山想象着小柴夫妻后来所度过的时光，不禁为之心痛。

桧山也一样。从失去祥子的那一瞬间，桧山的时间就停止了，仿佛只有失去祥子那时的记忆无止境地延续，什么都不想做，什么都不想思考。可是，桧山还有爱实。爱实的成长、与爱实共度的时光，都勉强为桧山卷上几乎停顿的发条。小柴想必没有这样的依靠吧。

桧山递出通知死讯的明信片。

"这里写的'他'，是杀害令爱的少年吧？"

小柴点点头。

"您和祥子一直保持联络吗？"

"不，祥子有一天突然来到这里，那时候她已经长大了。就连她祖母和父亲去世的时候，她都没有回来，对祥子而言，这里想必是很不吉利的地方吧，所以她突然来访的时候，我们都很惊讶。"

"她是一个人来的吗？"

"是的。"

"是什么时候的事呢？"

"哪一年我已经记不得了，不过是4月的时候。她说，那年春天她就要上高中了。"

上高中，那么就是1995年了。桧山接着又问："祥子是为了什么来的呢？"

小柴偏着头说："我也不知道。假如父亲或祖母还在的话，回来也没什么，可是那个家都已经废弃了。我们让她在家里过了一夜。祥子为悦子上了香，也帮忙准备晚餐、给我们捶背、陪我们这两个寂寞的老人家聊天。一时之间，我们觉得好像女儿回来了，实在很高兴。那时候，内人已经卧病在床。失去悦子，我和内人都活得有气无力，所以看起来一定老了很多吧。祥子一脸心疼的样子，很替我们夫妇担心。"

桧山内心深处泛起一股暖意。果然，祥子对每个人都那么温柔体贴。

"祥子问该怎么做，才能让我们多少得到一点安慰。我们都很感动，深深觉得祥子真是个贴心的好女孩。"

"您怎么回答的呢？"

同样身为被害者家属，桧山很想知道小柴的答案。

"失去悦子的痛楚是没有办法平复的。出事之后这十几年来，我和内人的人生只有痛苦。但是，内人多半是自知不久于世，她说希望在自己走之前，见杀害悦子的加害者一面。我很了解内人的心情。都这么多年了，我们并没有向那个人寻仇的意思，只是希望他在悦子的遗照前合十道歉。内人希望至少在咽下最后一口气之前亲眼看到这一幕。她说，不这样的话，她在天国和悦子重逢的时候，没办法给悦子一个交代。祥子听着内人的话，哭了出来，安慰我们说，那个人一定会来谢罪的。"

桧山一面倾听着小柴的话，一面用力点头。即使说的是桧山还不认识的祥子，还是能够从中清清楚楚地看出祥子的轮廓。因为从小柴的话语里，显现出桧山认识的那个善良体贴的祥子的温暖。

可能是说话说累了，小柴疲惫地咳了一阵。

"您还好吗？"

"今天难得客人多。"

"对不起，在您这么累的时候来打扰。我们也该告辞了。"

桧山站起身来。

桧山为两人上了香，便辞别了小柴家。

距离下一班电车还有将近两小时的时间，桧山决定走山路到车站当作散步。他牵着爱实的手，走在夕阳西下的山路上。

这里并没有恐吓者的线索。桧山是抱着任何一丝希望都不放过的想法来访的，现在却在脑中留下了更多的疑问。祥子为什么会突然来到这个小镇？这个地方在她年幼的记忆中留下了深深的伤口，而且就连父亲和祖母过世时都没有回来。难道有什么原因，促使祥子来到这片她一直唯恐避之不及的土地吗？

夕阳将山路的树木染成橘红色。尽管感到失望，桧山仍将祥子孩提时代看过的情景烙印在心中。

山路前方有一个人影。这个人影本来蹲在路旁双手合十，后来站起来走了。

桧山和爱实往前走，看到一尊小地藏菩萨，便停下脚步。旁边供着花，应该是刚才那个人放的吧。

桧山蹲下来看着爱实说：

"爱实，我们把巧克力给地藏菩萨好不好？"

爱实看看地藏菩萨，露出思索的神情。

"好啊。菩萨喜欢巧克力豆吗？"

"喜欢啊，爱实也喜欢对吧？"桧山报以微笑。

等爱实把巧克力放在地藏菩萨前，桧山便静静合十。爱实也学桧山合起双手。

桧山一站起来，便发现原本走在前面的人影停下来看着他们。

仔细看着那个静止的人影，桧山不禁怀疑起自己的眼睛。

"桧山先生！"贯井的声音也显得很吃惊。

"啊，真是令人吃惊。没想到桧山先生的太太是在这里出生的，而且还是那件命案的目击者。"

贯井看着车内后视镜说。

桧山从后座看着贯井兴奋的神情。后来他们就和贯井一起走下山路，桧山因为前几天贯井请他受访写书那时所说的话，觉得对贯井不好意思，但贯井似乎一点也没放在心上，和爱实玩着文字接龙游戏。一走下山路，贯井便说要开车送他们到车站。

"贯井先生，你怎么会跑到那里去？"

"我是去采访。上次也提过吧，我要出版和社会学家宫本先生对谈的书。为了替那本书做准备，我看了非常多青少年犯罪事件的相关报道，从中得知了这件案子。"

"你一件一件这样调查啊？"桧山佩服地看着他。

"没有，是因为这件案子有些地方引起我的注意。"

"什么地方？"

"这是二十年前的案子了，而且是少年案件，几乎没有资料，所以为了直接请教当时的相关人士，我才到处跑来跑去的。"

"那你有什么收获吗？"

"嗯，算是有吧……"贯井支吾着，"对相关人士而言，这已经是过去的事了，恐怕对杀害悦子小妹妹的当事人也一样。"

"凶手现在在做什么？"

"出了少年院之后，进了学校，现在跟平常人一样工作。"

贯井以苦涩的表情叹了一口气。

桧山再次为司法不公愤慨不已。杀害了年幼孩童的少年，因为有《少年法》这道免罪符，现在生活得好像什么事都没发生过一样，一次也没在小柴夫妻面前露过脸，真的就这样消失在竹林中。

"才不是过去。对被害者的家属而言，痛苦是没有尽头的。"

"是啊。"贯井叹了一口气说他知道，"做这一行，会越做越丧气。"

桧山想起小柴因苦闷而深锁的皱纹。无止境的痛苦，无止境的自责。

"车站就快到了。"贯井看了车内后视镜一眼，"我还是送你们回咖啡店吧！"说着转动方向盘。

桧山看看身边，爱实靠在他身上睡着了。"不好意思。"他悄声道了谢。

车子在穿过山谷的高速公路上前进。车窗上映出了神情忧郁的自己。贯井大概也累了吧，没有说话。漆黑的夜色使车内的气氛更加沉重。

"你不跑娱乐新闻吗？"

桧山想改变气氛，提出了轻松的话题。

"咦？"突如其来的话使贯井怪叫一声。

"既然你是自由文字工作者，不写这种令人忧郁的报道，也还有娱乐或者体育之类更愉快的工作吧？"

"很不巧，我没有那方面的才能。"贯井苦笑，"再说，我本来的志愿也不是文字工作者或记者。"

"那你怎么会做现在这个工作？"

"我以前是法务教官。"

桧山吃了一惊。

"你知道法务教官吗？"

"嗯，就是少年院和少年鉴别所的狱警吧？"

"狱警这个说法不太恰当就是了。"贯井笑着看车内后视镜，
"看不出来吧？"

桧山点点头。的确看不出来。他一直以为贯井虽然自称文字工
作者，但其实是被大组织撵出来的。

"大学毕业以后，我被分配到栃木的少年院。"

"为什么不做了？"

桧山感到好奇。法务教官是国家公务员，但从贯井的穿着打扮
看来，他现在的生活看起来实在不算安定。

"这个嘛，原因很多……"贯井含糊其词。

桧山了解了贯井的上一份工作，对他才产生的好感又消退了。
贯井以前就在包庇犯罪者的一方。从若规学园里那些职员身上感觉
到的鸿沟，正横在车子前后座之间。

"那么，贯井先生是持保护主义？"桧山的语气变得很不客
气，"相信什么少年的可塑性，认为少年无论犯下多么惨无人道的
罪行，都不应该加以处罚，让他们重新站起来的教育才是必要的，
对吧？"

"我想是的。"贯井静静点头，"我以前对工作很有使命感。"

对于贯井的回答，桧山冷笑以对。

"这样的话，重要的人遭到少年杀害，其家属心里是什么感觉，
贯井先生就无法理解了。你一定不能理解被害者家属想把凶手大卸

八块的愤怒。"

"也许吧。那个时候，在我眼前的少年就是一切。我满脑子想的都是该怎么做，才能让犯了罪、进了少年院的孩子重新站起来；该怎么做，才能让他们将来成为顺应社会的大人。实际上，孩子们也带给我很多喜悦。曾经在社会上犯过错、误入歧途的少年，经过生活指导和教官们的努力，慢慢敞开心扉，渐渐融入人群，亲眼看到他们的进步，我真的认为这个工作是正确的选择。"

"那么，你又何必辞职呢？"桧山针锋相对地说。

"有一个少年进了少年院，那年他十六岁，是因为伤害致死进来的。他和同学们集体殴打一个同班同学，结果那位同学死了。他不是那种嚣张的家伙，也没有不良少年的感觉，说起来，比较像是受尽宠爱长大的少爷。会出事大概也是因为霸凌过头，失去控制。他在少年院里是模范生，生活态度没有问题。在我看来，对于案件也有充分反省。这孩子没事了，虽然绕了点路，但将来回到社会之后，一定可以重新来过——当时我是这样想的。"

听着贯井的话，桧山越来越想下车。果然，这个人眼里只有犯罪少年的未来。对遇害的少年、饱受折磨的家属不屑一顾。

"那时候，遇害孩子的父亲不知道是从哪里查出来的，找上了少年院。这位父亲是我接待的，他强烈要求想见少年，想知道少年正在接受什么样的教育，但是，学校认为不能让他们见面。少年院把少年和被害者的问题视为两个不同的问题，而我本身也认为这不利于少年的改过自新，便严词回绝了他的恳求。"

桧山望着窗外的黑暗，不想听贯井说话。

"后来，少年顺利离开，听说也决定到高中复学了，那时的我沉浸在自满之中。可是，很快，我便接到少年被那位父亲杀害的消息。"

听到最后一句话，桧山凝视着坐在驾驶座上的贯井。贯井平静地往下说：

"听说那位父亲在庙会上看到回到当地的少年。看到他，连忙赶回家拿了菜刀，刺死了少年。我听了为之愕然，觉得他怎么会做这种傻事？那位父亲夺走了年轻人具有无限可能的人生，让自己成为罪犯，也毁了自己的家庭。在这个法治国家做出复仇这种傻事的父亲，我绝对不能原谅。"

桧山想起贯井当初在电视上对自己的发言冷漠以对的态度。

"既然国家不处罚他们，那我就亲手把凶手杀了。"

对于说出这种话的桧山，"别做那种傻事。那么做又能如何？被你留下的家人该怎么办？"心中仿佛听得到贯井平静劝解的声音。

"我去旁听那位父亲的审判，我想狠狠瞪那个出庭的父亲。但是，一开庭，我那种心情马上就全被打碎了。愚蠢的我，在法庭上第一次听到失去独生子的父亲的恸哭。那位父亲的家庭早在失去儿子的那一刻就瓦解了，倒下的支柱，其实是无论如何都唤不回来的儿子。即使如此，做父亲的仍不断挣扎着想平息自己和妻子的愤怒与悲伤，拼命想安抚自己的心情，那就是与少年见面、知道少年如何改过自新。那位父亲却连这些都没办法知道，所以在庙会看到说笑起哄的少年时，他的杀意一定超过了临界点。无知的是我自己，只看得到眼前的少年，完全不懂如果无视被害者的存在，根本就不可能真正改过自新。"

"这就是你辞职的原因吗？"

"同伴们都很努力。教育犯罪少年是绝对必要的，少年院也以各种方法致力于矫正教育。可是，对于犯罪少年如何面对那些受到自己伤害甚至被夺走性命的被害者及其家属的赎罪教育，以及将这些好好传达给被害方的流程却是矫正教育中欠缺的一环。"

桧山也有同感。杀害祥子的加害者怀着什么样的赎罪心情，至今他都无从得知。假如他早点知道泽村和也所感受的罪恶感和孤独，也许就能稍微缓和他的痛楚和憎恨了。

"我辞职了，但还是有很多优秀的法务教官。我希望倾听被害方的想法，同时从外人的角度来思考《少年法》和少年们的境遇。可是越是发表意见，被害者家属和少年拥护派就越讨厌我。"

贯井苦笑。

"因为你看起来不像有明确的主张啊。既不是严惩派，也不是保护派。"

"听过被害者家属的话以后，我沉痛地意识到旧《少年法》的问题。被害者甚至连了解案情这种基本人权都没有。矫正教育不敢给孩子加深赎罪的情感，只高倡孩子的人权，我对这样的保护主义产生质疑。但是，我对只要严加处罚少年就能解决问题的论调也有疑问。孩子不能没有教育，少年院和少年监狱的理念是完全不同的。从现今的监狱制度来看，对少年严加处罚、送入少年监狱，等于放弃改过自新；不好好教育，只判决他们服劳役，这样就算在墙里关上几十年，少年们迟早还是要回到社会。这代表了什么，我想桧山先生一定能了解，所以我无论如何都无法赞成双方的主张。我一直认为那时候应该讨论更重要的事才对。"

"讨论什么？"桧山问。

"就是桧山先生现在最想要的啊。"

"我最想要的？"

桧山的确觉得少了什么。在《少年法》修正前，当严惩派与保护派不断辩论时，他曾有的那种感觉。一方一再重复保护孩子的人权；另一方则被不能放任野兽张狂的非理性情感所控制。当时他的确感到好像有什么重要的问题被搁在一旁了，桧山沉思着。但是，一直到车子抵达咖啡店前，还是无法诉诸话语。

车子在店门前停好，桧山摇醒爱实。

店里的铁门拉下一半，可以看到步美双手抱着垃圾袋从店里走出来，跟在后面的福井也拿着垃圾袋。福井抓住步美的垃圾袋想帮她拿，步美闪开了他的手。

看到步美见外的态度，桧山觉得奇怪。会不会是吵架了？

"谢谢。"

桧山道了谢，下了车。

"维尼叔叔，拜拜。"爱实挥手说。

桧山不禁扑哧一笑。真佩服女儿的联想力。他对坐在驾驶座向爱实挥手的贯井说：

"要不要来杯咖啡？"

"当然是你请客吧？"贯井笑了。

"如果你不介意喝咖啡机里剩下的咖啡。"桧山向他招手。

爱实睡得很熟。

桧山确定她睡了之后，便瘫在起居室的沙发上，喝着啤酒，按摩平放着的小腿肚。今天走了好多路，爱实更是跑来跑去。明天显然会因为肌肉酸痛而变成难熬的一天。不光是脚，这次走这一趟，也让桧山的心头更沉重——祥子幼时遇见的悲惨命案，以及一个疑问。直到此刻回到家，那个疑问仍在脑海一角，尚未解开。

祥子为什么会突然到那个小镇去？她在那个小镇里亲眼看到朋友遭到无情的杀害，留下了可怕的记忆，就连父亲和祖母亡故时也都不愿意靠近。长大之后，想看看自己幼时住过的地方和令人怀念的风景也许不是什么不可思议的事，也许祥子只是一时兴起，没什么深远的意义。然而，桧山感觉不到任何强而有力的原因，可以造成当时祥子心境上的重大变化。桧山对祥子高中时代的生活有一定的了解，但他无法从中找出教唆他人杀害祥子的恐吓者的影子。也许正因如此，桧山才会对自己所不知道的祥子的初中时代如此执着。

澄子知不知道呢？桧山看看墙上的挂钟，走向电话。

握着听筒，脑中闪过澄子的排斥。

问起小柴晴彦时，澄子所表现出来的排斥感，并不是因为不愿意提起过去的夫妻生活，而是来自那桩惨痛命案的记忆吗？

澄子知道祥子曾回去那个小镇吗？

桧山按下速拨键。

"喔，是贵志啊。怎么啦？"

澄子的语气一如往常。

"是这样的，我今天和爱实一起去远足了。"桧山努力以明快的语气说，"我想让爱实看看祥子小时候住的地方。那里的景色真美。"

"是吗……"

澄子的声音低了下去。

"我也拜访了小柴先生家，顺便谢谢他对祥子的关心。然后听说了命案的事，我挺惊讶。"桧山若无其事地说，"因为祥子从来没跟我说过。"

"因为她不愿意回想。有时候光是想起那时候的事，祥子的情绪就会很不稳定，会变得很恐慌。我会离婚，也是因为没办法和祥子在那个地方住下去。因为有婆婆在，所以我前夫无法离开那里。"

"祥子长大之后，也还是那种状态吗？"

"嗯……"澄子以无奈的语气继续说，"大概就是现在常说的心理创伤吧？即使长大以后，她也不愿意接触会让她想起那件案子的事。所以在家里，那件案子和那个小镇都是禁忌，也才没向贵志你提过……"

"可是，祥子还回去过那里了。"

澄子没有回应。在沉重而漫长的静默当中，只听到调整气息般的呼吸声。

"您不知道吗？升高中那一年春天，祥子曾经拜访过小柴家。她去过那个她不愿想起的小镇。"

电话那头传来倒抽一口气的声音。

"祥子为什么会去那里呢？初中毕业的时候，是不是发生了什么让祥子改变心情的事？"

"什么都没发生。"

澄子的语气中掺杂了怒意。

"请告诉我，这很重要。"

"我不知道。什么都没发生啊。"澄子打断了桧山的话，"贵志你真奇怪，到底想打听什么？"

桧山虽然想解释，澄子却说"我很忙，要挂了"，无情地挂断了电话。

桧山放下听筒，抬头看着天花板。

祥子进高中前果然发生过什么事。原本模糊的推测，现在已经变成确信了。

6

铁门拉下一半。才开始打扫,就听到福井直叹气,站在收款机前计算营业额的桧山观察了他一阵子。今天本来想早点回去的,但福井这副样子,不知道工作什么时候才能做完。

"福井,你怎么了?振作一点啊。"

"店长……"福井一脸沮丧地看着桧山,"我真搞不懂女人啊!"

"你和仁科吵架了?"

"我不知道啊。她突然变得很冷淡,好像在躲我……我是不是做了什么让她不高兴的事啊?"

"她只是学校功课很忙而已吧?"

这么一说,桧山也忽然想到,最近步美在休息时间都不看书了。他已经好几次看到她坐在椅子上对着墙壁发呆。放学后还要打工,终究是太累了吧。

"俗话说:'女人心海底针。'下次见面的时候就没事了。"

催赶着动作迟缓的福井,总算完成了工作,桧山连忙赶往青草绿幼儿园。

昨晚和澄子通完电话之后,桧山再次查看了祥子的私人物品,寻找与祥子初中时代有关的东西。可是,就只有毕业证书而已,没有找到毕业纪念册或名册之类的东西。

只能问美雪了。美雪和祥子初中时曾一起补习,很可能听祥子提过学校的交友关系和烦恼。或许可以问出是什么事让祥子在心境上发生变化,让她突然前往那个小镇。

桧山不认为美雪所知道的事情会直指恐吓者,但说不定能找到新的线索。

桧山内心亢奋，脚步也加快了。

打开青草绿幼儿园的门，在关了一半灯光的微亮之中，美雪正坐在办公桌前做事。

美雪注意到了桧山。

"桧山先生，你来了。"

"爱实睡着了吗？"桧山换上室内拖鞋，走了进去。

"是啊。"美雪微笑着说。

桧山确认裹着毛巾被的爱实是不是真睡了。太好了，要是爱实醒着，就没办法深谈了。

美雪的视线从爱实身上移回到手上的棒针上。桧山看着美雪手上的毛线。

"不知道赶不赶得上圣诞节。"美雪露出一丝苦笑，"这是我第一次打毛线。如果给爱实的东西做成功了，明年我就来挑战大人的东西。"她一脸开心地对桧山说。

桧山略略移开了目光。该怎么问才好？该让美雪知道多少？他满脑子只想着这件事。祥子不是因突发事件遇害，而是经由某人狡猾的计划，在明显的杀意之下被杀的。如果把这件事告诉美雪，她会有多震惊呢？

"你和祥子认识几年啊？"

桧山没头没脑的问题让美雪愣住了。美雪想了一会儿，回答：

"我们从初二的学期中到毕业都一起补习，后来也偶尔会碰面……"

"初中的时候，祥子有没有跟你说过什么烦恼？像是在学校的朋友啊，人际关系什么的。"

美雪以扫兴的表情望着手上的毛线，然后又看看桧山。

"没有啊，"美雪简短地回答，"就是升学的事、将来要做什么……这些小孩子会说的事情。"

"美雪老师,"桧山问美雪,"祥子是个什么样的女孩?"

"什么样的女孩……这个,桧山先生比我更清楚吧?为什么要这么问呢?今天的桧山先生怪怪的。"

"我和祥子在一起四年,几乎都是兼职工和店长的关系。我觉得,祥子也许还有我不知道的另一面。"

桧山因为无法好好传达自己的意思而感到着急。然而,他没有勇气把真正的情况告诉美雪;他不敢说有人对祥子怀恨在心而预谋杀人。

"假如美雪老师回忆中的祥子是我所不知道的祥子,那么我想了解祥子的一切。"

桧山拼命解释。

"知道那些又能怎样!"美雪打断他。

桧山不知如何是好。他觉得美雪眼中似乎藏着一丝怒气和困惑。

"的确,和桧山先生一起度过的四年并不是祥子的全部。可是,问出你所不知道的祥子的回忆又有什么意义?我在守灵那天已经向桧山先生说过我和祥子的回忆了。况且,桧山先生,你也应该向前走了。祥子已经不在了,不管你收集多少祥子的回忆,她都不会再回来了。"

桧山呆住了。美雪辛辣的话语刺进了他的胸膛,他却不觉得生气。也许自己伤美雪伤得更深。看到美雪含泪的双眼,桧山这才第一次这么想。

"美雪老师,你怎么了?"

听到睡醒的爱实的声音,美雪回过神来,连忙走到爱实身边。

"没有啊。爸爸回来了喔!"

桧山对爱实露出不自然的笑容。

次日，在大宫站下了车之后，桧山的脚步就变得很沉重，他还没办法撇开昨晚告别时的尴尬。爱实显然与大人的苦衷无关，蹦蹦跳跳地大步向前走。

一打开青草绿幼儿园的门，是其他育婴师前来迎接爱实。桧山叹了一口气，说不上是安心还是不安。

一脱掉鞋子，爱实立刻奔向待在里面的美雪。

"美雪老师早！"

美雪以一贯的笑容迎接爱实，然后朝入口的桧山看。她轻轻一点头，又立刻将目光从桧山身上移开。

"麻烦老师了。"

桧山对旁边的育婴师敷衍地笑了笑，关上了门。

走出出租大楼，一面走向大宫站，一面打电话到店里。

他向接电话的福井确认自己中午再去上班有没有问题。

桧山从大宫前往川越，转乘东武东上线，在第二站上福冈站下车。

他很快就找到祥子念过的初中。

隔着栏杆，可以看见穿着运动服的学生们在校园里奔跑。这里就是祥子念过的初中。虽然他在秋日的天空下感慨了一会儿，但已下定决心：既然如此，就只有一个个问祥子的同学了。

他在正门前的人行道上等了一会儿，不久听到下课铃响，便走进正门。入口的换鞋处聚着一群刚上完体育课的学生。桧山叫住了其中穿着体育服的年轻男老师。

桧山首先表明自己的身份，拿出祥子的毕业证书和自己的驾照，然后明白解释了原委：自己去世的妻子是这所初中的毕业生，想通知同学做法事的消息，但遗失了名册，无法联络。没想到男老师爽快地答应帮忙，把桧山带到会客室。

桧山在会客室等着，男老师拿着毕业纪念册来了。

"我帮您影印。请问是几班？"

"这个……"

桧山以不知情的表情翻阅纪念册。

他依照班级顺序看过照片，学生在每一格照片里摆出各式各样的姿势。也许憎恨祥子、恐吓少年的人就在这当中。桧山把五个班级的照片看完了。

但是，里面却没有前田祥子。他觉得奇怪，又仔细将女学生的脸和照片看了一遍。

"不在里面。"桧山对男老师说。

"是1995年毕业的吧？"

"是啊。"

没有错。毕业证书上写的是平成七年，也就是1995年毕业。

"我去问一下其他老师。"

男老师离开了会客室。

独自留下的桧山盯着毕业纪念册看，看着看着，内心开始产生一股莫名的不安。

2点过后，美雪来到店里。

中午的人潮已过，兼职工正轮流休息，由桧山站收银。

"我想为昨天的事道歉……"美雪垂着眼低声说。

桧山离开初中后，一直感到胸口闷，喘不过气来。"要不要到外面去？"桧山问美雪。

他们从安静的冰川参道走向大宫公园。

"对不起，我昨天说了那么冒失的话。"美雪弯身行了一礼，"我神经太大条了。对桧山先生来说，祥子还是很重要的人。而且对爱实来说，祥子也依旧是亲爱的母亲。"

桧山仰望天空。清澄无比的天空。视野一角，行道树的叶子随风摇曳。然而，那种喘不过气的感觉完全没有减轻。

"既然桧山先生想知道祥子的事情，只要我记得的，都会一五一十……"

美雪的一字一句，燃起桧山的不安。

"你为什么要说谎？"

"咦？"美雪茫然地看着桧山。

"我希望你跟我说实话。"

"什么实话？"美雪佯装不知。

"祥子不可能和美雪老师在同一家补习班补习。你和祥子到底是什么关系？"

"什么到底……我和祥子是在补习班认识的啊。"

美雪拼命挤出笑容，但语气已经开始心虚了。

"不可能！"桧山加强了语气，"因为祥子初三那一整年几乎都是在少年院度过的。"

桧山的话让美雪睁大了眼睛。

"祥子究竟出了什么事？"桧山逼问。

这一点就连祥子念的初中也不肯透露。后来，那位男老师一脸尴尬地回来，告诉桧山，祥子因为犯下某起案件进了少年院。毕业证书是校长送到少年院的，在母亲澄子的要求下，并没有将祥子的名字列入毕业纪念册和通讯录。

一听桧山问起祥子犯下什么案件，那位男老师便含混地说"那是以前的事，我不太清楚"，然后匆匆离去。

"美雪老师知道吧？所以才会为了隐瞒，一直对我说谎。"

美雪的表情僵住了。

"就算真的是这样好了，那又怎么样呢？桧山先生只要知道你认识的祥子不就好了吗？每个人都会犯错，事到如今再把过去挖出来又有什么意义！"

"我想知道真正发生过什么事。不，我非知道不可！"

"为什么？"美雪满脸怒色，"根本没有人希望这样！"

"我非找到杀害祥子的真凶不可！"

自从听了丸山的话后，一直压抑在桧山心头的激愤爆发出来。

美雪一脸"你在胡说什么"的神情，反过来瞪着桧山。

"什么杀害祥子的真凶？你在说什么？"

"那件案子不是那几个少年引起的突发事件，是有人对祥子怀有杀意，恐吓他们去干的。"

"骗人……"

美雪神情茫然，后退了两三步。桧山的话仿佛化为强大的风冲击美雪的胸口。即使如此，美雪的意志依然不愿屈服。她缩起身子，沉默地拼命忍受这阵暴风。

"我要亲手逮捕凶手！否则祥子会死不瞑目。难道不是吗？"

桧山逼近美雪。

美雪无力地摇头。

"祥子不会希望你这么做的。她叫你住手。"

"究竟是怎么回事？"桧山抓住美雪的双肩猛摇，"告诉我！"

美雪推开桧山的手，又退了两三步。然后，张开苍白的嘴唇：

"祥子杀了人。"

7

星期六下午令人忧郁。

12点一过,出了校门,穿过宽广的航空公园。住在这个地方,会觉得天空好大。今天也是万里无云的晴空,在耀眼的阳光下,情侣、携带家眷的人们正舒服地散步。

一走出公园,美雪的心情顿时忧郁起来。国道上来来往往的车辆排放出废气,美雪位于国道旁的家,因为作为行道树种植的连绵榉树的遮挡使室内采光不好。然而,让美雪心情忧郁的真正原因,是在这个家里。

美雪家是干洗店。一楼是店铺和餐厅兼厨房,美雪、双亲与祖母四人住在二楼。

一进玄关,美雪便听到在店里工作的父母的声音。又吵架了。就算上了二楼,关上自己房间的门,高亢尖锐的叫喊和低沉的怒骂还是会从楼下传上来,美雪真的快烦死了。她把书包往床上一扔,换下校服。她不想介入大人的事,但看着那两人,她对自己究竟是怎么来到这个世界感到不可思议。

星期六学校不供餐,所以美雪肚子很饿,但她的神经和胃并没有强韧到可以听他们的互骂配饭吃。

出门去吧。难得的好天气,何必待在这种沉闷阴湿的地方?再继续待下去,身上搞不好会长出青苔。美雪选好外出服,又换了一次衣服,拿着钱包和包包下楼。

要去哪里呢?美雪在航空公园站的售票口想。从这里到新宿只要一班车就能到,只不过,虽然只去过几次,美雪却怕新宿那个地方。还是在所泽换车到池袋去吧。在阳光大道的电影院看场电影、买本书,再到东急手创馆买本可爱的笔记本,这样应该可以让她熬过回家后的忧郁。她只有四千日元，不过应该够。美雪买了票。

真叫人失望，没有电影让人想用掉宝贵的零用钱。美雪本就不是特别爱看电影，电影要和朋友、家人一起看才好看。不光是电影，进了东急手创馆看了各种造型的商品之后，她也发现一点都不好玩。独自一人走在阳光大道上，美雪觉得好寂寞。四周的行人每个看起来都好快乐。

她进了游乐场，夹娃娃机里有可爱的玩具熊。对身为初中生的美雪而言，来池袋一趟可要砸不少钱，她开始认为把那个玩具熊带回家是自己的使命。可是，花了一千多日元，却连碰都碰不到自己的目标。

美雪火了，无论如何都要得到那只玩具熊。每当玩具熊从夹臂滑落，美雪就气得咬牙切齿。

旁边的夹臂动了。一看，一个女孩正在操作按钮。那个女孩年纪和美雪差不多，穿着牛仔裙和粉红色开襟衫的模样看起来不太时髦。她的目标是和美雪同样的玩具熊。美雪也不愿认输，继续挑战，但再玩下去，明天以后就没钱可用，只好放弃。

美雪看着那女孩挑战。她大概也花了超过两千日元吧，当夹臂夹住玩具熊，掉进洞里的那一刹那，美雪也忘了懊恼，发出欢呼声。

女孩从夹娃娃机里取出玩具熊，转向美雪。

"给你。"

"咦？"美雪吃了一惊，呆呆地接过玩具熊，"可、可是……"

"我夹到就很开心了。"

那女孩好像看到美雪那个表情就很满足似的，向出口走去。

"等、等一下。"

女孩回头。

"你一个人？饿不饿？"

女孩微笑了。那笑容看起来就像第一次有人约她一起玩的转学生。

她们两人进了汉堡店，美雪请那女孩吃薯条。刚坐下来的时候不知道该说些什么。那女孩属于比较沉默的类型，好像不太会主动说话。不过，每拿起一根薯条，紧张便随之渐渐消失，两人开始天南地北地聊。她说她叫前田祥子，在福冈的初中读初三。和美雪同年。

祥子说，学校同学都说她很阴沉，没什么朋友，所以经常自己跑来池袋，但美雪不认为祥子有她说得那么阴沉。也许真的有合不合得来这种事吧，这时候她们就聊得很开心。

两人聊起学校的课和流行的东西——原来每一所学校都差不多嘛。虽然是一些漫无目的的闲聊，但对美雪而言，这是一段新鲜的时光。她开心得不敢相信她刚才还那么郁闷。两个人还模仿起各自的班主任，明明没看过对方的老师，却都笑翻了。

她们在巴而可逛街看衣服。虽然现在买不起，但光是两个人挑挑看看，"这个很适合你""那个不错"的，就很开心了。走出巴而可时，暮色已经包围四周。她们坐在西口公园的石阶上喝了罐装果汁。美雪身上只剩下回家的车钱了。虽然有点凉意，但她们有一句没一句地聊着，就像陆陆续续向小小的火堆中扔进小树枝一样。只是，时间已经晚了，非回家不可了。

这时候，假如她们其中有谁站起来，回到无趣的现实，也许美雪和祥子的友情就能永远继续下去。

祥子没有显露出要回家的样子，美雪也舍不得开口道别。

就是因为处在这种时候，她们才会答应那样的邀约吗？

有三个男人来跟她们搭话。说到男人，美雪只看过穿着学生服、顶着五分头或三分头的同学，所以这几个头发染成咖啡色、穿着宽松的男人在美雪看来显得颇为帅气。他们像电视上的新生代搞笑艺人般有趣，就好像在眼前表演短剧般，愉快地出言邀约她们。

"一下子而已，有什么关系？"

美雪和祥子对看一眼。

拓也、纯二和阿健说他们在东京一所高中念高二。

一行五个人前往他们号称常去的居酒屋。美雪她们说没钱，他们就体贴地说别担心，他们请客。美雪和祥子各自被男生左右包夹着坐下。和祥子分开，美雪觉得有些胆怯，小口小口地喝着酸味饮料。一开始谈话还算融洽，他们也尽力营造欢乐气氛、取悦她们。但是，时间一久，美雪便渐渐开始感到不安，往坐在拓也对面的祥子一看，她似乎也和美雪一样。话变少了。

"我得回家了……"

美雪以几乎听不见的声音这么说，祥子也应声"对啊"，站了起来。

"还早嘛！"拓也粗鲁地抓住祥子的手，把她拉回来。

这时候，他们露出了粗暴的真面目。全场充斥着他们威逼的气势和香烟的烟雾。坐在旁边的男人挤了过来，美雪对他们产生了厌恶感。

"去唱歌吧。"

听到他们这么说，美雪稍微松了一口气：可以从这种气氛中解放了，到外面去以后，随便找个理由回家吧，和祥子跑到车站，交换联络方式就回家，回那个无聊的家。

但就算走出了居酒屋，美雪的手还是被阿健牢牢抓住。能不能甩开他的手逃跑？虽然这么想，走在她前面的祥子却被拓也和纯二包夹。祥子回过头来，视线和她对上了。祥子脸上的表情显得很害怕。

他们来到荒凉的公园。只有电话亭的灯光明晃晃地亮着。拓也在电话亭前给了美雪和祥子小包面巾纸。美雪和祥子不明白他的意思，互相对看。

"我们得筹点钱。"拓也冷笑。

美雪和祥子把面巾纸拿起来看。里面有电话交友的广告。

"不要。"

祥子的反抗让他们笑了。

"你可别误会，不是真的要你去卖。你们只要打电话就好，其他的我们会搞定。"

"不要。"祥子还是不愿意。

"帮忙打个电话会怎样？"拓也露出胁迫的眼神，"你们也有玩嘛，吃也吃了，喝也喝了，不是吗？通过这种渠道买春的人是社会的败类，我们只是稍微教训他们一下而已。"

看到他们三个恶狠狠的目光，她们不敢拒绝。祥子和美雪轮流打了电话。

接美雪电话的男子说他是三十岁的上班族，一问她几岁，美雪便回答二十岁。约好三十分钟后在西池袋公园碰面，就挂了电话。

五个人躲在厕所后面窥视公园的情况。美雪心中祈祷男子放她鸽子，祥子一定也是同样的心情吧。

三十分钟后，一名男子在昏暗中出现。男子在电话亭四周徘徊，穿着西装，提着黑色的公文包，拿着美雪指定作为标记的周刊。

"是找你的吧。"拓也推了推美雪的背。

美雪摇摇晃晃地走过去。一回头，祥子一脸担心地看着她。

她走向男子。男子发觉美雪后，笑容满面地对她说"你好"。三十岁是骗人的吧，他看起来年纪更大一点，搞不好已经结了婚，也有小孩了。

男子凝视着美雪的脸，笑容变成诧异的表情。

"你说二十岁是骗人的吧。是高中生吗？"男子边思考边喃喃说着，"还是更小？"

见美雪迟疑不答，便对她说教："这么晚了还在外面做什么。你的家人一定很担心，赶快回家。"

"大叔，你对我的女人做什么！"

后方响起怒骂声。男子困惑地看着美雪。美雪别开了眼。

"我什么都没……"

三人不理会男子的辩解，对他猛踢。男子挨了拓也一脚倒下，三人像踢足球般你一脚我一脚地踢着，发出肉和骨头撞击的声音，令人头皮发麻。美雪呆望着眼前的景象。拓也拉起男子的头，向他亮出从长裤后口袋取出的刀子。

"别把人看扁了，大叔。"

然后看着美雪她们，露出冷笑。

美雪背上汗毛直竖，只觉得这句话是对她们说的，心脏因为恐惧而紧缩。

"警察会来的！"祥子尖叫。

他们从男子的口袋抢走了钱包，抓了美雪和祥子的手就跑。美雪已经连试图抵抗的气力都没有了。她好怕，只想赶快离开这个地方。

他们跑进KTV包厢，为今晚的战绩放声大笑。拿出钱包里的钱，心情极佳，请美雪她们喝饮料。

碰在嘴上的杯子发出吧嗒吧嗒的声响。不管再怎么忍耐，美雪还是一直发抖。那个人不会有事吧？

"那个人不会有事吧？不会死掉吧？"

祥子低声说出美雪心里的话。

听到她这么说，三人大笑："死不了，死不了，人没有那么简单就死掉啦。"

"我要回家了！"

祥子下定决心般站起来。"回家吧。"她对美雪伸出手。

"现在出去就完了。"拓也阻止她们，"现在出去保证被条子抓。在这里等风头过去，搭最后一班车回去就好了。来，唱歌唱歌。"说着把选歌本丢过来。

美雪和祥子都没有唱歌的心情，他们似乎也没那个意思。难堪的沉默持续着。

"真没情调。"阿健把灯关掉。

美雪才刚要提高警惕，原本在旁边的纯二就朝她压过来。她的双手被抓住，身体被推倒在沙发上。

"不要！"祥子尖叫。拓也在对面沙发上和祥子一起倒下。美雪也大声尖叫。

"我朋友在这里打工，而且这里有隔音设备，再怎么叫都没有用的。"拓也讥笑她们。

阿健也加入纯二的行列，一起按住美雪，硬是把美雪的大腿分开。

"住手！"

"好痛！"拓也大叫着跳起来。他的叫声让男生们停止了动作。

祥子蹒跚地从沙发上站起来，把灯打开。

看到祥子的样子，压住美雪的阿健和纯二倒抽一口气，看着拓也。只见他按着手臂呻吟。他流血了。

"这女人抢走了我的刀子。"拓也大骂。

祥子拿刀指向阿健和纯二。

"放手！"

阿健和纯二呆住了，静止不动。

"放手！我是认真的！"祥子红着眼说。

阿健和纯二从美雪身上离开，美雪连忙爬起来，跑到祥子身边。祥子一面往门边退，一面拿刀威吓。

然后，她们逃走了，不顾一切地跑过闹市区的小巷。喘着气停下来的时候，美雪发抖着哭了。

"没事了，已经没事了。"祥子抱着美雪的肩。

她们尽可能挑没有人的小巷走向车站。好凄惨的一天。这时候才回家，一定会被爸妈痛骂一顿的。

"我爸妈一定很担心，我可以打个电话吗？"

美雪跑向停车场旁的公用电话，一面从钱包里拿出电话卡，一面想借口。这时候，有人抓住她的肩。巨大的压力令美雪在一阵哆嗦中回头。

男子的头发碰到美雪的鼻尖。脸朝下的男子缓缓抬起头来，说：

"把钱包还来。"

一看到男子的脸，美雪发出细细的尖叫：扁掉的鼻子、整张脸发黑肿胀，再加上充血的眼睛，和短短一个小时之前的样子完全不同。

"把我的钱包还给我。带我去找你的同伙！"

男子一抓住美雪的手，便使劲硬拉。

"对不起，我不是他们的同伙。"

美雪挣扎着想甩开男子的手，但男子不肯听，在盛怒中拉扯着美雪。

祥子跑过来了："住手！"她想把美雪和男子分开，但被男子的左手推开。

"快带我去！"

这回男子抓住美雪的头发猛扯。他气疯了。

"好痛！好痛！"美雪哭出来。

"请你放开她！"

祥子过来恳求，但又被用力推开，一屁股跌坐在地上。

美雪在路上绊倒。但男子依然不松手，拉着美雪的头发，想把她硬拉起来。好痛！好痛！再也受不了了！

有一阵奇异的震动。一抬头，祥子和男子的身体贴在一起静止不动。男子抓住美雪头发的手松开了，接着他发出低声呻吟，双膝着地。

美雪抬头呆望着祥子，却只看到祥子失神地握着刀子。她明白发生什么事了。

她们被带到池袋警察署。说了什么，她几乎都不记得了，只记得自己好像一直在哭。侦讯她的女性调查员说被刺的男子死了。只有这句话一直在她耳中环绕。

祥子因涉嫌杀人遭到逮捕，美雪则遭到警方拘留。明明是自己引起的，明明自己也应该同罪才对——美雪内心充满了罪恶感。

来到警局的双亲虽然为女儿闯下大祸苍白了脸，但一知道不是美雪亲手置人于死地，便明显地露出松了一口气的表情。父母这种态度，使美雪更加内疚。祥子现在是什么心情呢？她受到四周的人多严厉的苛责？美雪的心难过得几乎快炸开了。

美雪因深夜游荡、打电话到电话交友中心等有违良俗的行为，以涉嫌违法少年的身份接受少年法庭的审理。

报纸、周刊都报道了这起事件，但对美雪和祥子都抱持着同情的论调。家庭法院的调查官告诉美雪，一位大力提倡保障孩童权利的律师自愿担任祥子的辅佐人，为她辩护。据说移送少年法庭的事件中，有辅佐人的只有百分之一左右，美雪安慰自己，至少祥子还有这一点帮助。

少年法庭对美雪处以保护管束处分，而她从调查官那里听说祥子的处分是移送少年院。自从出事之后，她就再也没见到祥子。

美雪定期和帮助其改过自新的辅导员见面，接受面谈。一开始，她的生活如坐针毡，但进了高中后不久，便又回到出事前正常的生活了。

美雪每天都和对事件一无所知的同学一起度过。多少会念书，不至于让父母担心功课，也参加社团活动流流汗，偶尔出去玩，日子乏善可陈。

可是，无论过了多久、过着多普通的生活，沉淀在心底的罪恶感都不会消失。

祥子现在过着什么样的生活呢？还有，那名男子的家人又怎么样了呢？他们该有多么痛苦啊。但想归想，美雪并没有求证的勇气。

她从辅导员那里得知被害者家属就住在附近。虽然问到了住址，但美雪不敢去拜访。

美雪把辅导员给的住址纸条放在钱包里。她暗自下定决心，要一直带着这张纸条，绝对不能忘记，将来等自己有勇气的时候，一定要去见家属，向他们道歉。这个念头她一直放在心里。只是，时间过得越久，门槛就变得越高。美雪不断地逃避着。

考虑高中毕业后的出路时，美雪想成为育婴师。虽然觉得像自己这样的人从事儿童教育实在是自不量力，但她想过了，要把育婴师的工作当成自己一生的赎罪。

就在这时候，她在电视新闻中看到了难以置信的消息。

电视里出现了祥子的大头照。祥子还是和认识那天一样清秀。她结了婚，还生了孩子。同时得知了她的幸与不幸，让美雪在房间里哭了一整晚。

要不要参加祥子的守灵仪式让美雪很犹豫。万一出席的人和家人问起她们的关系，她不知道该怎么回答才好。美雪很不擅长说谎，可是她实在很想去。不，她不能不去。

尽可能不要引人注意——美雪怀着这样的心思上香，可是没有用。面对祥子的遗照、看到她留下的丈夫和孩子，眼泪无论如何都止不住。

祥子的母亲带她到守灵的筵席时，她说出了自己和祥子的关系。祥子的母亲先是吃了一惊，接着便恳求她："对案件的事保密。"

因为祥子的丈夫桧山贵志什么都不知道。美雪答应了。

她欠祥子一份很深的情，是怎么也还不完，不，是再也无法偿还的情。我要彻底保守这个秘密——美雪在心中坚定地发誓。然后尽最大的努力帮忙养育祥子的孩子，因为这一定是祥子最放心不下的。美雪认为，这是她能够为祥子做的最起码的赎罪。

她说了，她究竟还是说出来了。美雪无法直视桧山的脸，也没有脸面对祥子了。对不起，祥子。我真的对不起你。

第五章　赎罪

1

一睁开眼，爱实正在摇他。

"爸爸，时间到了喔。"

桧山慢慢从沙发上爬起来，头痛得像是被钉了螺丝钉一样。自己到底喝了多少啊？往茶几一看，威士忌和琴酒的瓶子几乎都空了。

他以缓慢的动作冲了澡，向爱实提议早餐吃麦当劳。爱实高兴极了，但他自己顶多只喝得下咖啡吧。

在大宫站前的麦当劳让爱实吃完早餐，两人便前往青草绿幼儿园。

电梯门在三楼打开，桧山的脚步却踏不出去。爱实不解地看着按着"开"按钮却不出来的桧山。

"你一个人会过去吧？"

"爸爸不去吗？"

桧山点点头。

"你去吧，爸爸会在这里看着。"

在桧山的敦促下，爱实只好走向幼儿园的入口，还怯生生地回头看了好几次，每次桧山都以笑容鼓励爱实。看爱实开了门走进去，才按了"关"。

爱实虽然很可怜，但他今天实在没有心情面对美雪。桧山的心很乱，还没有自信能够露出和平常一样的表情，他怕可能自己一个脸色就会重重地伤害美雪。但这会不会只是借口呢？

到咖啡店上班之前，桧山先进了附近的图书馆，拿了1994年4月的报纸缩印本到阅读桌前坐下。按捺着内心的悸动，翻开装订如电话本般的报纸。相关报道刊登在社会版的一小角。

初中女学生刺杀高中教师

23日深夜，110获报一名男子倒卧在丰岛区池袋四丁目路上，警察赶到时，男子腹部遭刀子刺伤，送医后因失血过多死亡。死者为田无市高中教师泷泽俊夫（三十七岁）。池袋署在附近以涉嫌杀人逮捕埼玉县上福冈市某初三少女A（十五岁）。少女承认杀人。据查，少女与死者通过电话交友认识，而后导致此案发生，该署已对少女展开侦讯，对作案动机等详细犯案经过进行进一步调查。

即使看了报道，桧山仍旧无法接受事实。直到现在，他还觉得美雪昨天所说的事情是个恶劣的玩笑。这则不起眼的报道里刊载的少女A，无论如何都没法和桧山所认识的祥子联系起来。

只是，这样他就稍微能够理解祥子在进高中之前，为什么会去拜访吾妻郡的小柴夫妻了。

祥子之所以会回到那个留有不愿再次碰触回忆的小镇，应该是源自无法压抑的罪恶感。她决定去见见自己所知道的被害者家属，想知道该怎么做，才能稍微安抚被害者家属的心情。明知希望渺茫，祥子还是决定回到那里去寻找答案吧？是害死了一个人之后不知如何是好的罪恶感，驱使祥子前往那个小镇的吗？

小柴的妻子说过，希望加害者来谢罪。那么听到小柴太太这么说之后，祥子是否见过了泷泽俊夫的家属？

假如美雪说的是事实，那么祥子虽然害死了一个人，但桧山认为祥子犯下的案子几近于过失，祥子和美雪都有值得同情的地方。话虽如此，桧山自己也很清楚家属的被害情感并不会因此而消除。撞死桧山父母的大学生也是过失犯罪。

然而，假如他知道祥子曾发生过这起案件，他会怎么看待祥子呢？那个时候他还会雇用前来面试的祥子吗？他还会爱上祥子吗？桧山对于思考着这些的自己感到强烈的厌恶。

现在自己该想的，是找出恐吓三个少年、指示他们杀害祥子的人。桧山对那个人的憎恨再次燃起。

或许泷泽的家属也牵涉其中——

一离开图书馆，桧山便用手机发信息给美雪。

"如果你知道泷泽俊夫先生家属的住址，请告诉我。"

中午的高峰时段过去，桧山拿着咖啡进了办公室。

由于是星期六，店里人很多。假如是平常，他会很高兴，但现在他只想远离一切。

手机响了。一看来电显示，是美雪打来的。桧山虽然犹豫，还是接了电话。

"我是早川。"

从没听过美雪这么沉重的声音。

"你知道泷泽家的住址吗？"

一段漫长的沉默。

"你去见他们要做什么？"

"我不知道。"桧山不知道接下来该说什么。他点了烟："可是我一定要见他们。无论什么方法都要查出来。我非见他们不可。"

"我从改过自新辅导员那里问到泷泽先生家人的住址，不过不知道他们现在是不是还住在那里。"

"美雪老师去过吗？"

"没有……"

声音小得几乎听不见。

"请告诉我住址。"

几秒之后，美雪以平静的声音念出了泷泽家的住址。

"如果只是见面的话，应该不会待到太晚吧？"

美雪跟他确认。

"嗯，我还得去接爱实。"

明明没人看得见，桧山还是硬挤出微笑。

"嗯，今天我会早点下班，和爱实在咖啡店等你。"

挂掉电话之后，桧山从架上拿出地图。看着向美雪问来的地址，翻开地图。

泷泽俊夫家人的住址，是东京都东村山市秋津町三丁目——

东村山市秋津町就在所泽站和东村山站中间，而航空公园就在所泽站的下一站。看来不算是全然陌生的地方。

敲门声响起，步美进来了。

"店长好。"

或许是从神色严肃地瞪着地图的桧山身上感觉到紧绷的气氛，步美只稍微看了桧山一眼，便立刻进了更衣室。

桧山打算立刻就去拜访，打上领带，还穿上外套。他认为星期六下午有人在家的可能性比较高。不，就算不在，他也愿意等到他们回来。

正要走出办公室的时候，步美正好从更衣室出来。

"我现在要出去一下。7点以后只剩你和福井两个，不过我应该可以在那之前赶回来。"

他看着挂在墙上的班表对步美说。

"我知道了。"步美点点头。她对走出办公室的桧山微笑道："小心慢走。"

桧山在所泽站前快步寻找公交车站牌时，听到从环岛传来的声音而停下脚步。穿着学生校服的少男少女正在呼吁来去的行人，他们胸前捧着捐款箱，为车祸孤儿募捐。

桧山从钱包里取出一张一万日元纸币，折了三折后塞进女孩捧在胸前的捐款箱。女孩因为意想不到的大钞而显得有些惊讶，抬头看着桧山。

"谢谢您。"少女露出笑容，向他点头致意。

女孩真诚的微笑，让桧山感到心头刺痛，便逃似的离开了。

搭上公交车的桧山远远看着募捐活动，思索着刺痛了自己内心的究竟是什么。

桧山和他们一样，因为车祸而失去了至亲。可是，他就是无法对人露出那么真挚的笑容。他每天都憎恨着害死双亲的人，自己在心里筑起围墙，远离别人，被孤独捆绑，动弹不得。

是祥子改变了这样的自己，是祥子包容了桧山的孤独。和祥子在一起，就觉得她把自己从寂寞中救了出来。可是，真正希望得救的，难道不是祥子吗？在笑容背后，祥子一定饱受着无法独自承受的苦恼和痛苦的折磨。我想当护理师，我想从事救人性命的工作——在祥子那令桧山感到坚强、羡慕不已的热情眼神底下，其实是绝望的心灵呐喊。

祥子什么都没对桧山说。不，是不敢说吧。

对祥子而言，和自己这种无法原谅犯错者的人生活在一起，难道不是生活在莫大的痛苦之中吗？

"心情好沉重啊。"驾驶座上的长冈低声说。

"是啊。"三枝只能点头同意。

车子驶入熟悉的街头。记忆犹新的街景，压迫着三枝内心。一个月前经过这里的时候，他根本没想到会有今天这样的状况。

项目小组在中午过后，决定要求涉事人到警署协助调查，刚才署里已经联络母亲了，但母亲说他本人还没有回家。

昨晚，原定8月23日举行，却因故延期的那场血腥山姆演唱会，在另一场地举行。之前无法看到演唱会的观众一定很高兴，而项目小组的成员更是高兴万分。持有原定日期入场券的观众可直接入场观赏延期的演唱会。会场周边气氛热烈。而仿佛受到这热烈的气氛推动，项目小组一度消沉的士气又复活了。

开演前，他们动员了不少警力向观众进行地毯式访查。观众人数非常多，又是一个月前的记忆，这项工作就像要在茫茫沙漠中找出一枚隐形眼镜。然而，其中有几名目击者记得看过疑似八木的人，而且警方还获得与他走在一起的人的相关证词。跟好几名目击者问到的该人的特征大致上都一致。

"三枝警部！"

长冈的眼神很紧张。

三枝朝窗外看，看到了走在人行道上的丸山纯。

"停车。"

三枝一下车，便叫住丸山。

丸山一脸惊愕。

"我们正想到你家去。有几件事想请教你，可以的话，想请你到警署来谈。"三枝的语气尽可能平静，以免吓坏丸山。

"现在吗？"

"你有事吗？"

"我知道了。"

令人意外的是，丸山老实点头，一点也不害怕地坐进了后座。

三枝对于丸山出乎意料的反应感到惊讶与疑惑，但还是坐在了丸山身旁。

"会很久吗？"丸山看看自己的学生服问。

"换件衣服应该比较好吧！"三枝说着，往驾驶座的长冈看。

长冈一副"了解"的样子，将车子驶向丸山家的大厦。

他们在米色大厦前停车。大门那里有看似住户的主妇站着聊天。

"我陪他去。"长冈朝三枝使了眼色说。

"麻烦了。"

长冈紧贴着丸山进了大门。两人的身影一消失，三枝便叼起了烟。

刚才叫住丸山的时候，看到丸山冷静的态度，三枝的直觉并没有给他任何提示。可是四年前办桧山祥子命案时，还有上次落轨意外时，稍微问几个问题，丸山就非常害怕的样子。难道走到这一步，才发现侦查方向完全走错了吗？三枝开始感到不安。

三枝点燃了第二根烟，看了一下时间。已经二十分钟了，有点慢。难不成丸山的母亲又刁难人了？三枝下了车，走向大门。

按下对讲机。

"喂。"对讲机里传来丸山母亲不悦的声音。

"您好，我是县警三枝，请问丸山纯同学还没准备好吗？"

母亲以讶异的声音回复：

"小纯还没回来呀！"

听到母亲的话，三枝的心一下子悬得高高的。

"请立刻开门！"他朝对讲机大吼。

电子锁的门一开，三枝立刻往旁边的电梯看。电梯停在三楼。停在三楼就表示长冈和丸山上了三楼吧。三枝略略思索，环视四周。走廊尽头有紧急逃生出口。三枝跑过去开了门，便跑上楼梯。楼梯设在户外，栏杆外可以看到后院的绿意。不祥的预感更让三枝的心跳加速。从二楼跑向三楼时，头顶上响起闷闷的呻吟声。

"长冈！"

三楼的楼梯平台上有一摊血。在散乱的书包和教科书之中，只见长冈按着胸口，身子蜷成一团。

2

下了公交车，桧山往四周看了看，随便选了一条路走进去，里面是安静的住宅区。桧山叫住一名路过的女性，向她寻问泷泽家的地址该怎么走。

"从这条路一直走过去，有一家古董店，在那里左转，上坡就是了。"

"谢谢。"

他走了一会儿，在一幢四层楼建筑的一楼看到了应该是古董店的店。透过玻璃，可以看到店内摆饰着西式彩绘玻璃台灯。桧山左转，爬上和缓的坡道。

桧山的呼吸变得急促，感觉这和缓的坡道仿佛变成了陡峭的险坡。他就要见到被害者家属了，这个现实，强烈地撼动了桧山的心。那些家属和桧山一样，重要的人被他人夺走。或许，也是与祥子被杀的命案相关联的人。泷泽的家属是什么样的人呢？他们看到桧山会有什么反应？自己在那里将会看到什么、感觉到什么？这时候他还不得而知。只不过，桧山已经做好准备，要将接下来看到的一切，分毫不差地烙印在视网膜上。

泷泽的住址是坡道半路上的独幢房子。房子没有围墙，紧临道路的地方是停车位，玄关在车位后。桧山走向玄关，看到门旁的门牌，停下脚步。

门牌写的是"木村"。那是泷泽妻子的本姓吗？或者他们一家人已经搬走了？

都已经来到这里了，再怎么想也没有用。桧山按了门铃。

"来了。"

里面传来一位女子的声音，门开了一道缝，但没有解开门链，露出一名四十多岁女性的面孔。

"很抱歉突然打扰。不好意思，请问泷泽俊夫先生一家人住在这里吗？"桧山有礼地问。

"泷泽俊夫是我的前夫。"女子露出讶异的表情。

"我是前田祥子的丈夫，我叫桧山贵志。"

桧山朝门缝里看，想看看泷泽的妻子会有什么表情。

"喔……"泷泽的妻子表情没变，眼神好像在看一个不知打哪来的推销员，"请问您和泷泽是什么关系？"

"前田祥子是泷泽先生命案的加害者。"

桧山的话让泷泽的妻子惊愕地睁大了眼睛。隔着门，沉重的沉默持续了好一阵子。桧山说想为泷泽上香，她尽管不太情愿，却还是让他进屋了。泷泽的妻子竟然答应让他这个加害者家属进门，她的态度反而让桧山感到不解。

她将桧山带到玄关旁的起居室，一角有佛坛。桧山上了香，恭敬地双手合十。

泷泽的妻子把茶放在矮桌上，说了句"请喝茶"。

"请别费心。"

一转过身，只见泷泽的妻子正以不解的神情看着桧山。

"她本人不来吗？"

桧山仔细打量泷泽妻子的表情，想看出她真正的意思，但从她脸上完全感觉不出任何诡计。

"内人不曾来打扰过？"

"是啊。"

"这样啊。"桧山心中一阵失望，"内人已经过世了。"

"咦？"

泷泽的妻子露出惊讶的表情。

"被初中生刺杀身亡。"

"这样啊……真可怜。"她喃喃地说，似乎觉得这是个讽刺的巧合。

桧山看到泷泽妻子的态度，感到意外。她对杀害自己丈夫的凶手的配偶并没有愤怒的感觉，她看着桧山的眼神更像是同情。是演技吗？

"媒体大篇幅报道了那起案件，您不知道吗？"

“请问那是什么时候的事？”

“命案是四年前的10月4日发生的。”

“那时候我不在日本。”

泷泽的妻子回想着。

“去旅行吗？”

“也不是旅行，我从9月开始，在美国的俄勒冈州待了半年左右。”

桧山思考着。假如她说的是事实，那应该怎么解释呢？但是，犯人是利用录像带恐吓少年的，不需要在10月4日时待在现场。

“而且，我并不知道加害者叫什么名字。《少年法》保障孩子的个人资料，不仅是名字，警方和法院几乎都不肯透露和事件相关的所有信息。”

“两年半前《少年法》修正通过了。您没有调阅记录吗？”

泷泽的妻子点点头。

“我有听说，可是判决结果确定后超过三年，就不能再调阅记录了。泷泽的案子已经是八年多前的事了。”

听她这么说，桧山想起在调阅加害者记录的条文当中，确实是有这样的句子。

“没有考虑过提起民事诉讼吗？”

“是曾经考虑过。为什么会发生那样的事？为什么死的是我先生？关于命案的一切，公家机关什么都不肯告诉我们。通过媒体和杂志所得到的信息，对我们而言又实在是不堪入目，所以更加强了我想知道真相的心情。更何况，一家的经济支柱突然倒了，我带着年幼的女儿，生活也有困难……”

“既然如此……”

“但是我身边的人和亲戚全都反对，他们叫我不要再自取其辱了。泷泽被贴上标签，当成跟中学生买春的无耻教师，遭到媒体和一般民众讨伐。我和身边的人都受到外界的冷言冷语。在学校里，泷泽被公认是个教学认真的老师，他为什么会打那种电话，至今我仍然无法理解。出事的时候，我正回娘家待产。再怎么想，我都觉得是他一时鬼迷心窍，可是我再也无法听到泷泽的解释了。大概是泷泽遇害的打击，再加上要应付侵门踏户、胡说八道的媒体所造成的精神压力，那孩子生下来就是个死胎。为什么身为被害者的我们要受到这种对待？这令我感到愤怒，但不久之后，我就无法再把精神耗在那些无谓的事情上，也就努力忘记命案的事。"

泷泽妻子的表情显得超然。即使是现在，对于司法和社会的种种不合理，她的感受也一定比桧山更深。

的确，教师进行电话交友不是件值得鼓励的事，但若说对无辜遇刺身亡的泷泽群起而攻之并问罪的社会是正义的，桧山也万万无法认同。不知不觉间，他开始对泷泽一家人感到同情。

桧山盯着放在矮桌上的茶杯，想起自己在杀害祥子的少年们受到警方保护辅导时的情绪。他想亲手杀死那几个夺走他心爱之人却不能问罪的少年；他诅咒不负责任地逃避的少年和他们的家人。眼前这名女子，对祥子也怀着那样的感情吗？

"你一定很恨内人吧？"桧山平静地问。

"不。"泷泽的妻子说得干脆。

听到这令人难以置信的话，祥子的面孔顿时浮现眼前。桧山缓缓抬起头来，只见泷泽的妻子正直视着他。

"准确地说，是连恨她的余力都没有。因为我前夫才刚出事，我女儿就得了重病。"

"生病了？"桧山为这家人接二连三的不幸感到惊讶，眨了眨眼，"什么病？"

"是叫作扩张型心肌病变的心脏疾病。本来在日本的医院接受治疗，可是病情逐渐恶化，医师宣告说，除非心脏移植，否则根本活不了多久。要在日本进行移植手术有很多困难，所以医师建议我们到国外动手术。可是出国的旅费和手术费用就要将近八千万日元，就算拿这幢房子去抵押还是不够。我每天为了照顾女儿和筹钱奔走，没有那个精神和力气一直为命案的事烦心。"

"您就是为此到美国去的？"

"是的。多亏许多义工拼命帮我们筹款，我们才能在四年前的9月到美国去接受手术。"

"那么孩子现在怎么样了？"

"托大家的福，手术成功了，现在很健康。"

"是吗。"

桧山因为放心呼出一口气，同时也明白自己根本就怀疑错了对象。

孩子正在鬼门关前徘徊，哪有父母还会把心血花在报复别人上面？答案很清楚了。桧山也是有孩子的父亲，恐吓那些少年的人，不可能是眼前这个人。在确信的同时，他也在心里向泷泽的妻子深深致歉。

"突然来打扰，真的很抱歉。"

桧山正准备站起来，只听泷泽的妻子感慨地低声说：

"她叫作前田祥子啊……"

"是的。"

"我一直以为是小柴悦子这个名字。"

"咦？"桧山的动作静止了。小柴悦子，他知道这个名字。但是，为什么泷泽的妻子会提到这个名字？"怎么说？"

"喔，没什么……"

桧山激动的样子，让她欲言又止。

"为什么您会这么想？"桧山紧盯着泷泽的妻子问。

"其实是这样的，一位名叫小柴悦子的女性以个人名义捐了一千万日元。依那时候的病情，我们已经快没有时间了，但距离目标金额无论如何都还差一千万，所以我觉得这笔捐款真的就像上天的恩赐。因为金额庞大，我对小柴悦子这个名字又完全没有印象，所以我想至少要向她道谢，就问义工知不知道她的消息。结果在所泽车站前募捐的工作人员告诉我，有一天，一个二十岁左右的女子推着婴儿车，来问动手术还需要多少钱，工作人员回答距离目标金额还有一千万，她就问是否接受汇款，然后问了账号就走了。两周后，的确就有一千万日元汇了进来。实际上是不是这名女子汇的，她是不是就是刺杀前夫的女孩，没有人知道。只是，听说是二十岁左右的女子，我的直觉就以为是她。"

泷泽前妻的一字一句，桧山都听在心里。没有错，那是祥子。桧山想起祥子账户中提出的存款。小柴悦子。祥子一定是不敢报出本名而用假名汇款。

"我决定当成她一直在心里想着该怎么补偿，而且她已经当了母亲。知道了这些，我就不想再了解更多了。"

泷泽的妻子平静地说。

桧山无言，只觉得沉积在心底的残渣一点一滴被冲走了。

"我回来了。"玄关传来一名男子进门说话的声音。

起居室的拉门打开，一名中年男子探出头来。

"有客人？"

"嗯，是啊。"泷泽的妻子对男子说。然后她看着桧山说："这是我丈夫。"

桧山感到有些意外，但还是向男子打了招呼。

"请慢坐。"

男子拉上拉门消失之后，泷泽的妻子看着桧山，有些难为情地说：

"之前吃了不少苦，孩子也叫我早点找到幸福，所以……"

"是吗。"看到她的表情，桧山觉得好过了些，"女儿也和您住在一起吗？"

"没有。说是这么说，但她心里一定还是觉得很复杂吧。现在她搬出去，和要好的表姐妹住在一起。"

接着，桧山和泷泽的妻子又说了两三句话，便由衷道了谢，离开了。

一走到屋外，安静的住宅区已包围在夕阳余晖之中。桧山走下和缓的坡道。

桧山的心里一片空白。爬上这道斜坡时亢奋的神经，已经完全平静下来了。

他一面下坡，一面想着祥子。和祥子度过的日子、和祥子的回忆，源源不断地涌现在桧山脑海中。可是，无论心中出现多少祥子的影像，他都再也见不到祥子了。再也听不到她的声音，再也碰不到她的肌肤。每当想起祥子，他心底就会涌现无尽的寂寞和悔恨。

桧山忽然停下脚步。古董店的窗户发出淡淡的光芒，桧山的目光受彩绘玻璃台灯所释放的柔和色彩所吸引。也许是那虚幻的光晕让他觉得似曾相识吧，桧山不知不觉走入店内。

店内摆满了各式各样的灯具，色彩缤纷的温暖灯光温柔地包围了桧山。他在店内逛了一会儿，目光停留在某样东西上。他盯着架上的某一点，一步步靠近。

架上有四支小万花筒。桧山确认了表面细致的金属雕刻，纹样和爱实拥有的那支一模一样。只不过每一支万花筒上的天使表情都有微妙的不同。

"您喜欢吗？"

回过神来转身一看，一个缠着头巾、蓄着胡子的店员客气地向他微笑。

"这个在别的地方也有卖吗？"桧山激动地问。

桧山情急的样子似乎吓到了店员，他摇摇头。

"这是因为兴趣用手工制作的，只有这里才有。"

桧山的视线从店员身上移开，注视着手中的万花筒。

祥子来过这里。她来见泷泽的家人——

祥子来的时候，也许泷泽家没有人在，也许因为对被害者的罪恶感和恐惧太深，在坡道中途就折返了。可是，祥子的确曾经来过这里，背负着绝对不能逃避的赎罪感，亲自来到这里。

桧山往万花筒里看。鲜艳的色彩层层交叠，闪闪发光。睁开闭上的那一只眼睛，只见玻璃窗上映出自己的影子。看着在微弱的灯光下窥看万花筒的自己，桧山觉得好像有什么事情卡在心里。

一开始只是模糊的感觉。他觉得这猜测太离谱，想把它从脑中拂去。桧山的眼睛离开了万花筒，在黑暗的玻璃窗那端，映出一段又一段的记忆。不断浮现的记忆、推测与假设仿佛具有热度，融化了一直占据脑海的冰块。

不可能的……

只是，融化后的冰块化为刺骨的冰水，流进桧山的心。

桧山夺门而出，茫然伫立在店门口。一直卡在心头的疑点已经解开了，再来就只需要确认就好了。然而，他的心却因此冰冻。真想当作什么事都没有，就这样踏上归途。

桧山提起沉重的脚步，缓缓爬上才刚走下的斜坡。

再次拜访泷泽的妻子之后，桧山在所泽的闹市区游荡。漫无目的，连酒都不想喝，只求时间就这样平静地过去。

桧山走进咖啡店。什么都不做，什么都不想，纯粹只是耗时间。但是对此刻的桧山来说，就连让时间徒然流逝也是种折磨。已经过了8点半了。

手机响了。拿起来一看，是美雪打来的。

"喂……"

"大叔，你现在在哪里？"

一个他认得的声音嘲笑着。

竖起耳朵细听，有人正在细声啜泣。

3

到了大宫站，一下电车，桧山便拔腿飞奔。穿过车站前的闹市区，来到大马路，朝冰川参道的十字路口跑，越靠近咖啡店，就越喘不过气来。平日安静的店门前，现在已有无数红色灯光闪烁，周围的喧闹比起车站前有过之而无不及。许多电视台转播车停靠在路旁，警方的探照灯发出的刺眼亮光，把店门前照得犹如白昼。

桧山推开挤到马路上的围观人群向前走。他来到为了防止闲杂人等进入的封锁线前，遭到制服警察阻挡。

"桧山先生。"

在里面的三枝喊着，福井就在他旁边。桧山得到制服警察的许可，钻过封锁线。

"你跑到哪里去了？"三枝的神情紧张。

一脸茫然、呆立一旁的福井则是看着拉上的铁门，甚至无法转过头来看桧山。

"怎么会变成这样！"桧山很激动。

三枝一脸苦涩。

"在里面的是丸山纯。我们查出八木遭到杀害时，他可能也在现场，便要求他到警署协助调查，但是他在途中刺伤警官逃走了。"

听了三枝的话，桧山倒抽了一口气。

"我们立刻紧急动员，但是无法掌握丸山的行踪。8点多，我们接到他的联络。"

"打烊前，早川小姐和爱实来了，在店里等店长。"

福井以颤抖的声音说。

桧山在心中"啧"了一声。为什么偏偏是今天——

"店里打烊以后，我出来倒垃圾，结果听到有人尖叫，连忙赶回去，看到一个年轻人在店里挥着很像刀子的东西，砍伤了早川小姐。他拿和早川小姐在一起的爱实当人质，大叫'店长在哪里！店长在哪里！'我当下就要进店里，可是在吧台的仁科对我使眼色，叫我不要进去……那个男的就叫仁科关上铁门。我马上报了警，可是我……我……"福井的脸皱成一团，呜咽着说，"我把仁科……"

桧山满心焦躁地瞪着店里的铁门。紧闭的铁门正受到各种强光的洗礼。

"桧山先生，贵店有后门或窗口之类可以进去的地方吗？"

"没有。"桧山的回答让三枝失望地垂下了肩。

"我们一度通过店里的电话和丸山谈话。他的要求是……"

"我吧。"

三枝注视着桧山。

"他打电话给我，说我不去就要杀了我女儿。"

"丸山只接了那通电话，就把听筒拿起来了，我会设法用不同的方式说服他的。"

"我去。"桧山毅然决然地说。

"不行。太危险了。"三枝安抚似的把手放在桧山肩上。

桧山挥开他的手。

"我不去的话，爱实会被杀的！"

"请不要激动。我们不能让桧山先生进去。"这次，三枝放在桧山肩上的手使了力，"我们完全不明白丸山的意图。桧山先生知道丸山现在想要什么吗？"

"不知道。我只想保护我女儿！"

桧山用力甩开三枝的手，跑到铁门前。

他大喊"闪开！"推开想制止他的警员，来到铁门前，双手使劲捶着铁门。在人群的惊呼骚动中，铁门发出干涩的声响。镁光灯对着桧山闪个不停。

"是我！"他朝店内大叫，"我这就进去。"

他把铁门拉到腰部左右的高度，蹲下来把已关掉电源的自动门向旁边推开。

"是我！"他朝里面那片昏暗喊。

"进来以后就把铁门和自动门关上。"

他听到丸山压低声音这么说。

桧山照做。一拉下铁门，店内便只剩间接照明，视力几乎不管用。看样子眼睛因为外面的镁光灯而暂时麻痹了，但过了一会儿之后，店里的情形便渐渐浮现在眼前。

桧山首先寻找啜泣着的爱实。丸山坐在正面圆桌的位子上，手臂勒住爱实的脖子，还抓着她。

"爱实！"桧山往前踏了一步。

"不要动。"

昏暗中，丸山扬起一个微微发亮的东西。

桧山站定脚步。

"既然你看过录像带，应该知道这不是口头威胁吧，大叔？"

丸山露出冷笑，让刀子慢慢在爱实柔嫩的脸颊上滑过。

看着这情景，桧山脑海中闪过丸山拿刀子刺伤幼儿时的表情。仿佛全身的血液冻结了一般，桧山动也不敢动。

爱实虽然哭着想挣脱，但丸山手臂用力勒在爱实脖子上，让她动弹不得。

"爱实，没事的。"

桧山凝视着爱实，尽其所能挤出平静的声音。

"我运气还真好。本来以为是一般的客人，没想到竟然是你女儿。"

丸山满意地笑了。

桧山咬着牙，缓缓环视店内。视线停留在吧台，步美紧贴着墙立定不动的轮廓浮现出来。他定睛细看，但在昏暗中，无法看清步美的表情。只不过，她正双肩颤抖着望向丸山。

桧山朝呻吟声方向看过去。丸山旁边的沙发座上，美雪正按着手臂扭动着。下面的地板好像有一块什么东西弄脏了的痕迹。

"外面好像很吵嘛。不过，一知道是未成年，就不能采取强硬的手段了。"

丸山说得一副事不关己的样子。

"全部都是你自导自演的吧！"桧山瞪着丸山。

"需要一点勇气就是了。不过，我一从月台掉下去，你和警方就不怀疑我了。"

"你怎么知道我在池袋？"

"我怎么知道的不重要。"

"四年前寄恐吓信给八木和你们自己，还有杀死泽村和八木的，全都是你，对吧？"

丸山似乎无意作答，只是露出冷笑。

"不谈这个了，那个你拿来了吧？"

桧山隔着扣起来的外套按了按侧腹部，有硬硬的触感。他把录像带别在裤子上。

丸山用美雪的手机打给桧山，要求他把录像带带来，而且还要求绝对不能把录像带的事告诉警方。桧山于是先赶回位于莲田的家中拿了录像带，再赶来这里。

"你没告诉警方吧？"

"没有。"

桧山解开外套纽扣，取出别在裤子里的录像带。

"给我。"

丸山像个撒娇讨东西的孩子般伸出手。

"在那之前，先放了我女儿和她。"桧山指着美雪，"她和我女儿都跟这些事无关。"

"那可不行。先交出录像带。"

丸山嘲弄地笑着。

"处理掉录像带以后，你要怎么处置我都可以。知道一切的就只有我而已。"

"知道一切？"丸山嗤笑一声，"好大的口气。"

"无论如何，你都已经被包围了，你是逃不掉的。在这种情况下，你最后能做的，就只有处理掉录像带而已。既然这样，就和她们两个无关。"

"快给我。"

丸山的语气开始不耐烦了。

"不要再加重自己的罪了。自首吧。"

"开什么玩笑！快拿给我！"

丸山尖锐的声音响彻店内。爱实受到惊吓，大哭着挣扎。

"我才不是跟你这家伙说话！"桧山指着吧台后方，"我是在跟你说！"

昏暗中，步美转身面向桧山。她似乎牢牢盯着桧山看，但看不清她的脸。桧山很想知道她此刻的表情。

"这卷录像带是你拍的吧？"

步美仍看着桧山，不为所动。

"我今天去见过你母亲了。"

"是吗。"步美平静地回答。

桧山望着步美，想不出接下来该说什么。无论怎么在心里寻找，找到的却只有悲伤。

桧山后来向泷泽的妻子确认过了。门牌上挂的"木村"是她现任丈夫的姓，泷泽的妻子本姓"仁科"。

"店长，你不问为什么要杀死你太太吗？"

步美以不带感情的口吻说。

听到那没有抑扬顿挫的"店长"两个字，桧山感到无比失落。

"祥子杀死了你的父亲——泷泽俊夫先生。虽然不是有意的，结果却害死了他。"

"结果是吧……"

步美嗤笑。

步美的笑让桧山感到一阵寒意。

"没有人帮爸爸说话，没有人为爸爸难过，爸爸明明就被人杀死了，可是媒体和社会一味指责已经无法替自己辩解的爸爸，说什么无耻教师，说什么不顾教育者风范的家伙。杀掉的不光是肉体，连爸爸活过的人生也全都杀掉了。我只求至少要判杀死爸爸的女人重刑，可是，就因为才十五岁，所以杀人犯可以受到保护、名字不会公开，只要进少年院待一下，马上就能重返社会，一副这样就已经受过惩罚的样子，忘了自己犯下的罪、忘了被自己害得不幸的人们的痛苦，理直气壮地过她的日子！"

　　听着步美悲怆的呐喊，桧山在心中对她说：

　　她没有忘。无论置身何处，无论在做什么，祥子从来没有一时一刻能够忘记，就好像全身钉满了罪恶感和自责的铁钉，她一直饱受折磨。

　　"爸爸不但被杀了，社会还对他群起围攻，逼得我们一家人生不如死。保护杀人凶手，却不肯保护我们。我能做的，只有一心一意祈祷杀死爸爸的人不幸。可是，现实完全相反，我得了重病，妈妈要工作、要照顾我，还要奔走筹钱，一天比一天憔悴。虽然没有人说过，但是我知道我就快死了。"

　　步美的话一字一句都刺进了桧山的心。他好想移开视线，但是，他不能这么做。

　　"就在这时候，我认识了来探望祖母的丸山。"

　　"步美，"丸山喊着，"你说太多了。"

　　步美看向丸山。

　　"有什么关系，反正……"说到这里，就不再说下去了。

　　丸山似乎明白了她的意思，视线移回桧山身上，一看到桧山就笑了。

　　"也对，反正……十七岁杀了人也不会被判死刑。就算判无期徒刑，十年就出来了。"

丸山冰冷的目光令桧山心头一紧。他的意思，是不打算让他们活着离开这里吗？

"……从此之后，丸山每天都到我的病房来玩。我一直没办法上学，听丸山说起学校的种种，在病床上不断想象。"

"学校无聊死了，"丸山嗤笑，"全都是一些无聊的家伙。我才羡慕步美呢。"

步美看了丸山一眼，又看向桧山。

"我在医院病床上等死的时候，知道杀死爸爸的女人过得很幸福。她结了婚、生了孩子，好像什么事都没发生过似的，每天过着快乐的日子。知道以后我就想，至少要那女的陪我一起死。那时候的我，什么都不怕。我把这个想法告诉来探望我的丸山，说我就快死了，但是在那之前，我想杀一个人。我想我那时候一定是希望找个人谈谈，好坚定我的决心。结果，丸山就说他有个好方法。"

"就是用摄影机拍摄猥亵幼童的情形，再恐吓八木他们杀死祥子吗？"

桧山因为再度升起的愤怒，狠狠地瞪着丸山。

"我呢，听了丸山被他们逼着猥亵幼童的事，就决定采用这个计划。只要执行这个计划，那个女人就会受到她该受的惩罚，而且也不会再有孩子被猥亵了。我带着丸山借我的摄影机溜出医院。虽然身体不太听话，可是我还是偷偷躲在杂木林的草丛里拍了影片。可是，看到摄影机里拍的小男孩，我相信我一定也会遭天谴……"

步美痛苦得说不下去。

"你不会遭天谴的。"丸山笑着对步美说，"我们只是在玩一个只能在一定年龄前才能玩的游戏而已。很好玩不是吗，两个人在病房里脑力激荡。"

"是啊……"步美以冷漠的语气说，"后来，我就拷贝了录像带，连同恐吓信，要丸山帮我寄出去。"

桧山盯着丸山说：

"你以为那两个人会那么轻易就照你们的恐吓做？"

丸山得意地笑了。

"嗯，我有十足的把握。因为他们两个看到我伤了那个小男孩的时候，全身都僵住了。做到那种程度，他们两个也吓到了。虽然下手的是我，不过是他们煽动我的；而且，泽村有个年纪差不多的妹妹，也常常照顾跟他很要好的加藤的弟弟，他一定死都不想被加藤知道他自己做的事。虽然泽村本来就不想干那种事，可是他很怕八木，不敢反抗他，所以就把我拉进来顶替他，过一阵子再想办法抽身，真是有够卑鄙。八木也一样，后母带来的弟弟是同样的年纪，要是别人知道他对小孩子做那种事，那么他在家里一辈子都抬不起头来。再加上我跟他们说未满十四岁的人不管做什么都不算犯罪，我们跟你老婆又不认识，绝对不会被抓的，他们就被我说动了。"

"可是你们被抓了，因为掉进水沟里的校徽成为线索。真是失算啊。"

听到桧山冷冷地这么说，丸山放声大笑。

"是我故意留下的，因为警方的破案率太低了。让他们下地狱可是这个计划最重要的部分，谁叫他们伤害了我的心灵，要我去干那种猥亵的事呢？不让他们背着杀人凶手的恶名、用一辈子来赔罪怎么行。我跟他们不一样，平常素行良好，再怎么样都能重新来过。实际上也有很多人同情我呢。"

看着丸山洋洋自得地述说自己的计划，桧山感到全身寒毛直竖般的厌恶。

"为什么要杀泽村？"

"大概三个月前，妈妈打电话给我……"步美对桧山说，"说有一个丸山同学来找我，希望尽快和我联络。虽然那件事以后，我就没有见过丸山，不过我立刻和丸山联络碰面。丸山跟我说泽村要找出那卷录像带，把事情的真相告诉警方。听到他这么说，我心脏差点就停了。要是把那卷录像带交给警方，迟早会查出是我主谋的。丸山告诉我，四年前他们被抓的时候没有判刑，可是现在假如当成杀人主谋被抓，根据修正后的《少年法》，我一定会被判重刑。丸山说'我会帮你的，我们再像那时候一样，来享受愉快的时光吧'。我不想被抓，我有成为护理师的梦想，也绝对不想让妈妈知道。妈妈才刚再婚，好不容易重拾小小的幸福，所以我绝对不能被抓。"

"你开始打工，是为了要嫁祸给我？"桧山看着步美，"是为了要了解我的生活方式，调查我没有不在场证明的时间？"

步美点点头。

"还有，为了在办公室和电话加装窃听器。"

这样桧山就明白了。人在池袋的加藤友里打电话来的时候，还有八木打电话来的时候，步美都在厕所里。一定是把接收器藏在工具间里吧。

"因为我知道店长在电视上说过，想亲手杀死丸山他们。丸山骗泽村拿到了录像带，把他叫到大宫公园。我趁泽村专心说要拿这卷录像带向店长谢罪的时候，找机会从后面……"步美说到这里，移开了目光，接着以自虐的语气说，"一个为了报恩、想从事救人性命的工作而立志当护理师的人，结果却杀了人。很可笑吧，店长。"

桧山把视线从步美身上别开。他无法直视她。

"我去池袋那次，也是你通知丸山的？"

"你一定没发现吧？从你在西口公园和加藤友里碰面那时候开始，我就已经在跟踪你了。看着你那东倒西歪的背影，我忍笑忍得好辛苦啊。"

丸山轻蔑地说。

"八木打电话来的时候，你也在厕所听到了是吧？"

桧山不理会丸山，继续询问步美。

"后来，我联络丸山，告诉他店长没办法去埼玉超级竞技场。"

"虽然不能嫁祸给你，不过八木想拿录像带给你看，我得赶快把他解决掉才行。我到埼玉超级竞技场去，看到八木在C入口前面等着，我就挥手叫他，跟他说你把我推下月台，提醒他最好小心点，引起他的兴趣；再来就随便找个理由，把他带到停车场杀了。他根本没把我放在眼里，对我一点提防都没有。然后我就把他带在身上的录像带回收了。"

说到这里，丸山沉思般"嗯"了一声。

"唯一的失算，就是八木竟然拷贝了那卷录像带寄给你。看到你拿出录像带的时候，我真的吓了一大跳，所有的计划都会因为这样泡汤。我本来不打算说出恐吓的事，可是你一副马上就要去报警的样子，我只好说点什么来争取时间。要不是那时候有人碍事，我早就已经把事情收拾好了。"

丸山懊恼地"啧"了一声。

"碍事……"

桧山一面低声说着，一面思索。

他指的应该是在杂木林遇到的作业员。要不是有人出现，也许他那时候已经被丸山杀了。

"我也有点累了。是该做个了结了。"

听到丸山的话，桧山全身警戒。

"步美，我不能松手，你帮我拿一下录像带。"

丸山面向吧台，以对情人撒娇的语气说。

步美从吧台走出来。

"为了掩饰，我会让步美稍微受点伤，不过警方查不出你的。你就一边实现当护理师的梦想，一边等我出来吧。"

听了丸山的话，步美微微点头，朝桧山走来。

桧山望着走过来的步美。

一步一步，步美的面孔越来越清晰。她脸上找不到在收款机前赢得顾客喜爱的腼腆表情，一张脸像能剧面具一样，什么表情都没有。

"店长。"

步美伸出了手。

桧山直视步美的眼睛，但步美的双眼没有透露任何信息，深邃的双眸失去了光辉。如果就这么注视着的话，仿佛会被瞳孔深处的幽暗吸进去。

丸山带着愉快的笑容，把刀尖靠近爱实的眼睛。然后，像把弄玩具似的，用刀子贴在爱实脸颊上来回滑动。爱实痛苦的哭声响遍店内。

"店长，请把录像带还给我。"

桧山只好把录像带放在步美手上。步美的视线从桧山身上移开，转过身去。

桧山无奈地呆望着步美向丸山走去的背影。

丸山以笑容回应走过来的步美，朝她招手。

刀子离开爱实的脖子了。就在这时候，步美突然抱住丸山，两个人在昏暗中纠缠在一起。桧山一时之间无法判断发生了什么事。

"住手！"

丸山惊叫。

桧山终于明白状况了。步美抓住丸山持刀的右手，想把爱实拉开。爱实放声大哭。桧山迈步向前。这时候，被丸山推开的步美发出"呜！"一声闷哼倒下，爱实也跟着跌在地上。

桧山朝丸山扑过去。视野中一道微微的亮光逼近。是丸山挥下来的刀子。桧山及时以手护脸，右掌感觉到一阵锐利的风。他身子向后仰，脚却不小心打滑，整个人就这样背部着地。腰部感到剧烈疼痛，眼睛看到的是天花板。上半身感到压力的那一瞬间，刀尖已经从上方落下，他伸出右手抓住握着刀的拳头。他一面感觉着丸山的身体的重量，一面用右手拼命与他的力道抗衡，左手还顶住丸山的下颚，拼命往上推。红色的液体从抓住丸山拳头的右手滴落。

"快逃！"

桧山看着正对面的桌子大叫。

他听到痛苦的呻吟和爱实的哭声，看到沙发上意识模糊的美雪使出最后的力气靠近爱实，然后带着她爬向自动门。

"为什么！"丸山发狂般大叫，"我们明明是同伴，为什么要背叛我！"

丸山额头上爆出青筋，全身重量都放在刀子上。

尖锐的刀尖已迫在眼前。桧山抓住拳头的手掌因为红色的黏稠液体，好像快滑脱了，睫毛已经可以感觉到刀尖冰凉的感触。他听到铁门拉开的声音。

"你才不是同伴！虽然我们是共犯，可是你根本不懂得失去重要的人的心情，你才不是同伴！"

漏了气般沙哑的喊叫响起。

听到这几句话，丸山苍白的脸抽搐着。接着，好像全身的神经都断掉般虚脱无力。桧山把迫近脸上的刀子移开，把丸山推倒在旁，反过来骑在丸山身上压制他。

他低头看着丸山的脸，变得死板的脸上没有任何表情。桧山心想，这是一具没有灵魂的空壳。

救援小组从半开的铁门冲进来。几个人抓住被桧山压在底下、已经失神的丸山。桧山按住被刀子割伤的右掌站起来。

被救援小组带走的丸山露出无所畏惧的笑容，喃喃地说：

"这回成了少年A啊……"

桧山将想痛殴他的冲动换成尖锐的一瞥，跑到倒地后便不再动弹的步美身边。

"你没事吧？"

他扶着步美的肩，稍稍把她抬高，只见浓稠的红色液体从步美的侧腹大量流出。

"救护车！"桧山大叫。

"店长……"步美几乎睁不开的双眼看着桧山。

"别说话，我都知道。那卷录像带是你放进信箱的吧？这是你的赎罪吧？"

"我想让店长知道一切……"

步美苍白的脸上露出微笑。

那是桧山从未见过的寂寞笑容。那双眼睛定定地凝视着桧山，仿佛诉说着"请找到我""请听我说"。

"我可以请问一件事吗？"

"可以。"

"店长现在还爱着太太吗？"

声音很虚弱，几乎话不成声。

爱她。即使在知道一切之后的现在，依然爱她。

"当然。"

桧山笃定地说。

步美的眼瞳晃了一下，控制不住的泪水湿了眼眶，嘴里说了什么。

桧山没有听见这句话。但是，他觉得他知道她说了什么。

救援小组和急救人员进入店内，其中还有快哭出来的福井，他边喊着"仁科"边跑过来。

桧山把步美交给急救人员和福井，来到店外。

在亮如白昼的照明之中，他看到躺在担架上的美雪被抬上救护车。

桧山环视四周，找到了。他朝着由三枝保护着的爱实走去。

可是，爱实明明看到了他，却好像看不见他似的，仿佛失了魂般，呆呆站在那里。

桧山走近爱实。看着爱实的样子，他心中渐渐升起一股不安。爱实的双眼好像凝视着虚空，静止在那里。桧山觉得背上一凉。

三枝看到桧山，轻轻拍了拍爱实的肩。于是，爱实好像突然着火般大哭起来。她扑进桧山怀里，呜咽地哭着。桧山紧紧抱住爱实。

没事了，已经没事了。好好哭一场吧。

桧山用力抱紧爱实，感觉着女儿的体温。爱实的体温慢慢地温暖了他冰冻的心。

终章

晴空万里。

桧山在大宫站转乘京滨东北线。

这样的天气，真想和爱实到游乐园去玩。但是，桧山还有一件事要做。

不过，没关系啦……明天起，他多的是时间。咖啡店因为事件的影响暂停营业。他还有储蓄，不管是游乐园也好，动物园也好，他要让爱实玩个痛快，玩到她大叫求饶。

然而，问爱实想到哪里去，爱实却一直一副提不起劲来的样子。

事情发生后，美雪请了一周的假。她右臂受的伤应该已经好多了，但精神上所受到的冲击想必还没有平复吧。

看着爱实的侧脸，仿佛可以听到她的心声：美雪老师赶快回来，我好想赶快和美雪老师玩，好想看美雪老师的笑容。

不知不觉，美雪已成为能让爱实露出最棒笑容的人。

那是桧山希望永远看到的、爱实最快乐的笑容。

有乘客站着聊天。桧山朝他们看过去，车厢顶上的悬吊式广告映入眼帘。

"少年们策划的恐怖谋杀"几个大字在车厢内晃动。

这个星期，社会大众都在谈论这个话题。媒体公开了恶意利用《刑法》第四十一条的谋杀案全貌，震惊了社会大众。

桧山认识当今最轰动社会的少女A。虽说认识，若问他有多深的认识，他大概也没有太大的把握。

看到爱实的万花筒时，步美受到了什么样的震撼？当她问母亲，祥子是不是来赔过罪，以及母亲告诉她捐款的事时，她又做何感想？当她知道杀害自己父亲的人救了自己一命，而自己却杀了救命恩人的时候，她心里的情感是如何波涛汹涌？而此刻躺在医院病床上的她，心里又在想些什么？

桧山往窗外看。

步美今后的人生想必会变得非常辛苦。虽然还未成年，但因为罪行重大，将送交一般刑事法庭审理。她将在一般旁听观众的注目下，聆听法庭如何审判自己所犯的罪。

步美会在那里说些什么吗？她会吐露遭到《少年法》践踏的家属的哀伤吗？她会以什么样的心情来面对自己也多少受到《少年法》保护的现实？

桧山走出浦和站西口，进了车站前的咖啡店。

店里人很多，但他一下子就找到"维尼"了。贯井在里面的座位朝他挥手。

桧山希望当面见贯井，向他确认自己想了一周的推论。

桧山在贯井对面坐下。

在咖啡店与贯井告别之后，桧山走在连接县政府和地方法院的大马路上。

一直走下去，很快就找到那幢大楼了。相泽光男法律事务所就在这幢新颖脱俗、面对宽敞县府路的建筑物里。桧山踩着大理石地板，走进电梯。

在柜台表明来意后，一名女子便带他到会客室。坐在沙发上等了五分钟左右，相泽秀树现身了，还用一副很忙碌的样子看着手表。

"听说您联络了好几次，真是不好意思。"相泽以恳切有礼的语气低头致意，"今天也没有太多时间……"

"有十五分钟就行了。"

"是吗，那么请说吧。"相泽在桧山对面坐下。

敲门声响起，柜台的女子送咖啡进来。

"请。"相泽招呼他喝咖啡。

桧山没有动手，只是看着相泽。而相泽以难为情的神情看着桧山，又看看钟，心神不定。

"我知道桧山先生想说什么。"相泽开口了。

桧山稍稍倾身向前，想先听听他有什么高论。

"我们对丸山纯的罪行也非常震惊，仁科步美的犯案动机也让我们受到强烈的冲击。只是，我不认为这样就代表《少年法》有缺陷。虽然孩子有时候会辜负我们的期待，但我还是相信孩子是有可塑性的。"

桧山微微点头。

"经过这次的事，我的想法也稍微有所改变。我觉得孩子，不，人是有可塑性的，即使在人生中犯了错，还是有改变的可能性。"

"是吗？"相泽夸张地露出大大的笑容，"您能够理解，真叫人高兴。"

"就像内人一样。"

桧山的话让相泽的笑容僵住了。他小心翼翼地观察桧山的表情。

"泷泽俊夫先生的事件发生时，祥子的辅佐人是您的岳父相泽光男律师吧。当时担任助手的你，应该在少管所和祥子见过很多次面。"

相泽的眼神不安地游移。可能是想转移注意力，他在眼前的咖啡杯里加了砂糖，拿起汤匙搅拌。

桧山先是看着他的动作，接着说：

"你为什么不告诉我？"

"这种事，有告诉你的必要吗？"相泽回答，视线仍然放在咖啡杯上，"而且律师有保密的义务。"

桧山多想嗤之以鼻，但还是打消了这个念头。

"你以前说过，有些犯下令人痛心事件的孩子，如今已从事了不起的工作，对社会有所贡献，没错吧？"

"是啊。"

"指的是你自己吧？"

搅拌咖啡的右手上那块胎记顿时停住不动。相泽抬起头来，脸上完全失去血色。

"祥子一定是在少管所看到你右手上的胎记，想到眼前这个男人会不会就是杀害小柴悦子的少年A。你初三的时候，接近住在群马县吾妻郡的悦子妹妹，企图猥亵，却因为悦子妹妹哭闹，一时心急便把她勒死，然后还用附近的石头砸烂已经气绝的悦子妹妹的脸。你因为祥子作证遭到逮捕，后来移交少年法庭，进了东京的少年院。你离开少年院后，入了保护司[1]的户籍，改了名字，为重拾失去的那几年潜心用功。多半因为你的刻苦努力，你考进了东京知名大学的法学院，后来通过司法考试，成为律师。"

---

1 保护司是指日本依据《保护司法》，受法务大臣委托的兼职公务员，没有工资，实质是民间志愿者。主要工作是协助保护观察官对受保护者进行保护观察、协调生活环境、预防违法犯罪行为的发生。

桧山把他从贯井那里听来的内容连珠炮般说完，叹了一口气。

一切都起于寄给贯井的一封匿名信。那是在《少年法》修正后，贯井和相泽在杂志进行对谈后不久的事。那封只写着"群马县吾妻郡"的匿名信里，指责贯井"你要为罪犯的诡辩推波助澜吗？"贯井不明白这封信的意思，便把信搁置一旁。只不过，信封上的"群马县吾妻郡"这个地名给他留下了印象。

为了准备对谈集，贯井着手调查过去发生的少年事件，注意到其中一起发生于"群马县吾妻郡"的案件，了解了发生日期、加害少年的年龄，以及关键证词是右手胎记的事。贯井为了寻求更多信息，去见了事件的相关人士。结果获得证实。

然而，贯井并没有考虑将事情公之于众。事件固然悲惨，但已经是二十年前的事，而且那位加害少年已经靠自己的努力立足，从这层意义来说，他已经改过自新了。

日本《少年法》第六十条规定："服刑完毕之少年，未来将视为未曾宣告受刑。"少年犯罪就算成为"前历"，也不会成为"前科"。相泽在离开少年院的那一刻，就已经抹去过去的污点，一切都可以重新来过。

只是，贯井心中有所担忧。虽然相泽已经成为一位律师，但是听到他的意见时，知道他完全没有考虑到祥子这些被害人的心情，而且也没有提到祥子是相泽自己犯案时的目击者这一点。贯井只把自己知道的事实告诉了桧山一人。

"对于你的努力，我十分敬佩。你拼命用功，站上了能对社会有所贡献的位置。"桧山用严肃的目光看着相泽，"但是，你并没有重新做人。"

相泽以僵硬的表情看着他。

"接下来是我的想象，如果有异议就请你提出。祥子一直无法忘记悦子妹妹的事，所以后来看到你那形状奇特的胎记，便确定你就是那个人。祥子离开女子少年院之后，应该有来找你。她应该是来劝你，吾妻郡的小柴夫妇至今仍为那起案件所苦，希望你去向他们谢罪。我不知道你当时是什么态度，也许是谎称你会去，也许是随口敷衍，打发她而已。"

"见了又如何？"相泽说话了，"加害者厚着脸皮去拜访被害者家属，只会加深被害者的痛恨和悲伤。我是这么对她说的：'无论你怎么做，都只会惹来被害者家属的破口大骂，让他们继续痛恨加害者而已。有了这种经验，就算本来能够改过自新，也办不到了。因为那只会衍生出绝望和憎恨的连锁反应。'"

桧山听着相泽的话，心想：

祥子一定是打算一离开女子少年院，就去向泷泽家人谢罪。她听了吾妻郡小柴正枝的话，一定认为自己非去不可，所以她才会来找相泽，对他说自己也会去，请他也去向小柴悦子的家人谢罪。祥子虽然这么想，但相泽的话想必打击了她的意志。但是，她绝对没有打消念头，祥子心中一直对泷泽怀有罪恶感。

"你赶快把案子忘了，从这次挫折中站起来，赶快重新做人，这才是最重要的——我是这样告诉她的。为了她着想，我尽了最大的努力为她辩护，她却恩将仇报！"

"祥子恐吓你对吧？要你拿出五百万。"

相泽的视线停住了，愤怒地大骂：

"没错！她威胁我，不付钱她就要把案子的事公开。"

祥子收到小柴正枝的死亡通知，知道相泽最后还是没有去谢罪。那时候，祥子无论如何都需要一千万。

"到头来她还是没办法改过自新嘛。"

相泽恨骂。

"才不是！"桧山粗声说，"祥子是想告诉你，她自己和你在人生中染上的污点，绝对不能自己抹掉。不管是因为年少也好，未成熟也好，绝对不能自己随意抹除掉。能够抹掉这些污点的，只有受到自己伤害的被害者和被害者家属。必须不断赎罪，直到被害者真的原谅你们，否则无法真的改过自新！绝对不能随便忘记！"

祥子不像这个男人，她完全不敢自己抹掉污点。祥子一直很痛苦，所以在生下爱实之后，便决心要去见泷泽的家人。

虽然现在已经无从得知了，但桧山相信，祥子曾经爬上那道斜坡，并以颤抖的指尖按下泷泽家的门铃。回程时，则在所泽车站前，得知了步美的病情。

就算祥子又犯下一桩罪行，也是为了想教训这个男人吧，这个毫无罪恶意识的人。同时，她也希望至少能帮助一名少女。他们这两个夺走两条性命、罪孽深重的人，至少还可以合力挽救一个人。

祥子什么都没有告诉桧山，他的账户里还有不少保险公司对双亲车祸的赔偿金，但她什么都不肯告诉自己。桧山觉得胸口开了一个大洞，寒风飕飕而过。要不是恐吓这种人，祥子也不至于会死了。

"于是，对自己的未来产生不安的你，便寄了一封信给在医院里悲观看待未来的仁科步美，是不是？心里巴望着她说不定会替你杀掉祥子。"

桧山咬紧牙根，咬住他的悔恨。因为太过悔恨，血的味道在嘴里散开。

真希望你能告诉我。祥子，你为什么不告诉我？你觉得我无法接受吗？不会的，无论是什么样的过去，无论你背负着什么样的重任，和失去你比起来，这些都不算什么。我多么、多么、多么希望能和你生活在一起。

桧山忍住泪，盯着相泽。

"你不知道在哪里偷拍了我们一家人的照片，附上住址，写着‘杀死你父亲的女人，早就忘了自己所犯的罪，过着幸福快乐的日子’这种充满恶意的信——"

相泽的嘴唇发白。

"你寄给仁科步美的信件她全部都留着。你一定会站上法庭，只不过不会在律师席。"

"你想说，我会被指控教唆杀人吗？"

相泽硬挤出笑容，但他的笑容非常空洞。

"我不知道。"桧山挑衅般将脸凑过去，摇摇头，"你就在法庭上为自己行为的正当性大声辩解吧。只不过，就算法律不定你的罪，社会大众也绝对不会原谅你。"

桧山看了看表，站起来。

低头一看，相泽仍坐着，失神地望着半空中某处。

"造成许多人不幸的你，罪孽深重。"

桧山离开了会客室。

走出大门，只见贯井靠在人行道的护栏上。看样子，他是担心自己，来关心情况。

"结束了。"桧山低声说。

贯井看着桧山的眼睛，说：

"还没结束吧。"

桧山望着贯井。

"请桧山先生务必参与这次的对谈集。经历了这次的事件，你一定有很多感想吧。"

感想？太多了。

"你不想告诉更多人，好让社会上不再有人吃桧山先生吃过的苦吗？"

桧山轻轻点头，然后看着贯井。

"在那之前，我想先好好告诉女儿。"

贯井苦笑道："那显然会是很久以后的事了。"

桧山也被贯井传染，苦笑着点点头。

"我会等的。将来有一天，请你一定要告诉我。"贯井的视线很温暖。

"谢谢。"桧山朝贯井行了一礼，迈步向前。

到车站的这段路程，他稍微绕了点路。抬头看着天空，桧山在心中低语：爱实，爸爸有好多好多事要告诉你，多得不知道从何说起。

祥子，我能够好好传达给她吗？我能把你想说的话好好地告诉爱实吗？别露出这种表情嘛，我一定可以的。时间很多，以后我们再一起想吧！

解读《恶魔少年》[1]

高野和明

2005年春，在参加日本推理作家协会组织的垒球大赛时，我听到了人们对当年江户川乱步奖获奖作品的评论。

"这次的评选真的是毫无悬念。"担任评委的前辈作家像在说自己的事般兴奋地说起这届的超新星作家。

据说通常情况下，在江户川乱步奖的最终评选阶段，评委们要经过认真的商讨，才能从入围的高水平作品里选出获奖作品。有时高手对决难分高下，最终两部作品同时获奖的情况也屡见不鲜。然而第51届的评选，有一部作品以压倒性优势一举摘得桂冠。该作品在初选阶段票数就已遥遥领先，最终评选时更是以全票通过的方式获奖，其完成度真是令人生畏。

这部在出版前就已在出版界获得好评的获奖作品，就是这本《恶魔少年》。

该书作者药丸岳曾一边上班，一边进行创作，还在漫画脚本的公开招募中三次入选。某天，他心生念头，决定挑战江户川乱步奖，于是开始写作本书。在临近投稿的截止日期时，他甚至不惜向公司提辞职也要完成写作。可以说，这是倾注了他全部心血的作品。

对于这本直面少年犯罪这一现代难题的作品，江户川乱步奖的

---

1 下文中提到的页码已替换为本书正文对应页码。齐海霞译。

评委们都在评语里给出了高度评价，这里难以一一赘述。例如绫辻行人评价："最终呈现出的故事脉络别出心裁，我感觉受到极大的震撼，真令人钦佩。"可见，连顶级推理作家都承认作者的实力，不禁为其叫好。

我也一样，一翻开这本书就被它的故事吸引，之后就完全沉浸在想一口气读完的快乐中，最后带着深深的感动读完时，仿佛在咖啡店里吃了满口的丹麦酥皮果子饼。（读完本书的读者，说不定就有人奔向咖啡店吧。）

读完本书，我首先感受到的是作者对这一主题毫无保留的真诚姿态。到底如何处置犯下恶行的少年？对受害者来说，《少年法》的保护理念是否与现实相背离？犯罪者的赎罪和改过自新又是什么？

面对这个棘手的社会问题，《恶魔少年》毫不胆怯，从正面发起了一场对抗。作品不急于下结论，也不用说教来回避问题，支持与反对的观点都得到细致呈现，一点一点构筑起桥头堡，这样的笔锋里充满动人心魄的力量。而在《终章》里提到的"真正的改过自新"，更是包含着不与主人公一起苦恼就无法真正理解的真意。它有新闻般的视角，但不一味讲道理，而是用小说式的手法对读者动之以情，令人赞叹。

虽然作品的主题颇沉重，但故事呈现出一读就停不下来的一流通俗小说的特点，也充分体现出其作为小说的价值。它有不动声色地展开又加速发展的故事；也有错综复杂的案件，接二连三地反转带来的意外感；还有最后的惊喜。

作品在加入大量推理趣味的同时，不忘细致刻画人物的日常。这本精心写成的小说，更像是有血有肉的角色自己讲述出来的，堪称现代推理小说的范本。

这本书的精彩之处实在太多，其中最触动我的是在表层的故事背后藏着的"另一个故事"。（下面的内容为了不泄底，文字表达可能有点奇怪，请多包涵。）

如果第191页的事件没有发生，那么第219页的事件可能也不会发生，这在第203页的对话里也有暗示。作者精心布局的"另一个故事"，将恶劣犯罪真正的恐怖之处切实地揭露了出来。每当发生杀人等重大案件时，我们通常只关注实际损害。而实际损害背后，其实有与之对等的其他伤害。有时候，这种恶劣犯罪会摧毁那些被卷入其中的人，从而导致第二场，甚至第三场悲剧的发生。这里说的"另一个故事"就是指一起犯罪后来引发了另一起犯罪的悲剧故事。一想到这场悲剧的当事人——那名女性，她极其悲惨的人生便浮上我的心头，而且这还引发了第三场悲剧。层层架构的故事精密而大胆，演绎了一出逼真的戏剧。对于造成第三场悲剧的出场人物，作者没有给出结论（第260页），这反而使整个故事更加令人回味无穷。

我们的主人公经历了第227页的苦恼，最终达到了第254页的心境。这里作者没有急于推进，而是贴合主人公的心路历程，边烦恼边带读者走向良善的结论。这个过程中，主人公回忆的过往里（第240页），前面提及人物背负的凄惨人生和赎罪的艰难，作者都用普通读者也能感同身受的方式描绘了出来。

虽然无法与犯罪行为相提并论，但无论是谁，日常生活中可能都曾伤害过别人。这时候，我们虽然深感愧疚，但心里仿佛隔着一堵不可思议的墙，让我们无法当面道歉。想要道歉却无法道歉，这是任何人心里都会有的纠葛。如果换成做出了夺走他人性命这样无法挽回的事情，那内心的纠葛就会超乎寻常，赎罪之路的艰辛更是难以想象。作者仅用寥寥数语就捕捉到人心的这种微妙变化，可见笔力之深厚。小说高手，说的就是这样的作家吧。

刚才我们简单提及本书包含的善意，实际上在本书出版后不久，我曾有机会与作者药丸岳见面，在那之后与他也有过多次接触。如果容我冒昧地评论作者本人，我想书中的重要角色爱实，可以说是与作者本人的品性最贴合的角色了。无论从读完这本书的感受，还是从为恶劣犯罪题材的小说取名《天使のナイフ》（中文含义为"天使之刃"）的深切用意，我们都能感受到作者藏在作品里的善意。

在本书成为销量破十万的畅销书后，药丸岳陆续出版了《黑暗之底》和《虚梦》等探讨人与犯罪关系的佳作。同时，他也积极创作短篇小说，本书中的角色也偶尔在衍生作品里出现。对喜欢本书的人来说，能在其中与自己熟知的角色不期而遇，也是件非常愉快的事。

无论如何，人们对三年前出版界横空出世的这位英才仍充满期待，他也将用今后的作品来回应这份期待。新作如此备受期待的作家并不常见，所以药丸先生，接下来请尽情施展才华吧！

参考文献

［1］《少年法手册》（『ハンドブック　少年法』）服部朗、佐佐木光明编著　明石书店

［2］《修订版　少年法注释本》（『改訂版　注釈少年法』）田宫裕、广濑健二编　有斐阁

［3］《〈现场报告〉如何矫正少年A　向修订少年法发问》（『〈現場報告〉「少年A」はどう矯正されているのか　改正少年法に問う』）三好吉忠著　小学馆文库

［4］《论少年的罪与罚》（『少年の「罪と罰」論』）宫崎哲弥、藤井诚二著　春秋社

［5］《现代的少年与少年法》（『現代の少年と少年法』）荒木伸怡编著　明石书店

［6］《少年犯罪与少年法》（『少年犯罪と少年法』）后藤弘子编　明石书店

［7］《Q&A修正少年法》（『Q&A改正少年法』）甲斐行夫、入江猛、饭岛泰、加藤俊治著　有斐阁

［8］《新版　如何看待少年法与少年犯罪？严厉惩罚与刑事判决无法扼制犯罪》（『新版　少年法・少年犯罪をどう見たらいいのか厳罰化・刑事裁判化は犯罪を抑止しない』）石井小夜子、坪井节子、平汤真人著　明石书店

［9］《被少年夺走的人生　被害者家属的战斗》（『少年に奪われた人生犯罪被害者遺族の闘い』）藤井诚二著　朝日新闻社

［10］《被少年杀害了孩子的父母们》（『少年にわが子を殺された親た

ち』）黑沼克史著　草思社

［11］《少年犯罪与被害者的人权　关于少年法修订》（『少年犯罪と被害者の人権　改正少年法をめぐって』）少年犯罪被害者支援律师网编著　明石书店

［12］《黑白危机　犯罪被害者——被遗忘的人们的声音》（『モノクロームクライシス　被害者家属・忘れられた人々の声』）本田信一郎著　平和出版

［13］《罪与罚　只是赎罪在何处？》（『罪と罰、だが償いはどこに？』）中岛博行著　新潮社

［14］《少年为何杀人？他们变成怪物的缘由》（『少年はなぜ人を殺せたか　奴らが怪物になった事情』）《宝岛Real别册002》　宝岛社

［15］《违法少年的待遇　以少年院和儿童自立支援机构为中心研究违法少年待遇的现状课题》（『非行少年の処遇　少年院・児童自立支援施設を中心とする少年法処遇の現状と課題』）近畿律师联盟应对少年问题委员会编　明石书店

［16］《一本书了解法务教官的工作　公务员工作系列》（『法務教官の仕事がわかる本　公務員の仕事シリーズ』）法学书院编辑部编　法学书院

［17］《无法刹住内心闸门的十几岁孩子眼中的少年犯罪》（『こころのブレーキがきかない10代が考える「少年犯罪」』）藤井诚二・NHK少年犯罪特别企划编著　日本放送出版协会

［18］《高中生理解的少年法》（『高校生が考える「少年法」』）国际特赦组织日本编　明石书店

［19］《万花筒之书》（『万華鏡の本』）大熊进一著、日本万花筒俱乐部监修　BEARS、日本万花筒博物馆

［20］《28年前的"酒鬼蔷薇"如今怎么样了》（『28年前の「酒鬼薔薇」は今』）奥野修司　刊于《文艺春秋》1997年12月号

［21］《对谈　水泥埋尸案的杀人少年的改过自新为何受挫？》（『対談　コンクリート詰殺人少年の更生はなぜ挫折したか』）伊藤芳朗、藤井诚二　刊于《创》2004年9/10月号

读客®
悬疑文库

认准读客读悬疑，本本都是大师级。

专注出版英、美、日、意、法等世界各国各流派的顶尖悬疑作品。

为读者精挑细选，只出版两种作品：
经过时间洗练，经典中的经典；以及口碑爆表、有望成为经典的当代名作。

跟着读客悬疑文库，在大师级的悬疑作品中，
经历惊险反转的脑力激荡，一窥人性的善恶吧。

打开淘宝，扫码进入读客旗舰店，
下一本悬疑更惊奇！

读客悬疑文库
读客®